中公文庫

五　女　夏　音

辻仁成著

中央公論新社

目次

五女夏音
人物関係図

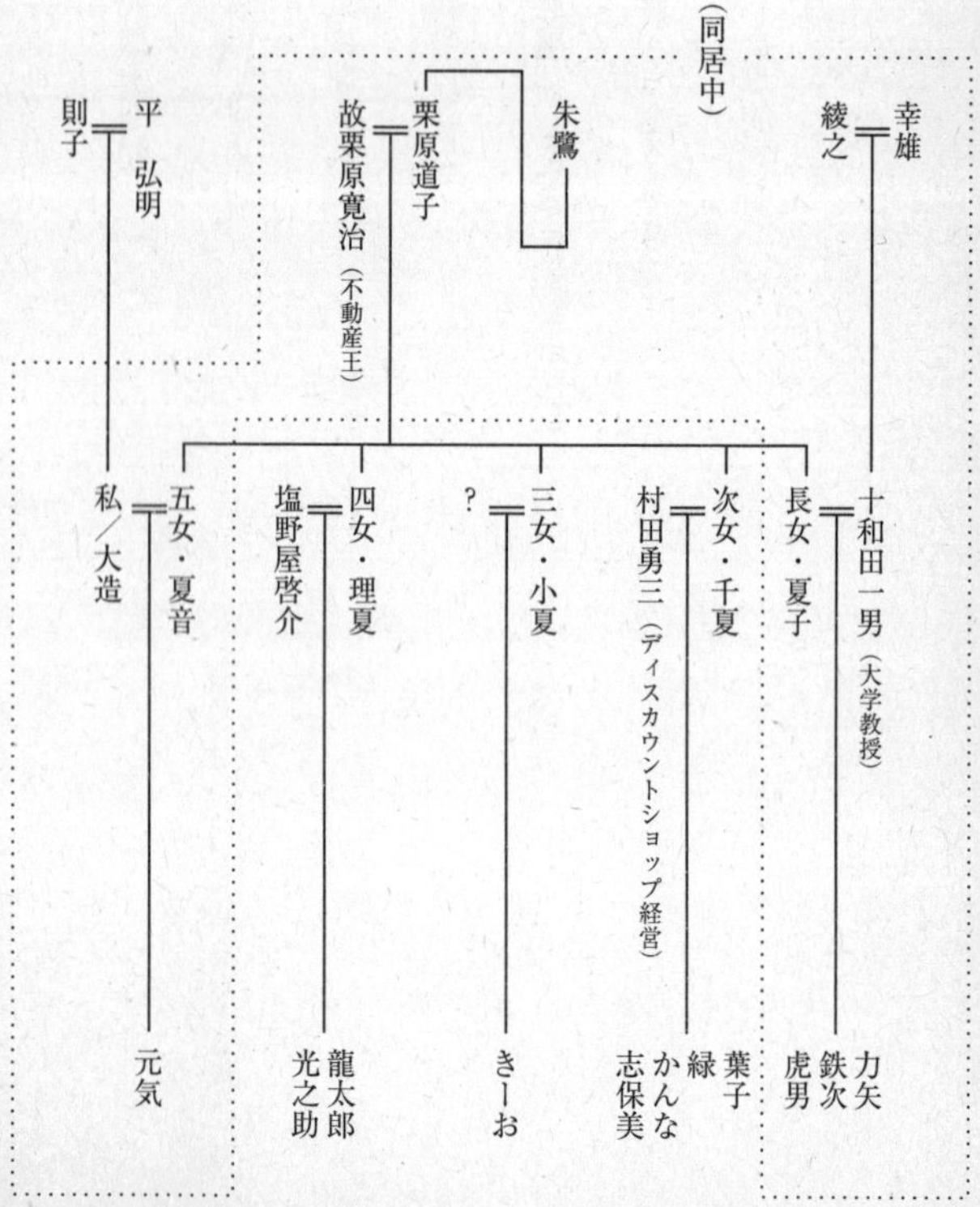

（同居中）
幸雄
綾之
朱鷺
栗原道子
故栗原寛治（不動産王）
平　弘明
則子
十和田一男（大学教授）
長女・夏子
力矢
鉄次
虎男
次女・千夏
村田勇三（ディスカウントショップ経営）
葉子
緑
かんな
志保美
三女・小夏
？
き一お
四女・理夏
塩野屋啓介
龍太郎
光之助
五女・夏音
私／大造
元気

五女夏音《ごじょかのん》

世間には稀《まれ》に大家族なるものがある。

かつて、つまり戦前や戦後すぐの時代には、この大家族こそが一般的で、ごく普通の家族形態であったことは歴史の本からだけではなく、祖父や祖母、或《あ》るいは両親などから伝え聞き、知ってはいた。

戦前においては、長男がその妻子とともに親と同居して扶養介護にあたる直系家族が、観念や家制度に支えられて理想とされてきた。そしてこの大家族という集団こそ、夫婦本位の核家族の観念が優勢になった今日、プライバシーを何より尊重してきた新しい我々の世代にとっては、まことに奇々怪々、不可思議千万、亀毛兎角《きもうとかく》に等しい眷属《けんぞく》だと言わざるをえない。

なのに、この大家族という化石的なコロニーに、二十一世紀を目前にした世紀末の今、この私が、仮初《かりそ》めにも孤独を愛し、あるゆる信念や政策や金銭から距離を保ち、冷静に周囲を観察してきたつもりの一人の物書きが、巻き込まれ、取り込まれていこうなどとは、今までたったの一度も想像することができなかった。

第一節　大家族との遭遇

夏音《かのん》が属するこの栗原《くりはら》の一族には、親子の断絶など皆無《かいむ》に等しい。驚くべき統率力と信頼関係の絆《きずな》において見事かつ大胆に拡大家族を形成し、母の母や子の子がまるで一親等の親子のように仲良く同居し、奇天烈《きてれつ》なことに古典的な小説でしか読んだことのなかった懐かしい団欒《だんらん》の風景までをリプロダクトしてしまったのだから、それはもう立派だと舌を巻くしかない。

そもそも今日、奇跡的に残っている大家族にしても、もはや戦前のように家イデオロギーに支えられたものはほとんど無くなってしまった。その意味では、今日の大家族を別の言葉に置き換えるなら三世代家族と呼ぶことができる。

しかしこの私が遭遇した栗原一族は、お互いの個を尊重しあうように共同生活を送る、所謂《いわゆる》その三世代家族とは全く違っていた。個よりも集団を尊び、家長である母道子《みちこ》の存在を一族が何よりも高く置くヒエラルキーなど、まさに伝統的大家族そのものである。

例えば老いた親との同居を慣行としない欧米の家族では、日本のかつての大家族のような直系家族はほとんど存在しない。特にアメリカの場合、開拓者精神との深い関わりもあり、建国二百年の歴史の中でずっと夫婦本位の核家族が主流をなしてきた。現代日本もこの欧米型の核家族を見習い進化してきたのであり、栗原家のような古典的な家族スタイルは今や、ガラパゴス島の巨大ヤモリのような希少価値、いや絶滅したかとさえ私は思っていたほど……。

是《これ》に対して我が平家は、……これはたいらとは呼ばず、ひらと呼ぶ。その名字は長年平《ひら》の会社員を務めていた父弘明《ひろあき》を苦悩させ、結果一人息子である私の名が、名字に負けてはならじと、かつては戦国の武将だった先祖を懐かしんで、大造《だいぞう》と名付けられた所以《ゆえん》だが、つまりその平《ひら》の家こそ、アメリカの人類学者マードックが言うところの「核家族」(nuclear family)の代表的な構成を有している、もっともポピュラーな今日的日本の家族像ということができる。

平家の構成はと言えば、私の他には、両親平弘明とその妻則子《のりこ》だけという、団地のユニットバス規模さながら、場所を取らず機能的な、お手軽サイズなのだ。父、母、子と役割は見事に分割されていて、絵に描いたよう、という表現がまさにぴったりの核家族であった。

もっとも私の周りで、つまり学生時代の同級生たちの間で、私の知るところ夏音のところのような家族構成を持っている友人は他にはいなかった。

ほとんどが四人家族で、たまにうちのように三人家族とか、多くとも五人というのが稀にあった程度で、五人ということは兄弟が三人もいることになり、既に珍しい部類に属する。四つ子や五つ子が、昨今、排卵誘発剤《はいらんゆうはつざい》の影響で生まれてくるのは別としても、この不景気と世紀末の陰湿な空気の中、好んで大勢の兄弟を作ろうとする親は少なくなった。

父や母がまだ子供の頃は、産めよ増やせよ、がキャッチフレーズだったと聞いて驚いたが、二十一世紀を目前に日本はますます家族構成を狭《せば》めようとしている。生きにくい時代をできるだけソリッドで身軽にしていたいと願うのは先進国の若き親たちにおいては共通の考え方のようだ。

さて、その平家は戦後五十年の歩みの中で、他の日本の家族と同様、自然淘汰《とうた》の流れに組み込まれ、モデルチェンジを果たし、結果、三人家族という最もコンパクトで今日的な超ファミリーへと進化したのだった。

今から三十年前、私の父平弘明と妻則子はバースコントロールを実践した。高度経済成長期の日本がやらかした大量虐殺とも言える産児制限ではあるが、私はその時の国民の新しい時代へ向けた響きあう霊的共時性こそがこの強固で小型、そしてよりシャープで嵩張《かさば》らない今日の日本の家族体系を創造したのだと強く確信する。

そんなわけで、最先端を行く私は、日常生活に於《お》ける親への依存度はかなり低い。両親としょっちゅう会ったりはしなかった。

これはエボリューションの問題であって、親の下へ立ち寄らないのは、私が東京、彼らが福岡県に住んでいるという地理的な理由からだけではなく、またかつて流行《はや》った親子の断絶などという見ていて恥ずかしくなるような青春ドラマ的葛藤《かっとう》のせいでもなく、もっともっと冷やかで非物質的な現代的親子関係とでもいうのか、くっつきにくく、しかもすぐに剝《は》がれやすい家族の絆のせいなのであった。

父と母は福岡市内天神《てんじん》大通りのすぐそばで今も仲良くひっそりと暮らしているが、私はたまに戻ることはあっても、せいぜい正月とか、小説の取材などで出掛けた折りに立ち寄る程度で、家に泊まることは何年に一度という少なさだ。高校を卒業してから上京して進学し、物書きになるまでのこの十三年間を通して、彼らと同じ屋根の下で過ごしたのは多分僅《わず》か三、四日に過ぎず、後は何か用事がある時は電話で全て済ませてきた。それも一分とか、長くて二分、まるで公衆電話感覚の繫《つな》がりでしかなかった。

この希薄な家族関係を冷静に分析すると、日本の未来が不安に思える。日本中の家族が私の家のような繫がりしか持たなければ、国の崩壊を想像するのはたやすい。実際、こうして家族をテーマに小説を書きながらも、私は他人事《ひとごと》のように、日本の未来に憂慮の念を抱かずにはおられない。

父も母も寂しいに違いないのだが、私の遺伝子の中に元々、団欒を拒絶せよ、という命令がインプットされているとしか思えない、深い理由の見つからない拒否の仕方なのだ。

小さな頃から家族的な愛から脱走する癖があったため、今やもう親はとっくに諦《あきら》めてしまっているようだが……。

そういえば、確か三年振りくらいに福岡の実家に顔を出した時に、父弘明が世間話でもする素振りで、私にこう言ったことがあった。

「近頃は、親離れが進んで、親は老いても子とは一緒に暮らせず、まるで現代は社会公認のうば捨て山のようじゃないか」

頷《うなず》きながら母則子は横目で、

「大ちゃんは気にしないでいいのよ。親なんて、勝手に育てて勝手に死んでいくもんだからね」

と言った。その後、気まずい雰囲気が食卓を支配したが、私は綺麗事《きれいごと》は言わなかった。黙って、高菜をつつき、飯を口の中に放り込んだ。じろじろと覗《のぞ》かれていることを気にしながら米を噛《か》むのは辛い。噛めば噛むほど甘くなるはずの米が、その時ばかりは何故《なぜ》か苦く、気のせいか時々しょっぱかった。

私はなんといっても、孤独を愛する作家である。親離れを実践してきた宇宙人的世代の物書きである。私の数少ない著作のほとんどが、一人で生きる男女を描いたものである。唯一新聞の書評欄でも取り上げられたエッセイ集『孤独の宝探し』は一年に一度ほど版を重ね、現在二万部を売って、ペンネーム速水《はやみ》卓也《たくや》の著作の中では一番の売れ行きを示している。読者の多くは十代の青少年で、時々送られてくる感想文は、まるで先輩に向かって書くような気安い文体のものばかりであった。担当編集者の相沢健五《あいざわけんご》などは逆に心配して、若者だけに受けることは危険ですよ、と打合せのたび言ってくる。

「何か、新しい視点を見つけ出して、全ての世代に受ける普遍的な代表作を書きましょう」

「全ての世代を意識した作品なんか、絶対失敗するよ」

「いいや、それは間違いだ。名作とは誰が読んでも同じ意識を導くものだろ」

相沢は興奮すると昔気質《かたぎ》の編集者のように口調が一変した。

「でもそんなの書きたくない」

「書かなければ、未来はない」

相沢健五の言いたいことも分からないではなかったが、どうしてもそれが自分に向いていることだとは思えず、返答に困っていた。

「いっそ、夏音さんの家族を書いてみたらどうですか」

相沢の笑顔はいつも突拍子もなく不気味なものであった。編集者は怖い存在なのだ、と気づかせてくれたのはこの男であった。

「孤独な作家が大家族の中で暮らしていくうちに人間の繋がりの大切さに気がついていくというのは、実に面白いと思うんだがな」

ぬくぬくと家族の温かい恩恵の中で生きることなど、私の作家道から逸脱《いつだつ》する行為に他ならない。両親には申し訳ないが、ずっと私は、結婚して子供ができたら親とは別々に暮らすべきだと思っていた。それが欧米型の核家族化を日本により定着させる唯一の方法なのだと信じてきた。そうやって社会は次第に新しいシステムへと淘汰されていくのだと疑わなかった……。

「しかし……」

なのにそんな私が、家族というものの中へ、しかも大家族の直中《ただなか》へ、今まさに引きずりこまれようとしているのだから、これは我が人生の中でももっとも異常な事態の到来なのである。

「しかし、書けるかな」

「速水さんなら書けますよ。人の心の深みが分かってこそ、孤独を愛する作家の作家たる所以《ゆえん》です」

私がこの論文なのか自伝なのか暴露本なのか分からない小説を書きはじめたきっかけは、確か以上のような相沢とのやり取りが初動にあったと記憶しているが、実際にこうして筆を走らせていると、今という幾らか経験の果てに落ちついた時点から、少し前のまだ向こう見ずさの残った自分を見返るだけで、目頭に仄《ほの》かに熱いものを覚える。

私が夏音の大家族と遭遇した時に受けた驚きは、はじめてニューヨークへ旅行した時のショックと同質のものであった。摩天楼《まてんろう》を見上げながら、なんで日本はこんな国と戦争をしたんだろうと、ぼんやり考えてしまったあの感覚に似ていた。今まで一度も見たことがない家族。これが家族なのか、と疑いたくなるような睦《むつ》まじさ。恥ずかしさ。青々しさ。美しさ。かっこ悪さ。サザエさんの中に散《ち》りばめられた家族愛なんて、政府の倫理委員会がでっちあげたただの絵空事だと思っていた私の感情に、複雑な亀裂が走った、まさに歴史的な瞬間だった。

夏音が最初のデートの時に私に言った言葉を、今でもはっきりと覚えている。

「私には、問題があります」

恋に落ちた翌日、彼女と出掛けた逗子《ずし》のレストランで、夏音は鴨《かも》の肉を食べながら確かに言った。

「どんな問題でしょうか」

あばたもえくぼとは昔の人は旨《うま》いことを言ったもの。盲目の恋に浸《ひた》っている時期は、何もかもが素晴らしく見えるもので、或いはどんなことだろうとも乗り切れると勘違いしてしまうようで、その時の私はまだことの重大さには全く気がついていなかった。

夏音は俯《うつむ》き、やや恥じらいながら、

「家族にちょっと問題が」

と告げた。何か特別な暗い過去でもあるのだろうかと心配になり、身構えていると、彼女は鴨の肉をそれほど味わうことなく呑《の》み込んでから、

「うちは大家族なんです」

と続けた。

「大家族って、その、沢山《たくさん》ご兄弟がいらっしゃる？　あれのことですか？」

力んで彼女の一言を待っていただけに、その大家族という響きに、私は瞬間微笑《ほほえ》みと安《あん》堵《ど》を同時に零《こぼ》してしまったのだが、その時夏音は、しめた、と思ったに違いない。

「父はもう亡くなっていないのですが、姉が四人います。私は五番目、五女《ごじょ》なんです」

「五女か。五人姉妹なんてとても珍しいですね」

「そのせいで恥ずかしい思いをしたこともありました。周りはどこも兄弟が少ないでしょ」

「まぁ、そうですけど。でも賑《にぎ》やかそうで、いいけどな」

「本当にそう思います？」

「ええ、兄弟がいない僕なんかにしてみれば、羨《うらや》ましい限りですよ」

「本当？」

「大家族という響きには何か、こう、心の深部をくすぐられる雄大なイメージを感じます。僕のところは両親と自分だけの小さな構成ですから、大人数のファミリーというものを一度覗いてみたいとは思っていたんです。なんだかとても暖かそうだ」

なんという愚かな、そして軽蔑《けいべつ》すべき失言だったことか。人を信じず生きてきた私の最大の欠点は、それだけに人との接触が少なく、当然恋情に関しても初《うぶ》で、好きな人の前ではただのお人好しになってしまうということであった。夏音の赤く染まった頬《ほお》に騙《だま》されて、つい信用してしまったのが、人生最大の失敗だったと猛省するが、もう遅い。

私たちは、すぐに若さの勢いに乗って深い関係にはまり込み、暫《しばら》くはその大家族という言葉さえもすっかり忘れて普通の人が普通にくぐり抜けるような甘い恋愛の蜜月期《みつげつき》を過ごしていたのだった。次にその言葉を思い出すことになるのは、それからどれほどの月日が経っていただろう、夏音と同棲するようになって間もない頃だったので、知り合って半年も過ぎてはいなかったとは思うのだが、心地のよい晩春の午後だった。

小説の執筆に追われ、太陽が昇りはじめた明け方になってようやく、寝床に潜り込んだため、夏音に体を揺さぶられてもしばらくは朦朧《もうろう》としていた。

「ねぇ、大造君、起きて」

夏音がカーテンを力一杯引き開けると、室内は春の日差しで溢《あふ》れ返り、瞼《まぶた》は太陽の力で押さえつけられた。

「うちの家族が大造君に会いたいと言って来ているんだけど、会って貰《もら》えるかな」

寝ぼけているのに、突然そんなことを言われても、一体何が起こっているのか瞬時に理解できるほど肉体はもう若くない。ああ、そうだね、と呑気《のんき》な返事をして目の辺りを擦《こす》る。夏音はシャツを私に手渡し、早くそれに着替えてよ、と催促する。こちらは眠いものだから、言われた通りにパジャマを脱いで差し出されたシャツに手を通すしかない。

耳元に虫の羽音のような嫌な気配がまとわりついたが、小説の、難航した箇所がまだ頭の中に居残っており、意識は朦朧としたまま、その虫の正体を探ろうとはしない。着替え終わると、手招きする夏音に体をくっつけて、隣室へ赴いた。

はたしてそこで私が見たものは、僅か八畳ほどしかないリビングルームを占拠する集団であった。

テーブルやテレビが脇へ寄せられ、狭い空間に人間がびっしりと、寸分の隙間もない間隔で見事に座っているから只事《ただごと》ではない。

目の前を子供が走り抜けた。一人、二人、三人と子供たちは私の周りをぐるぐると走り回る。またそれを止めようとする中年の女性がいる。窓際にはなにやら威厳のありそうな老人たち、そしてその他、夏音に部分的に似ている女性たちが、亭主とおぼしき男性たちと見事な番《つが》いを組み、それらは雛祭《ひなまつ》りの雛人形のように幾層にも並んで、卒業写真のように見事に整然と座しているではないか。

人々は私の顔を見るなり、口々に何か感想めいた言葉を漏らし、中には笑う者や欠伸《あくび》をする者もいたが、不思議な統一感と独特の規律を兼ね備えた雰囲気が混在しながら、倒れてくるドミノのように、一番奥に君臨する老人たちから順次お辞儀の波は私の足元までゆさゆさと伝染してきた。

お辞儀が終わると、足を崩す者や、手を伸ばす者がいたりして、突然場は和《なご》み、たとえるならば、田舎の農協の集まりで村長の挨拶《あいさつ》が終わった途端、宴会へとばたばたなだれ込んだような空気の入れ替わりがあった。

まもなく、老人たちの中央に座っていた一際恰幅《かっぷく》のよい女性が、つつっと前に進み出ると、両手を膝《ひざ》の前につき、はじめまして夏音の母道子でございます、この度はいろいろ娘がお世話になります、と標準語なのだがどこかアクセントの変な言葉遣いで挨拶を言ってから、神妙に頭を下げた。

すぐにはどうしていいのか分からない。まだ頭の中は混乱したままだ。いや混乱は益々《ますます》酷《ひど》くなり、今や麻痺《まひ》寸前といった状態である。少しして、夏音が私の肩を肘《ひじ》でつついた。それが合図となって、私は慌てて跪《ひざまず》くと、まるで代官に陳情に来た商人のごとき面持ちでお辞儀を返したが、勢い余って頭を床に叩《たた》きつけてしまった。

大勢が笑い、私も釣られた。子供たちが相変わらず走り回っている。中年の女性がその子たちを一々叱《しか》りつけている。奥の方で、いいじゃないか、という呑気な声が響く。窓際の老人たちは虚《うつ》ろな視線を私に投げかけたまま、目を逸《そ》らすわけでもなく、ただじっと見《み》据《す》えているだけだ。

こんなことは生まれてはじめての体験であった。こちらが出向いて、どうぞ娘さんとの交際を認めて下さい、というのならまだ理解できる。しかしそれとて向こうの家族が全員集まることはあり得ないだろう。次女の亭主が都合がつかないとか、長女の子供が遠足で参加できないとか、このせわしない現代に生きる限りなにがしかの事情や都合というものが現実を通り越して付きまとうものではないのか。

ところがこの場合は、五番目の娘の恋人である私に対して、一族全員が挨拶にやって来たのだから珍妙だ。まるで寝首を掻《か》きにやってきた人食い族のように、このリビングルームにいつの間にか集まっていた。そら恐ろしささえ覚えた。現代の恐怖とは、スプラッタホラーなどではなく、本当はこういうことを指すのかもしれない、と痛感した。

母親道子が言った言葉がいつまでも耳奥から離れない。

「この度はいろいろ娘がお世話になります」

まだ結婚なんて言葉さえ出ていない頃であった。いや、なんとなく調子に乗った私が酔った勢いに駆られて口走ってしまったのかもしれないが、しかしそれにしても家族全員で押しかけてくることはない。結婚が原因ならば、まずお互いの親同士が会うとか、間に誰かが立つとか、もう少し小さいところからスタートするのが世の常である。こんなことはかつて聞いたことがないし、そんな経験をした者は少なくとも私をおいて周囲にはいないと断言さえできる。

「どういうことなの?」

小声で夏音に問うと、

「みんなが大造君を見てみたいって言うから」

と応《こた》えた。わざわざ出向いて貰《もら》わなくともこちらから出掛けて行ったのに、と言いかけたが、言葉はそのようには形にならず、その代わり、そうなんだ、それは申し訳なかったな、というため息まじりの言葉に変質して零《こぼ》れた。

暫く私が呆気《あっけ》にとられている間、混沌《こんとん》が続いたが、夏音が兄弟《きょうだい》たちに私を紹介しはじめると、人々は再び私を指さしたり、なにやら笑顔でひそひそ話をしだしたり、丁寧に挨拶をしてくる者もいれば、黙って睨《にら》み付けては私の体の上から下まで見回す者もあり、私の耳と目は夏音の指さす人々を一応追いかけてはみたものの、似ているようで似ていない姉妹とその夫たちに、一体どんな顔で応対していいのか分からず、終《しま》いには目眩《めまい》に襲われ、足元がふらついてしまった。

まず、挨拶をした夏音の母、栗原道子は、早くに夫を亡くし、その後、女手一つでこの大家族を養い、切り盛りしてきたのだった。大阪では、飲食業や不動産等、業種の違った様々な商売を成功させ財を成した。長年の商売疲れと、孫に囲まれた普通の生活への憧《あこが》れが、引退へと彼女を向かわせ、売り上げが伸びなかった一、二軒を閉めた以外、残りは全て名前ごと人に売り渡し今では本宅を東京に移しての悠々自適《ゆうゆうじてき》の隠遁《いんとん》生活となった。威厳に満ちた老婆朱鷺《とき》は同じく大阪からくっついてきた道子の母親で、ゆうに九十歳に手が届こうかという年齢だ。もう一方の関東人らしい老夫婦は長女夏子《なつこ》の夫、大学教授をしている十和田《とわだ》一男《かずお》の両親である。この長女の家族には三人のわんぱくな息子たちがいて、力《りき》矢《や》、鉄次《てつじ》、虎男《とらお》と言う。また次女千夏《ちか》のところには夫村田雄三《むらたゆうぞう》と四人の娘、葉子《ようこ》、緑《みどり》、かんな、志保美《しほみ》がいた。村田雄三は西荻窪《にしおぎくぼ》の駅前にディスカウントショップを経営していた。三女小夏《こなつ》にはわけあって亭主はいなかったが、きーお、という目鼻だちの妙にしっかりとした変わった名の男の赤ん坊がいた。さらに四女理夏《りか》には塩野屋啓介《しおのやけいすけ》というまだ成人式をくぐり抜けたばかりの若い夫がいて、時折、村田雄三の仕事を手伝ったりはしている様子だったが、仕事らしい仕事についているわけでもなく、裏で道子が金を出しているのか、何故《なぜ》か二人は貧しくもなく、すでに龍太郎《りゅうたろう》と光之助《みつのすけ》という幼な子がいた。

勿論《もちろん》、全員が同じ家に住んでいるわけではないが、この栗原家は東京は三鷹《みたか》にそれは百坪以上はあろうかという大きな屋敷を持っていて、長女の家族と夫の両親、また道子とその母という三世帯が同居していた。他の者たちもそのすぐ近くに家やマンションを借りて、まるで小さなコミューンとでもいうような暮らしをしているのだった。

いずれそれらのことはしかるべき折にまた詳しく紹介せねばならないだろう。一遍《いっぺん》でこれらの名を全て記憶するのは難しいことだから、ここでは一旦忘れていただきたい。いや実を言うと、私だっていまだに全てを記憶しているわけではないのだ。特に名前など、しょっちゅう間違える。未だに覚えられない人もいる。その場は、姉さんだとか、兄さんなどと適当に誤魔化《ごまか》して、後でこっそり夏音に聞くようにしている。

「あの人、なんて言ったっけ」

特に子供たちの名前を覚えるのがこれまた一苦労。似たような顔が目の前を走りすぎると、注意したくともそれが一体どこのお姉さんの子供だったか瞬間判断できず、ああでもないこうでもないと頭の中の主要登場人物図を辿《たど》っては四苦八苦していると、その時には既に襖《ふすま》に穴があき、花瓶《かびん》は粉々になっている始末なのだった。

人の名前を覚えるほど苦痛なことはない。大長編小説なんかで、登場人物の名前が幾つも幾つも出てくるものなんかに出会うと、もう駄目だ。それがまた外国物の、例えばドストエフスキーなどロシアものは辛い。なんとかかんとかべコヴィッチだとか、ニコライなんたれかんたれムートフだとか、もう全く覚えられたものではない。よくそういう時私は、ラインマーカーで色分けして読んだものだが、あれは決してかっこのいい読み方ではない。

さて、この栗原一族の凄《すご》さはなんと言っても女系の凄さに尽《つ》きる。父親の不在が、栗原家の女たちを逞《たくま》しくさせたことはまず疑いようのない事実だ。

核家族化が進んだ現代社会においてでさえ伝統的な性別役割分業がいまだ根強いわが国では、「男は外回り、女は内回り」という古びた観念が支配的だ。なのに家長が女であるところから来るのか、栗原の男たちは女性に尽くし、実に逆伝統的な環境を有しているのである。ここだけは特筆すべき点だが、ある意味で欧米型の、家事育児は夫婦に共通する役割と見なす考えがこの眷属《けんぞく》の中にはあり、興味深い。

また、父不在の栗原一族を支えてきた家長役の母道子の、娘たちに対する愛情の深さは、今時の日本の親のイメージを払拭《ふっしょく》する迫力がある。

道子は、母である前に、彼女たちの前では父でもある。彼女は女手一つで五人の娘を養ってきた。さらに言えば、陰では、その夫、またその子供たちをも見守ってきた。

栗原道子の夫、寛治《かんじ》は夏音が生まれる直前までの一時期、大阪の不動産王として君臨したことがあった。この人物に関してはもう一冊小説を書かなければ説明できないほどに小説家にとってはかなり魅力的な面白い人間であり、――彼は夏の間だけ家に戻ってきては道子と激しく子作りに専念し、秋にはまたどこかへと去っていった。だから子供たちの名前には夏という文字が使われていて、それは寛治に家のことを思い出させたいと願った道子の作戦でもあったようだが――その時の生活はブルジョア的とも言える豪勢なもので、夏音はよく当時を懐古しては、プールのある庭だの、大きな屋根裏部屋だの、また利口そうな番犬がいたことなどを思い出して、私に語って聞かせた。その金満な時代が去った時、――寛治は事業に失敗し亡くなるまでの間、完全に家族の前から姿を消していた。彼がどこで何をしていたのかということは家族にはまったく知らされておらず、多くの謎《なぞ》が未だに残ってはいたが、死後もう一つの家族が京都の方にあったことが判明する。そのもう一つの家にもやはり道子のような逞しい女がいて、その娘たちの名は、頭に全て冬の字がつくらしい。――残されたものは、桁《けた》違いの借金と、女ばかり六人の家族であった。

ゼロ以下からの出発であった栗原家を、現在までにさせたものが、母道子の指導力であったことは疑う余地がない。夫の死後、レストランを始め、不動産や娯楽レジャー産業にまで手を伸ばし、それらを成功させただけでなく、一族の安定と平和を築き上げた母道子は、まるで華僑《かきょう》が世界中の都市へと限りない広がりを見せた勢いに似て、底無しの躍動感を見せつける。

私が夏音とまだ熱々で過ごしていた時期、かの母親はちょくちょく様子を窺《うかが》いに私のところを訪ねてきたものだった。

舞台女優である夏音が芝居の稽古《けいこ》に出掛けている時でも、まるで昔からの顔見知りのように彼女はやって来る。

すぐに察しがついた。こうして夏音がいない時にこっそり訪ねてきて、私の素性や素行を調査しているのだということに。

これも親心であるわけだし、何より探偵を雇ったりされるよりはずっとましだから、私もそのことに関して文句を言うつもりはない。

「あれ、お母さん。玄関の錠《じょう》開いてましたか?」

道子は、ポケットから鍵を取り出し、私の目の前で揺さぶりながら翳《かざ》すのだった。

「合鍵を作りましてん」

合鍵を夏音が持たせた、などとは聞いていなかったので、不思議に思っていると、

「夏音の鍵を勝手にコピーさせてもらいました。だって平さん仕事してはるのに、邪魔し

たらあかん思うて」

私は、そうでしたか、と笑うしかなかった。帰ってきた夏音にそのことを告げると、もうお母さんたら、いつも私に内緒で勝手なんだから、と怒りだす。合鍵を渡すと、抜き打ちをするみたいにしょっちゅう来るようになるに決まっているから、結婚するまでは絶対に渡さないでおこうと決めていたのだ、と彼女は言った。

何事も一度前例を作れば、その後が行動しやすいのは世の常で、また道子の来訪もそれを機に一気に増えた。朝といい、夜といい、がちゃがちゃとドアのノブが容赦《ようしゃ》なく回った。

それ以来私たちは用心のため、毎回ドアにチェーンを掛けるようにした。

「いやぁ、夏音はどこへ行ってますのん。最近とんと見かけまへんが、お二人の仲がさめたんと違いますか？」

私はそのように切迫した質問をされるたびに、

「ちょっと買い物に出掛けているだけです。すぐに戻って参りますからご安心下さい」

と言い訳をしなければならなかった。

もっとも母道子がそのように私の素性素行を詳しく知ろうとする理由を理解できないわけではない。物書きなどという肩書を持ち、それも名のある大作家ならまた話は別だが、テレビやマンガが隆盛のこの時代に、珍しいほど小説が好きで、その好きというものが高じてなんとなく物書きになってしまったような分際の、どこの馬の骨かも分からない不健康な青白い顔をした私を見て、心配にならない母親がいないわけがなかった。ましてや道子のような性格であれば尚更《なおさら》。

「今日ね、ちょっと時間があったんで、ついでやから新宿の大きな書店さんに行ってきたんですわ。おたくの小説を買おうと思いまして」

私は笑って誤魔化さなければならなかった。

「置いてなかったでしょう」

「売り切れてましたわ。すごいんですね」

「いや、あれは売り切れていたんじゃなくて、まだ著作が少ないんです。それにあんまりほら、刷らないから」

そうですのん、と道子は一緒になって笑ったが、目は笑っていなかった。

「前から訊《き》こうと思ってましたんですが、平さんの、いや、ペンネームは速水卓也でしたな、その速水卓也の小説はどの雑誌で読むことができるんですか。購読せなあかん」

「雑誌ですか」

「連載とかしてはるんでしょうね」

「最近は文芸誌が多いから」

「文芸誌ですか？」

「純文学の雑誌なんですが」

「純文学……、それは凄いですわ。わたしらの時は太宰《だざい》とか、三島《みしま》とか、物凄い人気でした。純文学って売れますのやろ」

「いや、最近はあまり」

「売れない？　それはよろしない。売れないものを書くなんて、人生は遊びやないんですから」

「そりゃそうですが、私は遊んでいるわけではないんです」

「平さん、悪いことはいいまへんが、売れる小説をばんばん書いて貰えませんか。夏音のためにも」

「はあ、しかし、私は売れるとか売れないとかではなくて、いい小説を書きたいんです」

「何を能書き並べてるんですかいな。いいものは売れな。今の純文学いうものがどれほど高尚なもんかはしりませんが、生活のできへんような芸術は所詮それまでです」

「そうでしょうか」

「そらそうでしょう。ドストエフスキーはどないですのん。ソルジェニツィンだって、あんなに暗い小説やのに売れましたで。なんてタイトルやったかな。いかん、ぼけてきた。とにかくわたし買いましたもん」

「ソルジェニツィンなんか読まれるんですか？」

「いいものは区別せんと何でも読みます。馬鹿にしたらあきません」

「馬鹿になんか」

「作家さんは、時々自惚《うぬぼ》れることがあるけど、しかしな、足が地についている人間を馬鹿にしてはあかん。必死で今日を生きているわたしらのような読者が本を買《こ》うてるんやからね」

道子は、私が夏音に相応《ふさわ》しい男かどうか、とにかく調べたかったに違いない。ああやって家族全員で押しかけてきたのも、こうして今の文学を糾弾《きゅうだん》するのも、いい加減な気持ちで夏音とつきあって貰っては困りますよ、という彼女なりの先制パンチだと理解もできる。実際に、道子が言った言葉で私の耳から離れない言葉がある。

『父親がいない娘たちが恥ずかしい思いをしないように、私がこうやって必死でがんばってるんですわ』

私は夏音が好きだが、まだ彼女の家族が好きかどうかは分からない。特に道子の存在は驚異としか言いようがない。

これからいったいどれほどの試練が私に付きまとってくるのか想像することもできないが、ただ、夏音と一緒に暮らすためなら、それらの試練も当分は仕方がないことと諦めるより他に方法はないだろう、と私は我慢することにした。

彼女を取るか、大家族を去るか。運命は二つに一つしかないのだろうか。

家族とは、過酷な便秘だ、と言ったのはショーペンハウエルだったか、それともニーチエだったか、或いは私の記憶違いか。とにかく私の新しい日々はこうしてはじまったのだった。

一般的に人は、生涯において二種類の家族との関わりがある。自分が子供として生まれ育った家族との、そして自分が結婚して新しく作る家族との関わりである。前者を定位家族、後者を生殖家族と言う。

私もいずれ夏音と結ばれ、右に述べた生殖家族を築くことになるかもしれないが、その道は今のところかなり複雑で険しいものとなりそうだ。

栗原家を観察しながら、大家族を研究、検証しようとする私の試みは、いつ来るとも分からない夏音との結婚のまさにその時の為に、密かに敵陣を知り尽くしておこうとする核家族出身の私のささやかな戦略でもある。果してその戦略が見事効を奏するかどうかは、まだ暫《しばら》く様子を見守るより他になく、予断を許さない状態にある。

第二節　大家族の内部構造

そもそも家族という小集団が何故に形成され、こうも幅広く世界中で一般化されたのか、私にはもう一つ理解できない。近親者によって構成されるからこそ、家族に成りうるわけだが、何が嫌かと言えば、あれほど人の人生に干渉《かんしょう》してくる集団は他にはないからなのだ。

一時流行した出前家族のように、顧客の要望に応《こた》えて任意の人間が呼び集められ、贋《にせ》の家族的雰囲気を作り出し、疑似体験としてのカゾクを楽しむ方が、煩瑣《はんさ》なしがらみに日々戦《おのの》くこともなく、冷めた観点で付き合うことができ、二十一世紀の高齢化社会に向けても非常にスマートで現代的な新しい人間関係だと思うのだが。

近親者との生活には自由がなく逆に干渉が付きまとい、避けがたい関係性を背負わされることが多く、面倒くさい限りなのだ。

私が核家族という概念を今日的で良しとするのは、核家族においては子供は必ず巣立って行かなければならない宿命を背負わされているからであり、またそのことによって家族の肥大肥満を調節するストイシズムが根底に流れ、不必要なしがらみを切り捨てるが故に相互不干渉の自由が存在する、と思うからである。

家族ぐるみのお付き合い、などという響きは、もっとも私が軽蔑する家族交際のパターンなのだ。

アメリカを見習えというわけではないが、無理やり、親の知り合いや子の友人たちと膝を交えての付き合いというのも、甚《はなは》だ個人を無視した観念のような気がしてどうしても腑《ふ》に落ちない。

かなり古いデータになるが、国勢調査の統計によると、一九六〇年に全家族形態のうち三分の二以下であった核家族が、一九七五年には四分の三を占めるようになり、逆に六〇年に四分の一を占めていた直系家族は、七五年には全家族の約六分の一にまで減少しているのである。

大家族が滅んでいくのは目に見えた数字のカーブであり、ここに、いずれ日本が完全に個人を中心とした家族体系へと移行するのを読み取ることができる。

ところがだ。運命とはまことに皮肉なもので、これほど大家族を嫌い、核家族を崇拝している私の下へ、よりによってその死滅寸前の大家族が押し寄せてくるのだから、これはきっと神様が、厳しい試練を私にお与えになり、生命としての根源的な意味を体験させようと企てた頂門《ちょうもん》の一針《いっしん》に他ならない、と私は思い込むよりなかった。

徹底的に大家族を検証し、そのねずみ講的な、或いは悪徳宗教のような集団組織の、知られざる内面を暴《あば》くことによって、そこに捕らわれている個人の呪縛《じゅばく》を解き、彼らを導き、破邪顕正《はじゃけんしょう》を示すことが、夏音と私の未来を安定したものへと向かわせる唯一の方法である、と私は悟ったのだった。

三女小夏の一人息子、きーおのお食い初めに出掛ける準備をするように、と夏音に言われたのは、小説を書き終えて、さあこれから寝ようか、と支度をしていた初夏の朝八時であった。

「おくいぞめ？」

「そう、お食い初めよ」

「おくいぞめってなんだったっけ？」

私は首を傾《かし》げ、夏音の顔を覗き込んだ。

「もう、何回説明させるの。お食い初めっていうのはね、箸《はし》初めともいうけど、生後百日目の子供に、初めてご飯を食べさせる祝いの儀式のこと。前にも説明したでしょ。人の話をちゃんと聞かないから。……きーおには父親がいないんだから、家族が皆で祝いの宴を開いてあげるのよ。平《ひら》の家ではお食い初めしなかった？」

ああ、あれか、と馬鹿にされない為にもなんとなく調子を合わせてみたものの、核家族を代表する我が平家では、そのような儀式を行ったことはなく、勿論《もちろん》、私が生まれたばかりの頃には、ささやかながら両親がそれなりの祝宴を慎ましやかに挙げたかもしれないが、何せ三十年も昔のことでもあり当の本人に記憶はなく、しかも九州一円に点在する親戚《しんせき》縁者のそのような儀式にも参加したことがなく、たとえあったとしても父が転勤族だったため日本中を転々としていた我が家族がその都度《つど》一々九州まで出向くわけにもいかず、私がお食い初めなるものを知らなくともこれは仕方のないことだった。

「お食い初めの他にも、お七夜とか、七五三とか、それぞれの誕生日や、入学卒業の祝いなど、栗原家はとにかく祝い事が多いのよ。しかも全員参加と決まっているんだから、そのうち大造君も私と結婚して家族の一員になるんだし、これからは心してね」

夏音がまるでクギを刺すように言うので、神経が敏感にささくれだった。人付き合いが苦手なのは、核家族で育ってきたからであり、幾ら好きな夏音の、大切な家族の祝い事の為《ため》とは言え、徹夜明けに喜んで出掛けていくほど私は心優しい人間ではなかった。

これから先、もしも夏音と結婚したら、毎月のように何か祝い事に駆り出されるのではないかという危機感が湧《わ》き起こり、先手を打たなければという焦りが胸中に広がった。

すまないが締切りに追われてとても今回は行けそうにないんだよ、と告げてみると、夏音の顔色はみるみるくすみだしてしまった。

「この件は、ずっと前から言っていたことでしょ。今更行けないなんて駄目よ。姉さんたちがみんな旦那《だんな》さんを連れて出席するのに、私だけ一人で参加するの？　それにきーおのお食い初めは今日しかないのよ。今度って、いつ？　もうきーおには今度はないんだから。大造君ってそんなにいい加減な人だったのね」

仕事だからしょうがない、などとここで反論しようものなら彼女は顔中を赤くして百倍にして文句を返したに違いない。こと家族のことになると、夏音は信じられないほど防衛本能が働き、神経質になった。勿論これは夏音に限ったことではなく、栗原の五人姉妹全員に共通することだったが。

　いつだったか、遊びにきた長女夏子と四女理夏の前で、私がつい、自分は正直言うと父親になることや子供を育てるなんてことにはまるで自信がない失格人間なんですよね、などと発言したことがあったが、途端、彼女たちは血相を変えて、まるで自殺者を思いとどまらせようとする婦人警官のような口調で、私たちが代わり番こに面倒を見るから大造さんはただおとなしく仕事に精を出していればそれでいいのです、とそれこそ三十分以上にもわたって説教をされてしまったのだった。それ以降うかつに結婚や子供に関する発言は出来なくなってしまった。

　私が寝室へするすると逃げ込むと、夏音はそこまで執拗《しつよう》に追いかけてきて、私の眠りを邪魔するのだった。そればかりか最後はコードレス電話の子機を持ち出し、道子のところへダイヤルをしてしまった。道子の大阪弁が、朝早く受話器より零《こぼ》れることほど恐ろしいものはなく、結局私はきーおのお食い初めにしぶしぶ出席することを認めなければ仮眠もさせて貰えない状況となった。

　三鷹にある栗原の本家は、バブル経済崩壊後倒産しかけていた不動産屋からひったくるようにして購入した物件で、百坪はあろうかという金殿玉楼《きんでんぎょくろう》の豪邸であった。玄関を入ったところには三方をガラス戸に囲まれた、道場のような広々とした居間があった。

　この家は道子と長女の夫十和田一男とが半額ずつ出資している形になってはいるものの、

道子が大阪で成《な》した財をそのほとんどの資金源としており、一男の両親の同居に対しての、道子の細やかな配慮と見ることができた。

家長としての威厳は、全家族への満遍《まんべん》なき目配りに尽き、その点道子は大家族の勢力構造においても権威構造においても見事な信頼をかち得て君臨しているのだった。

大家族を検証発掘することを命とした私が、今もっとも興味あるテーマは、この大家族における内部構造である。大家族という外側のイメージと、実際に中に潜入し観察しなければ分かりえなかった内側の見えない部分との差こそが、大家族なる不可思議千万な集団を知り尽くすための重要な鍵となることはまず間違いなかった。

大家族の日々の暮らしの中で、道子がどのようにリーダーシップを取り、また他の誰がどのような役割を果たし、家族相互がどのような感情をお互い抱き合っているのか、そして誰と誰の間にどのようなコミュニケーションが交わされているのかなどが、私にとっては興味の的だった。

これら大家族の内部構造に関する分析、——家族内の勢力関係や、役割関係や、情緒関係や、コミュニケーションの仕方などを調べ上げることこそが、私がこれから栗原の一族と深く関わっていく上での実に重要な視点となり、この点をしっかり認識できれば、大家族遊泳術も意外に早くマスターできるはずなのだと自負する次第である。

私が一旦仮眠してからきーおのお食い初めに出掛けた為に、三鷹の栗原邸に到着したのは夕刻時で、既に玄関には靴が山のように溢《あふ》れ、居間のドアを開けると、例によって子供たちが勢い良く飛び出してきては、人工衛星、などと叫びながら私の周りをぐるぐる走り回る有り様だった。

大家族というものは、いつ見ても、仰天してしまう。三十畳ほどの大広間が、びっしりと人で溢れかえっているのだ。全てが血縁関係にあることの驚異を何と表現していいのか。転勤族の家にひとりっ子として育ってきた私にとっては、膝を突き合わせてにこやかに酒を酌《く》み交わす血族の団欒《だんらん》ほど眩《まばゆ》くこそばゆい風景はなかった。

私の家の居間に集まった時よりも人数が増えているのは次女千夏の亭主村田雄三の両親や、四女理夏の亭主塩野屋啓介の両親までもが顔を揃《そろ》えているためであった。また新たな名前を覚えなければならないのかとたじろいでいると、宴会場の上座に泰然自若と構えている家長の道子がにこやかなる笑みを湛《たた》えて言った。

「大造さん、よう来てくれはりました。締切りに追われてはるというのに、ご無理を聞いていただきすみませんでした。さあ、どうぞ、そんなところに畏《かしこ》まってないで、さあさあ座って、ほれ、夏音、ちゃんと席を勧めなあかんやろ」

男親のような堂々とした威厳は、家長としての力量を十全に窺《うかが》わせ見応えがあった。敵に塩を送るようだが、風格だけを見れば昨今の男性にはすっかり失われた統率力や行動力が漲《みなぎ》っており、ほれぼれするほどだった。

私は仕方なく、ぺこりとお辞儀をしたが、途端にあっちこっちから野次《やじ》なのか声援なのか分からない掛け声がかかり、最後はまた前の時と同じように拍手とあいなった。

まるで見せ物にでもされているような恥ずかしさで身じろぎもできずに畏まっていると、すぐ脇に陣取っていた若い男が私のズボンを引っ張った。

「大造さん、まあどうぞ、ここがあいていますからお座り下さい」

男は座布団をどこからか持ち出して、足元に二枚並べた。男が四女理夏の年少の夫で、二十歳を少し越えたばかりの塩野屋啓介だったことを思い出した私は、人の好さそうな笑みを浮かべる彼に、何か見知らぬ外国の酒場で偶然友人と出会って助けられたような安堵を覚えるのだった。

座布団に逃げ込むように私が身を潜めた途端、啓介は私の耳元へこう囁《ささや》いた。

「ここ、末席です」

末席という響きに不意打ちされ、思わず顔を上げると、大きなお膳《ぜん》の上に顔を並べてこちらをしげしげと覗き込む大家族の成員が一望できた。もちろんその一番奥には、家長である道子が凛然《りんぜん》と君臨している。

「最初に断っておきますが、栗原家は相当手ごわいですよ。逃げだすなら今のうちです」

啓介の方へ顔をやると、

「ま、これは冗談ですけど」

と歯を見せて愛想笑いをした。

私はその時、激しい不安に苛《さいな》まれ、息苦しいほどの焦りを覚えていた。

啓介はしかし、笑顔の裏側にどこかやつれた弱々しい憂いを湛え、もう一度微笑み返すと、回想するような視線を遠くへ飛ばした。

「大造さんが現れるまではずっと僕が末席にいたわけですけど、思い出すとこの二年半、決して愉快な日々ではありませんでした。しかし、これからは大造さんが栗原家の末席に座る身となったわけですから、僕は先輩として忠告しておきます。この試練は耐え切るには結構根性がいりますよ」

啓介の忠言がただただ現実のものとならないことを祈りながら、私は仕方なくこちらを覗く人々に軽く頭を下げて愛想を振りまいておいた。

お食い初めは、夜が更けるまで延々と続いた。入れかわり立ちかわり様々な人々が私のところへ酌に来て、一々挨拶された。その都度眠い目を擦《こす》りながら、覚えきれない名前を言葉に出して復唱し、ぎこちないお辞儀を繰り返した。

お食い初めの主役きーおは、家長道子のすぐ左隣に座する、三女小夏に抱えられ、生後百日の無垢《むく》な顔で人々を安心させ笑わせていたが、このきーおの未婚の母小夏には謎の部分が多かった。きーおの父親が誰か、道子を含め大家族の誰一人知らないのである。小夏がスチュワーデスをしているという理由で、相手は同じ航空会社のパイロットではないかという説が一番有力だったが、機内で知り合ったサミットへ向かう途中の有名政治家の名を挙げる者もいて、様々なゴシップが錯綜《さくそう》していた。

この問題は、栗原の一族にとっては私と夏音の結婚問題をしのぐ最重要案件だったが、しかし本人の前では、さすがの道子でさえそのことに関して気安く口を開くことはできないでいた。

小夏の頭上ばかりが、霧に包まれたみたいに、ひっそりと薄暗いのが気になった。不意にきーおが泣きだした。小夏は男たちがいるにもかかわらず、憚《はばか》ることなく着ていたサマーセーターをたくしあげると、皆の前でおっぱいを吸わせた。途端に泣き止み、一心におっぱいを吸うきーおは、私たちに彼の父親の顔を想像させた。いったい、きーおの父親とはどんな男なのだろう。噂になっていた政治家の顔や、芸能人の顔が頭の中を掠《かす》めてゆく。

誰もが、彼女を避けるように神経質に言葉を交わしている。そしてその矛先《ほこさき》が、当面の暗い雰囲気を回避する為にも、いつかは新入りの私へ向けられるに違いないとの予感はあった。

宴会も半ばを過ぎた頃、その予感は的中し、最初の試練が突然振りかかってきた。

「君は気に入らない」

いま一つ盛り上がりに欠けていた宴会の薄寒さを吹き飛ばすような大声が響いたので、

その方へ視線を向けると、小夏の更に左側、ちょうど十和田一男とは正反対に座っていた次女の夫村田雄三が私を睨《ね》め付けていた。

酔っているのは一目瞭然《りょうぜん》で、目つきが既に違っていたが、何が気に入らないのか全く身に覚えのない私は、ただただ雄三の大声に持って行き場のない心をたじろがせるばかりだった。

村田雄三は、ちっ、と舌打ちしてからもう一度、今度はさっきよりもやや大きな声で言った。

「気に入らないんだよ」

難癖を付ける者もいれば、それを宥《なだ》める者までいて、大家族というのは、実によく出来ている。

塩野屋啓介がお膳の前に手を伸ばして、まあまあお兄さん、今日のところはまだいいじゃないですか、と告げた。まだ、という言葉が引っ掛かったが、止め役が板についているところを見ると、普段から彼は栗原家専属の揉《も》め事対策係といった役どころのようである。

「いや、そうはいかない」

雄三が箸《はし》で私の方を指しているので、明らかに彼が私に文句を言いたいのが周囲にも分かり、思わず目が凝固した。

普通の家庭なら妻が酔った夫を諫《いさ》めるはずだが、千夏はまるで腕白な子供を放任するように黙ったまま素知らぬ顔をして、くりきんとんか何かを箸でつついている。

私は一族を見回し、それから冷静にならなければ彼らの術中に嵌《は》まってしまう、と自分に言い聞かせるのだった。

大家族に巻き込まれようとする者にとってまず何よりも早く分析をしなければならないのは、その家族の中での役割構造である。

先に述べた四つの構造、——勢力、役割、情緒、コミュニケーションの四構造の中でも、誰がどの役割を分担しているのかという問題は、その勢力の中での自分の位置づけを優位にするためにもいち早く見抜く必要があり、遅れると大家族という巨大集団の中での漂流を余儀なくされ、命取りになりかねない。

戦国時代の小国の理論にも似ているが、大家族とは言え一つの世界、その中でどこに与《くみ》し、誰の庇護《ひご》の下に生きるかが、長い目でみた場合、重要な勝因となるのである。

私は今、村田雄三に睨まれたわけだから、方法は二つある。村田雄三以上の勢力を持つ者の傘下に入り、そこで守られるという方法。そしてもう一つは村田雄三の支配下に入り、隷属《れいぞく》的ではあるが、そこでそれなりの立場を築いて生涯生きていく方法だ。

塩野屋啓介のようにその全てを巧みに渡りきる方法も残されてはいたが、しかしどの方法を選んだとしても未来に関して悲観は残り、憂鬱《ゆううつ》になった。

一般的に家族がその成員にとって望ましい形で維持されていくためには、大きくわけて二つの要件、すなわち集団それ自体が外部社会の中で存在意義を持ち、かつうまく適応していくこと、もう一方は集団内部において成員それぞれに満足を与え、集団全体としての結束を保っていくこと、が重要であるとされている。

パーソンズとベールズは、この目的を実現するために、家族の中にそれぞれの役割を分担する二人のリーダーが必要だと説いている。これを手段的リーダーと表出的リーダーと呼び、夫婦家族における夫と妻に相当すると考えた。

栗原家の場合、ここで問題なのは、家長である栗原道子が寡婦《かふ》であるという点だ。早くに夫寛治を亡くしているために、道子がこの二つのリーダーの役割を同時に担っているのである。

そのため、彼女の負担は自然と大きくなり、それを各小家族のリーダーたちがバックアップするという変則的な体制をこの栗原の眷属《けんぞく》は持っているのだった。

分析するに、村田雄三が私に難癖を付けてきた経緯《いきさつ》も、家長道子の心中を察して、家族内でもっとも武闘派を自負する雄三が、酔いの力を借りながらも、やや屈折した方法ではあるにせよ、家長道子の負担を軽減させる為に、一言を私に突きつけたというのが正しい見方かもしれない。その証拠に、他の者たちは当初から距離を保ち、冷静に様子を窺っていたのであるから。

次女千夏の無言のくりきんとんつつきは、それらを理解した上での暗黙の容認と見るのが妥当であろう。

どちらにせよ、私は大きな修羅場に立たされたわけで、ここを一つの試練として乗り切らなければ、栗原家における私の立場は今後低く弱々しいものになるのは否めない。

「君にはっきりと言っておくが、この栗原の一員になったからには、正々堂々と生きて貰いたい。集まりがある時は何をおいても家族のために駆けつけて貰わないと」

私が、お食い初めへの出席を当初躊躇《ためら》ったことを彼は咎《とが》めているのだった。おそらくきちんと挨拶が出来ない愛想の無さにも腹を立てていると思われる。しかも大幅に遅刻してきたことも彼の機嫌を損ねた理由の一つだった。

「家族というのは、一致団結してこそ、意味がある。きーおがこれから生きていくのを心から喜べないのだったら、君は栗原の一族に入る資格はない」

まあまあ、という声があっちこっちから上がったものの、声に力はなく、それは取り敢《あ》えず合いの手を入れるような意味合いでの、まあまあ、に過ぎなかった。十和田一男が代表して、雄三君、最初からそんなことを言うと、まだ若い大造君が家族の中で萎縮《いしゅく》してしまうんじゃないか、と一応道子に次ぐナンバー2の存在を誇示してみせたが、これとて強権を発動するというほどのものではなく、裏返せば、完全にやる気をなくすほど今から痛めつけては逃げられかねないので拙《まず》いだろう、と警告したように私には聞こえた。これに対して雄三は、いやお兄さん、これだけははっきりと言わせて下さい。何事も最初が肝心ですから、と義兄一男の後押しをそれなりに得られたことに自信を深めたといった感じで益々調子に乗る有り様だった。

家族というのは実に面倒臭い。いちいちこんなふうに風呂敷を広げないと話ができないのかと呆《あき》れるばかりの展開の連続で、その一つ一つには裏の政治的な意味もたっぷりと含まれており、無口な姉や兄たちも、困ったものだと腕を組んだりしながら、その雰囲気を楽しんでいるとしか思えなかった。

人間にはどうしても肌が合わない者もいるわけで、だから個人主義が成り立つ所以《ゆえん》なのだが、同じ家族といえどもこれほど大所帯になれば、当然気の合わない人間が二人や三人いてもおかしくないのに、外の社会なら嫌いだからと言って付き合わないで済むものを、大家族というのはそれが全くできず、嫌でもとことん付き合わなければならないこの関係の複雑化と難解さこそ、このような集団の一番の問題なのである。

「君が小説の締切りを抱えて大変なのは知っているが、これからはまず第一に家族を念頭に置いて生きて頂きたい。勿論、私は君を好きになりたいからこそ、苦言を呈しているんだ。ちょっとくらいアカデミックな仕事をしているからと言って、特別扱いは、この栗原家においては許されない」

十和田一男の両親も、道子の母長老の朱鷺《とき》も、また兄弟姉妹たちも誰も口を挟まなかった。全員で雄三を批判したり、酔った彼のプライドを傷つけたりしない方が、私を救うことよりも取り敢えずは事態を拗《こじ》らせない優先事項なのだと思っているに違いなく、中には頷《うなず》いてみせる者までいた。雄三が指先を振り上げて文句を言っている間、私を救おうとする者はいなかった。夏音でさえ、私を一瞥《いちべつ》して、ごめんなさいね、この場は我慢してね、と片目を瞑《つむ》る始末なのだった。

「しかし、お兄さん、大造さんはまだ夏音ちゃんと結婚するかどうか決まっていないんですから、今からそんなにきつく強《し》いるのは問題があると思いますが」

ここで啓介の予期せぬ発言となるわけだが、それは私を救おうとするものではなく、むしろその反対であった。この男は敵とも味方とも言えない危なっかしい雰囲気をいつも漂わせていて、不気味な存在であった。

啓介のこの不用意な発言によって、村田雄三がさらに声高《こわだか》になったことは言うまでもない。

「君は、夏音と結婚する気がないと言うのか」

雄三の剣幕《けんまく》たるや、一時は納まりかけた炎が再び油を注がれ燃え上がったような凄まじさであった。

そしてその炎は、それまで黙っていた家長道子に思わぬ飛び火をした。五人姉妹を無事に嫁がせて幸せにすることだけを考えて生きてきた母道子の、胃袋の奥底に封じ込めていた忍耐の扉を、炎はやすやすとこじ開けてしまったのだった。

「すぐに結婚したらええんよ。結婚が駄目なら、せめて婚約でも構へんやん。同棲してはるんやし。もう、寝食を共にしてるんやから結婚したも同然やと私なんか思いますけど、どないやろ」

切迫した危機とはまさにこの時のことを言うに違いなかった。四面楚歌《しめんそか》、孤立無援、絶体絶命のピンチであった。

大家族という場所に個人の自由を持ち込もうとすることがそもそも間違いなのかもしれない。自由がないからこそ、ここは大家族という集団を維持できるのかもしれない。そんな弱音を吐きそうになりながら、私は息をこっそり飲み込むのだった。

次女千夏の口が重々しく開いた。

「あのね、そういうことは本人同士が決めればいいことじゃないの」

千夏が事態を収拾させるべくやっと浮袋を私に投げかけた。しかしそれは決して空気の沢山詰まった浮袋ではなかった。次の道子の言葉でその浮袋には簡単に穴が開いてしまう。

「そうやね、本人同士で決めればいいんや。ほな、夏音、どうするか決めなはれ。大造さん、どうされますか」

興奮した道子がそう告げると、夏音が、待ってよ、結婚はすぐにでもしたいとこやけど、これは私たちの問題なんやから、こんなところですぐには決められへんわ、と少し癇癪《かんしゃく》を起こして言ったが、時既に遅く、ああでもないこうでもないと、家族全員が思い思いの考えを述べだすに至り、場はきーおのお食い初めから一転、当然その裏側には小夏問題の複雑さから来る一つのスケープゴートとしての私と夏音の結婚問題が内在していたわけで、栗原邸の居間は大家族全員参加の深夜テレビの激論番組のようになってしまったのだった。

「あのさあ、だいたい結婚なんてものはさあ、勢いが大切なんでね、様子を見はじめたらそれは危険信号みたいなところがあるじゃない」

と千夏が胡座《あぐら》をかいたまま言いだした。さっきは浮袋を投げてくれたので、味方かと思っていたが、どうもそうではないようだ。塩野屋啓介のような蝙蝠《こうもり》人間ではないにしろ、この女には気を付けたほうがよさそうである。その目のすわり方といい、恰幅のいい太り具合といい、あの村田雄三を掌《てのひら》で遊ばせているかのようなゆとりといい、或いは栗原道子よりも次女千夏の方がある意味でこの眷属を支配しているのかもしれない。

「そう、そうやな。それは確かにそうや」

千夏の意見に思わず相槌《あいづち》を打ったのは、道子であった。道子は当初、この家との付き合いを私がはじめた頃は泰然自若とした貫禄《かんろく》の塊だという印象であったが、しかし今は少し違う。やや私に対して仮面を被っていたようなところがあり、次第に道子の普通らしさというのか、激しさを私は知っていくことになる。

「大造はん、おたくは夏音との結婚に弱腰になっているというんですか」

「ちょっと、何よ、何でそうなるわけ。まだ私たち付き合いだしたばかりなのよ。結婚するときはします」

　と夏音が興奮して抗議すれば、

「それがいつか、と聞いているんだよ」

　と村田雄三が私の方を一瞥して吐き捨てた。

「待って下さい。夏音ちゃんと大造さんの気持ちを分かってあげないと、出来るものも出来なくなってしまいます」

　ここで四女理夏が助け船を出した。理夏は夏音と歳が近いということもあり、仲良しで、容貌も雰囲気も似ていた。しかも栗原家の女兄弟たちの中では一番物静かでおしとやか、ときどきふっと、この人と交際していたらどんな人生を自分は送ることになったのだろう、とついいけないことに夏音と比較してしまうこともあるほどであった。

　子供をあやす理夏の横顔には、幼い頃に勝手に心に描いていた母親の理想的な要素が沢山含まれていた。ラファエッロのマリア像のような温かい美しさが彼女にはあった。少なくとも、彼女は私の味方になってくれそうな存在で、この大家族の中に理夏がいるのといないのとでは大きく違った。

「ねえ、結婚ってそんなに大変なものなの？」

　と奥の方で長女夏子の息子力矢が大声を張り上げたものだから、その言葉を受けた一同が私を睨《にら》み付けた。慌てて夏子が、いいから、あんたは黙ってなさい、と息子を戒め、十和田一男の母親が背後から力矢を押さえつけた。

「いいんだよ、力矢はまだ子供なんだから」

と一男の母親十和田綾之《とわだあやの》が言うと、その隣で夫の幸雄《ゆきお》がにこりと微笑んだ。

「まあ、みなさん、大事な問題ですから、ゆっくりと考えていきましょう」

と今度は十和田一男が大学教授らしい説得力のある低い声で全員に告げた。

「今日のところは、ここまでにしませんか。きーおのめでたい席なんですから、夏音ちゃんたちの問題は少しずつみんなで協力しあって解決していきましょう」

夏子がすかさず、きーおの額に顔を押しつけ、おめでとう、と声を掛けると、きーおはじっと夏子の顔を見つめた後、突然泣きだしてしまうのだった。

「やめてよ夏子姉さん、きーおがびっくりしてるじゃない」

と小夏が夏子の胸を力一杯押した。夏子の息子たちが、あー、母さんが泣かした、と叫びだし、再び場は賑《にぎ》やかになった。ひとまず矛先が自分から遠ざかったことで、私はやっと足を崩すことができたのである。

この模様に加わらず安堵している私を冷静に見つめている視線があった。顔を上げるとそれは栗原道子の母、朱鷺八十八歳であった。

私はこのまま、栗原の軍門に降《くだ》るつもりはまだない。簡単に大家族に屈伏してしまっては私の人生はそこまでということになりかねない。一生を台無しにしかねないのだ。

堪《こら》えていた憤りをなんとか言葉にして伝えなければ、いつまでも大人しく栗原の末席に座りつづけなければならなくなる。何故なら夏音は末っ子で、私より後にここに新しい一員がやってくるのは、少なくとも夏音の姉たちのその子供たちが結婚して誰かパートナーを連れて来るまで、絶対にあり得ないことだったからだ。

しかし私の口をその思いが言葉となって通過して出ていくことはなかった。気持ちを言葉にしようとするのだが、場は私個人の意見に耳を貸すほど穏やかではなくなっていた。あちこちで賑やかな声が響き渡り、場内はどんどん勝手気ままな方向へと進展していくのだった。

そのうち、問題の村田雄三は酔いつぶれて寝てしまい、それと同時にきーおのお食い初めは終息へと傾斜した。

三々五々、人々が帰りはじめたこともあって、終電が無くなる前には、私たちもやっとその場から解放されたのである。

その夜、マンションへ戻ると、私は口をきかず、そそくさと仕事部屋へ行き、机に向かって仕事をはじめた。いつまでも結婚を決めない私のことを夏音が不満に思っているのは、帰りの電車の中で彼女が一言も口をきかなかったことで明らかだった。彼女は何か不満があると、無口になり、わざと黙る。最初の頃はそれでも機嫌を取るために、私は無理して愛想笑いを浮かべてみたり、話しかけてみたりしていたが、大家族で育ってきた彼女の人心を操る術《すべ》は見事というほど計算され尽くしていて、口を開くと大抵こちらが折れた恰好になり、立場が不利になるばかりではなく、夏音をいい気にさせて逆に必要以上にいろいろ要求を出されてしまうのだった。

だから、こういう場合は黙って仕事に向かうに越したことはなかった。

結婚のことは重たい問題だった。いずれ夏音とは結婚しないわけにはいかないだろうが、なんだかまるで栗原家という蟻地獄《ありじごく》におびき寄せられた孤独なてんとう虫のような気がして仕方なかった。

仕事を始めて一時間ほどが経った時、仕事部屋のドアが静かに開いた。夏音が何か文句を言いにきたのか、と身構えていると、その暗がりの向こう側からすーっと湯気の立つお茶が差し入れられた。

私は却《かえ》って、たじろいでしまった。

一つの家族についてその形成から消滅までを幾つかの発達段階に区分することができる。有名なソローキンの四段階区分を例に挙げるなら、新婚の時期、子供を育てる時期、成人した子と暮らす時期、子供が婚出した後の老夫婦の時期、と一つの家族に四つの発達段階を措定《そてい》することができる。

私と夏音はまさに最初の新婚の時期へと突入しようとしているのであった。

第三節　隠忍自重主義

「いやらしいわ」

これが栗原道子の口癖である。何かを非難する時にもっぱら使われるが、いやらしいわー、と語尾を延ばす時にはむしろ非難ではなく、驚きや喜びを表現する場合が多い。例えば三女小夏の息子きーおが満面に笑みを湛《たた》え大人たちを見つめ返す時など、道子は赤ん坊を抱きかかえてこの言葉を周囲に言い聞かせるように連呼する。そこには、ほら見てみなはれ、こんなに愛想を振りまいてこの子ったら、なんてかわいいんやろ、という意味が内在しているのだ。だが、いやらし、と一喝《いっかつ》する時、或いは、いやらしわ、と短めにきつく言う時、そこにはかなり厳しい批判の意が込められているのだった。

「いやらしわ。何も今更ディンクスやあらへんやろ。男と女は結婚してなんぼや。家族を作ってこそ、一人前やで。それをなんやいつまでも同棲ばかりして」

顔を歪《ゆが》めて、夏音を叱る道子の声がリビングの端っこで新聞をこそこそ読む私の耳にもしっかり届いていた。もちろん彼女はわざと聞こえるように声を張り上げているのだ。

「そんなこと言うても仕方ないやん。大造君だってまだ新米作家なんやから、これからがんばらなあかん時やし、私だって舞台女優として踏ん張り時やのに。事務所の社長さんにもそこんとこだけは口をすっぱくして注意されてんねん。売出し中の私が勝手に結婚したら、いろいろ周囲に対してやりづらいことがあるんやて」

「何がやりづらいことや。いやらしわ。そんな大女優みたいなこと言わんといてよ」

「何いうてんのん。これでも私は大女優の卵やで」

「いやらし」

「どっちがいやらしいかわからへんわ」

夏音と道子はお互いそっぽを向いて、口を尖らせたまま、一方は壁を、そして一方は私の方を、悶着《もんちゃく》の発端はお前だろ、といいたげなきつい眼差しで睨み付けてきた。

「大造はんはこの件に関してどないするつもりなんか、はっきり意見を聞かせて頂けませんかね」

道子は、声をわざと穏やかに低めてそう私に告げたが、感情の流露を完全に押さえ込むことができず、語尾は僅《わず》かに震え揺れ動いていた。

矛先がいずれ向けられるだろうと覚悟してはいたが、実際に問い詰められるとたじろいでしまう。

「いえ、僕はいつでも結婚をしたいとは思っているのですが、その、まだ二人とも若いですし、お互いのことをもっとよく知ってからでも、遅くはないかと……」

自分が余計なことを口走ってしまったと瞬間慌てて口を噤《つぐ》んだが、遅かった。

「一年も交際していながら、お互いをもっとよく知ってって。よう言うわ。大造はん、無責任と違いますか。知って駄目やったらどないするつもりなんか」

道子は立ち上がると、夏音の方を見返り、結婚せぇへんのやったら、同棲を認めるわけにはいかへんからね、と更に声を荒らげ、それから私の方を一瞥《いちべつ》し、心のもやもやを吐き出そうとしたがぐっと思い止まり、ここで全てをぶち壊しては縁談そのものを壊しかねないと危惧《きぐ》してか、唇を尖らせたまま憤りを再び腹の底に飲み込むと、怒りに任せて大股《おおまた》で部屋を出ていくのだった。

残された私たちは見つめあい、例によって夏音が自分を不幸な女だとでも言いたげな涙を睫毛《まつげ》の先に溜《た》めてみせると、自分の部屋へこれまた演劇的なわざとらしさで駆けだしていくのを、私はひたすら疲労感につつまれながら脱力して、じっと見送るしかないのだった。

なぜにこれほどまで結婚問題が拗《こじ》れてしまったのかは自分でもよくわからない。結婚しないなどと一度でも自分が言ったのなら責任の一端を背負うこともできるが、結婚に対して否定的な発言をした覚えがないため、道子が何に憤慨《ふんがい》しているのかさっぱり理解できないのである。確かに、私は結婚そのものに関して慎重な態度を取ってはいた。三冊ほど単行本を出版していたが、ベストセラーがあるわけでもなく、小説家として家族を養う金銭的な安定がない今、自信がもう一つ湧《わ》かなかった。代表作だと思える作品を書いた後でも結婚はいいだろうと考えていた。

そうはっきり言葉にしなかったことにも、誤解を招いた原因はある。結婚の期日を決めずに同棲へと突入したこともいけなかった。

一方夏音は、結婚したい、と口では言うが、実際には迷いがあって彼女の方が私よりも腰が重たかった。舞台女優として波に乗ろうとしている時期でもあったから仕方もなかったが、原因はそれだけではなかった。

ある時、夏音は夫婦別姓を主張して私を少し驚かせた。長年本名で仕事を続けてきたので、結婚後も栗原夏音の名前を変えたくないと言うのだ。芸名として栗原夏音を続ければいいじゃないか、と穏やかに提案したが、彼女は気に入らない様子だった。法律があと数年で改正されるだろうから、それまで結婚を焦りたくないと言うのである。

その夜、私は夏音を宥《なだ》めるのに苦労した。

機嫌を取るために、電気の消えた寝室でふて寝を続ける夏音の傍《かたわら》へ行き、その耳元に優しく声を掛けるのだった。

「ねぇ、夏音。そろそろ僕たち結婚しようか。みんなの期待も大きいことだし」

夏音は甘えるように唇を嚙《か》みしめてこちらを見返った。視線を落とし、唇を一層尖らせていた。

「でも、まだ大造君独身でいたいんじゃないの。私だってどうしていいのか分からない。結婚はしたいけど仕事の方もやっと芽が出始めたところだし」

「分かっている。来月からはじまる舞台も君ははじめて大きな役をもらえたんだし。ここで結婚して、家庭なんかに入ってしまったら折角《せっかく》のチャンスを逃してしまうことになるかもしれないもんね」

「そんなこと別にどうでもいい。結婚は一生の問題だもん。結婚したから駄目になるような仕事はしていないつもりだし」

「でも、事務所の社長さんが……」

「家庭を作ることが子供の頃からの夢だったから。私ね、いざとなったら役者なんかやめたっていいんだ」

夏音は目を大きく見開いて、迷う気持ちを吐き出すように嘆息をつくと、天井を見上げた。それから思いだすようにゆっくりと過去を語りはじめるのだった。

「……お父さんが生きていた頃、私たちは芦屋《あしや》に大きな家を持っていたのよ。部屋がいっぱいあって、お庭も広くて、犬も飼ってた。メリーという雌《めす》のジャーマンシェパードだった。お手伝いさんもいたんだから」

夏音の黒目が微細にふるえている。

「私が幼稚園にあがった頃、お父さんが親友だと信じていた人に騙《だま》されてしまってね、事情は詳しくは言いたくないけど、完全な詐欺《さぎ》にあって全財産を奪われてしまったの。貯金も家も全部持って行かれたわ。借金を抱えたお父さんは家族に迷惑を掛けてはいけないと、破産宣告を受けて自身の身の上を清算すると、迷惑を掛けた友人知人たちから逃げるように一人余所《よそ》の町へ逃げたんだ。お母さんはお父さんを心配しながらも、残された五人の娘を養うために働きに出たの。家からほんの目と鼻の先に1DKのアパートを借りた。八畳間に雑魚寝《ざこね》のようにしてお姉さんたちと寝たんだ。どうしていきなりこんな生活をしなければならないのか小さかった私には分からなかった。子供だったから最初の頃はキャンプみたいで楽しかった。でも、そのうち、メリーのことが気になって、家に帰りたいって言ったの。そしたら、夏子姉さんが、もう家はないのよ、って教えてくれたんだ」

夏音は溢れ出ようとする涙を必死で堪え、唇を何度も噛みしめるのだった。

「ある日ベッドから追い出されて、突然押入れで寝なければならない境遇の変化って分かる？　とても惨《みじ》め。家が無くなることの寂しさったらなかった。でもね、そんな中でも私には家族が残った。お父さんはいなくなったけど、お母さんと上の姉たちは傍《そば》にいたわ。私たち栗原の女たちがどこの家族よりも結束が強くて仲がいいのは、苦しい時期を輪になって手を繋《つな》いで寝て過ごしたからなのよ。誰もが裕福にぬくぬく生きていた高度経済成長期の日本で、私たちは、毎日、キャンプのような生活を送っていたんだから。家族というものを大切に思う理由はそこらへんにあるの。結婚や出産を何より重要に思うのは、最後は家族だけが財産だと現実によって教えられたため。父は逃走先で謎の死を遂げるの。自殺だということだった。死後、京都の方からもう一つ別の父の家族が出てきたことは前に話したよね。ひょっとするともっと他にも家族がまだあるのかもしれない。不思議な人だった。夏の間だけこっそりと帰ってきていた父。私はそんな父を持って生きてきたからかえって、家族の大切さは分かっているつもり。家を大事にしてくれる人を婿《むこ》にしてほしいと母が願うのも分かって上げてほしいの。野心よりも、家族愛に満ちた人を私達は求めてしまうのよ。だから村田のお兄さんのような人でも、家族思いなら母も多少の荒くれは我慢しているわけ。……父の葬式には、見知らぬ兄弟たちがわんさか集まって、まるで運動会のようだった。父は幸福だったのかしら。せめて自分が誰よりも幸せな家庭を築くことでしか、お父さんの魂を供養することはできないって思っているの」

夏音はもう泣いていなかった。ふくよかな頬《ほお》に涙の跡が残ってはいたが、瞳《ひとみ》は窓越しに差し込む月光を一度眼球の奥底に溜め込んで強い意思によってそれを再び放出し、輝かせていた。

「だから私は大造君と結婚したい。野心なんて、家族を形成することに比べたら大したことじゃない。それに結婚しても舞台女優ならちゃんと続けていける自信があるし」

私は小さく頷いた。

「お母さんがたった一人で私たち五人姉妹を養うために、どんな苦労をして今日まで生きてきたのかは、私たち姉妹にしか分からないこと。あの人が女手一つで私たちを支えてきた苦労は言葉では言い表せない。いつも夜中にこっそり帰って来るお母さんを私は今でもよく覚えている。一番上のお姉さんが遅くまで起きて待っていて、お母さんに気を遣《つか》っていた。それを私は薄目でじっと見て育った。もう贅沢《ぜいたく》はできないって、心に言い聞かせながら。家は絶対自分の力で取り戻してみせるって幼な心に誓ってね」

夏音は私の方へ体を向けた。私は彼女の手を握りしめた。冷たかった。血が体内で凝固しているような固い皮膚の凍えがあった。

夏音と交際をはじめて一年が経っていた。三年や四年なら、結婚を前提に交際してると周囲に言うこともできるが、一年だと、三十歳という私の年齢からして助走距離にしては少し短い感じがする。周囲の期待に対して、そろそろきちんとけじめをつけなければならない時期、だとはどうしても思えない。道子が業を煮やすように忠言してくるのも、どう考えても性急な気がしてならないのだ。辛い過去を背負って生きてきた彼女たちが、私と夏音との間を早く決着させたいと願う気持ちは十分に理解できたが、それにしてもこれは二人にとって一生の問題であるはず。彼らの焦燥が不気味でならなかった。

「私ね、鍵っ子だったの。子供の頃、お母さんは死んだ父の分もがんばって働いてたから、鍵っ子で当然だった。ちび夏音はね、いつも鍵をぶら下げて町内を走り回っていた。大きな屋敷の前を通過する時、つい足が勝手に早くなって俯《うつむ》いてしまうの。犬を散歩に連れている人に出会うと、メリーのことを思い出して慌ててよけてしまう。お父さんが、さぁ、みんな家に戻ろう、と迎えに来そうな気がして、毎日アパートの前で暗くなるまで立っていたわ」

夏音は体を起こすと私に抱きついた。私は両手で優しく夏音を抱きしめる。鍵を首からぶら下げている小さな子供の夏音を抱きかかえているような、まるで彼女の父親にでもなったような気持ちが湧き起こる。

「……だからね、私は結婚には決して反対じゃないのよ。大造君といっしょになるのが私の夢だから。家族を作るのが何よりも大切だから。最近の女性たちのように仕事の方が大事だなんて思っていない。どんなに今が役者としてチャンスだとしても、家庭を築くことに比べたら、そんなもの大したことではないもの」

私は何かを言わなければならなかったが、すぐには言葉が出てこなかった。在《あ》り来《きた》りの言葉は胃袋の中で次々に消化されていった。

暫《しばら》く私たちは抱き合ったまま別々の闇《やみ》を見つめて、言葉を慎んだ。彼女の温《ぬく》もりが、今を生きていることを伝えてくる。思わず言葉の死骸《しがい》が嘆息と一緒に外に零《こぼ》れ出た。

「大造君は平気なの？　私と結婚すると、大造君は大嫌いな大家族の一員にならなくてはならないのよ。栗原の人たちとやっていける自信があるの？」

私は反射的に頷いていた。迷う場合ではない、と自分に言い聞かせながら。夏音から離れると、彼女のまだ仄《ほの》かに濡れた瞳を静かに覗き込んだ。

「大丈夫。結婚しようよ」

夏音は唇を窄《すぼ》め、顎《あご》を引き、上目でじっと見つめ返してくる。

「私の過去に同情したのなら、それは後悔の元だからね。考え直すなら今しかないわよ」

「同情なんかしてない」

「本当？　後悔しない」

私は頷いた。彼女を幸せにするためならどんなことも苦痛ではない、と勢いに飲み込まれて自分に言い聞かせていた。

しまったと思ったのは、その翌日、上機嫌な道子の顔が眼前に現れた瞬間である。

「よかったですわ。ほんまに、こんなに嬉《うれ》しいことはないですわ。この子のことだけが心配で、今日まで生きてきたんやから、こんなに嬉しいことはないです」

朝方まで仕事をしたせいで私の体はまだ完全に起きてはいなかった。寝ぼけた頭を軽く振って、彼女の発する言葉の意味を理解しようとしていると、道子は鞄《かばん》の中からいきなり結婚式場の案内を取り出し、私と夏音の前に広げてみせるのだった。

体内を意思とは別に血液が激しく流れはじめ、瞬間不意に覚醒《かくせい》してしまった。夏音は、どれどれ、と言いながらパンフレットを覗き込んでいる。

「これで大造はんも正式に栗原の一族やね。いやあ、安泰やなぁ」

道子がそう告げたので、頭の中に、大家族の末席にぽつんと座る自分の姿が思い浮かんでしまった。

道子が持参した結婚式場のパンフレットを夏音と道子の背中越しに覗き込みながら、これからソローキンの四段階区分、つまり新婚の時期、子供を育てる時期、成人した子と暮らす時期、子供が婚出した後の老夫婦の時期の四つの発達段階を生きていかなければならない自分の未来を想像せずにはおれなかった。

大家族の一員となって、家族的団欒《だんらん》の中で生活する自分を私は想像してみた。妻を持つことの責任を想像してみた。いずれ夏音が欲しがるだろう子供に対する父親の責任について考えてみた。子供の成長や増加に伴う学校問題や、家の間取りや、家計費の支出のことを考えてみる。果ては子供の就職や結婚も浮上してくる。もしも子供が女の子なら、私は夏音を若い男に寝取られるような苦しい気持ちを、娘がボーイフレンドを連れてくるたびに持つことになるのだろうか。

ソローキンの四段階を一段一段上り詰めていく自分の姿を想像してみた。階段を上がるたびに、遂行しなければならない多くの役割と期待と義務を背負わされる。大家族とは、それらの苦悩や苦痛が核家族よりももっと大きく複雑化したものなのだ。

私は夫として、また父親として恥ずかしくない生き方を要求され続けるに違いない。大家族の中での、小難しい立場も背負わされるだろう。

かつて私は孤独を愛した作家であった。自由奔放に生きようと決めた小説家であった。夏音を愛してしまったがために失おうとしているものは、この孤独や自由という名のささやかだが掛けがえのない幸福に他ならない。

突然、道子が私の前に座り込み、両手をついて頭を下げた。

「大造はん、どうぞ、夏音をよろしくお願いいたします」

私は慌てて道子に駆け寄り、やめて下さいそんなこと、と声を掛けた。しかし道子は家長の立場さえもどこかへ放棄して、低頭し続けた。

「いや、これで私はまた一つ、肩の荷を下ろせます。末っ子の夏音が幸せになってくれるのを、亡くなった主人も草葉の陰できっと喜んでくれているはずですから」

私は道子の前に同じようにしゃがみこんでは、ここで騙《だま》されてはいけないと肝《きも》に銘じ、なおも頭を下げようとする彼女の肩を押し返した。

「いや、世話になるのはこちらですから。りっぱな夫なんて私なんかにはまだ無理でしょうから」

「そんなことはありませんよ。何を言うてはるんですか。自信を持たなあきまへん。大造はんはこれから栗原の一員としてりっぱに生きてもらわなあかんのですから。どこへ出ても堂々としていてもらわんと」

その強い口調に私は思わず、はい、と頷いてしまうのだった。

「夫寛治が亡くなってから、私は家族を支えるために一生懸命働いてきました。もう毎日が苦労の連続でした。一番末のこの子には特に寂しい思いをさせました。父母参観にもいってやれんかったし、余所《よそ》の子たちのように裕福なことは何一つさせてやれんかった。末っ子まで面倒見る余裕なんてなかったんですわ。上の子たちがそろそろ多感な時期に差しかかっていたし、一家六人を支えなければならん事情もあって。だから、幼稚園でさえ送り迎えができんかった。この子も決して弱音はきませんでしたよ。特に私の前では絶対に贅沢を言わんかった。同じ年齢の子たちがわがまま放題の時に、この子には人一倍の我慢をさせてしまいました。誕生日でさえ、ケーキ一つ買ってやれない時もあったんですわ。ずっとその時の申し訳ないという気持ちを今日まで私は抱えてきたんです。この末の子がようやく結婚してくれることで、本当に私は一安心ですわ」

道子の後ろで母親の話を聞いていた夏音が目を潤ませ泣きだした。気の強い夏音が、感情的にしゃくりあげるのをはじめて見たせいで私の心が大きく揺れた。そういう時に、自分の心の内側にふっと湧いてくる、もわもわした切ない感情に私は驚いた。それが一体どういうところから来るものかさっぱり見当もつかなかった。夏音を好きだと思う切なさとは違った。心は揺さぶられているのに、恥ずかしかった。面はゆかった。これが家族愛というものだろうか、と自問してみた。

夏音が道子の隣にしゃがみこみ、彼女の手を上から摩《さす》る。道子は私から視線を逸《そ》らさず、毅《き》然《ぜん》とした目つきで私を見つめた。

「夏音をどうかよろしく頼みます」

その鋭い視線に慌てて、またもや思わず頭を下げてしまう。他人からこんな風に畏《かしこ》まって頼まれたことがなかった。道子のいつになく真剣な顔つきに、つい圧倒されてしまったのだった。

床にあたるくらい頭を下げて、こちらこそどうぞよろしくお願いします、と神妙に呟《つぶや》き暫く様子を窺ってから顔を上げると、既に道子と夏音は私に背を向けて、再び結婚式場のパンフレットを覗き込んでいた。ねぇ、ここなんかどうやろ、結構安いんちゃうか、という道子の囁《ささや》きが彼女たちの背中越しに呑《のん》気《き》に響いてくるのだった。

私たちの結婚に向け栗原家が一丸となって動きだすまでに、それから二日と掛からなかった。その迅速《じんそく》な行動はまるで、衆議院が突然解散して選挙運動が始まったかと思うほどの機敏さと賑やかさだった。

夏音の姉たちがやってきて、結婚式の微細な打合せをはじめた。四女理夏は数年前に自分たちが結婚式を挙げた教会の神父さんに電話を入れ、場所押さえに奔走した。式の前までに数度、神父の下での勉強会に出席しなくてはならなかったが、おごそかな雰囲気が二人には合っているから、と理夏に説得され、夏音もあそこがいいわ、とのり気だった。小夏は友人のスタイリストを連れてきて、私と夏音の寸法をはかり、ウェディングドレスと燕尾《えんび》服《ふく》を借りる手筈《てはず》を取った。結婚なんていちいち神経質に行うものではない、と道子が提案すると、姉妹たちが、そうやね、と異体同心に頷き、結婚の日取りもほとんど教会の都合に合わせて、その中から選ばれるという急ぎようなのであった。

なぜにそんなに迅速果敢に急がなければならないのかと、まるで罠《わな》に嵌《は》められたような気にもなったが、ことはあれよあれよという間に進み、取り残された私だけが、ただ他人《ひと》事《ごと》のような気分を味わってそこに佇《たたず》んだ。

結婚式が一週間後に迫ったある日、私と夏音は春の京都にいた。爽《さわ》やかに晴れ渡る京都へは高校の修学旅行以来二度目の訪問となった。

京都駅からタクシーを飛ばし、伏見《ふしみ》にある夏音の父が眠る栗原一族の墓に向かった。もともと栗原家は、京都にそのはじまりを持ち、栗原道子に言わせると先祖は朝廷に仕える由緒ある一族だということだった。

まだ少し芯《しん》の残った風が二人を穏やかに出迎えた。途中、仏花を買い、寺でバケツを借り水を汲《く》み、夏音の父親の墓石を二人で小一時間かかって掃除し、綺麗《きれい》に磨きあげた。

夏音と私は手を合わせて、祈った。そして結婚を来週執《と》り行う旨《むね》を静かに告げた。光が瞼《まぶた》の内側で広がっていく魂の清澄な高揚を覚えた。

「大造君、忙しいのにここまで付き合ってくれて本当にありがとう。お父さんも喜んでいるみたい」

夏音が改まって告げると、私は彼女の無邪気な微笑《ほほえ》みを見つめて小さく首肯《しゅこう》した。

「結婚するんだもの、挨拶に来るのは当たり前だよ」

父寛治が生きていた頃の、大きな屋敷での暮らしぶりを反芻《はんすう》しているのだろうか、夏音はじっと墓石を見つめていた。京都を行く風の流れが見えた気がした。夏音の柔らかく茶色がかった髪がふわりと宙で膨《ふく》らみ、稜線《りょうせん》を描いた。

「あのね、こんなによくして貰っているのに、まだお願いがあるんだけど、大造君聞いてくれる？」

私は筋肉という筋肉が夏音の言葉に勝手に反応してびくんと音をあげるのを聞いた。大体、夏音のお願いごとくらい恐ろしいものはない。彼女が、お願いがあるんだけど、という時は、余程のことだと覚悟をしなければならない。しかも今は結婚の直前で、お願いごともそれに準じることに違いない。とすれば、ただのお願いではないはずだ。彼女が次に言いだす言葉を用心の目つきで待った。

　夏音はその場にしゃがみこむと、栗原寛治と彫られた墓石を指でなぞった。しなやかな指先が彼女の心の迷いを私に伝えた。

「頼みというのはね、前にも一度言ったことがある夫婦別姓のことなんだけど」

　夏音はそう言うと、ちらりと横目で私の様子を窺った。私は平静を装うと、一度軽く喉《のど》を鳴らしてから、聞き返した。

「夫婦別姓は法律が改正されない限り無理じゃなかったっけ？」

「そうじゃないの。私ね、栗原の名前を守りたいんだ。うちの姉妹はみんな女でしょ。小夏っちゃんはああいう人だから、この先どうなるか分からないし……、後はみんなお嫁に行ったから、栗原の名前を継いだ人間がいないの。私が平の人間になって、お母さんが死んだら、栗原の名前は終わってしまう。それがなんだか寂しいのよ」

　夏音は立ち上がると、バケツの中から水を汲んで、もう一度墓石に掛けた。澄んだ水が墓石を滑らかに滴《したた》り落ちていく。そこに光が止まり、まるで水自体が命を持っているかのように墓石の上を美しく優雅にうねって伝《つた》い下りていった。

「私のお願いというのはね、大造君に栗原の名前を継いでほしいんだ」

私は思わず、えっ、と声を漏らして仰天した。

「ごめんね、驚かせて。どうしても栗原の名前をこの世界に残したいの。だけどね、まだ夫婦別姓は認められていないし、法律がいつ改正されるか分からないし、いろいろ考えたんだけど、大造君に婿養子《むこようし》になってもらうのが一番いいんじゃないかって」

「ちょっと待ってよ」

私は慌てて、声を荒らげてしまった。自分の内側から出てきた声の大きさに驚いてしまうほどだった。婿養子などという響きは、まさか自分には絶対に縁のない言葉だろうとその瞬間まで思っていたからだ。

「うちだって跡取りは僕しかいないんだ。僕が栗原の姓を継いだら、平《ひら》の家を継ぐ者がいなくなる。平家は親戚を通しても男子は僕しかいないんだ。僕が跡を継がなければ、平家こそここで終わってしまう」

夏音は唇を嚙みしめて、視線を逸らした。犠牲になってくれないかな、とでもいいたげな態度である。

「駄目だ、駄目。それだけは絶対駄目だよ。そんなこと僕の先祖に対して申し訳ないじゃないか」

「でも、私も困るのよ。栗原の家は元々由緒ある家だったたって聞くわ。それが私が平夏音になってしまったら、もう誰も栗原の名を継ぐ者がいなくなってしまう」

「それはうちだって同じだよ」

「それじゃあ、大造君は栗原家は地上から無くなっても構わないというのね」

「そんなこと言ってないけどさ。……でも、婿養子なんて絶対僕は嫌だ」

「酷《ひど》い。それって差別じゃない。女はいつも男の姓を名乗らなければならないなんて、時代遅れも甚だしいじゃない。大造君は作家なのに、やっぱりあなたもただの保守的な普通の男ね」

「何もそんな風に言わなくても」

「日本はいつだって男に都合のいいようにできているんだから。私たち日本の女はずっと虐《しいた》げられてきた。どこかの週刊誌で読んだんだけど、世界経済で一、二位を争うほどの国なのに、日本の女性の社会的な地位はずっと下、確か世界十五位か十六位。大造君みたいな物書きでさえ、女性を蔑視《べっし》するんだもの。いつまでも夫婦別姓が法律化されないのもそのせいね」

夏音の凄《すさ》まじい剣幕に私は思わず身を引いて、声を弱めてしまった。

「いや、あの、そんなつもりじゃないんだけど……」

「じゃあ、婿養子になってくれるよね」

夏音は私の目の前までにじり寄っては、頑強に私の体を揺さぶるのだった。何が何でも私を婿養子にしようとする強引な態度がありありと窺え、私は思わず辟易《へきえき》して後ずさりしてしまう。ここで敵に後ろを見せてはいけない、彼女の作戦に乗ってはならない、と必死で心を落ちつかせようとするが無駄だった。

「不幸のうちに死んだお父さんも、大造君が栗原を継いでくれればきっと喜んでくれるはず。お父さんはいつも栗原の跡取りのことを心配していたんだから。自分の遺志を継ぐ跡取り息子が欲しくて仕方なかったのよ。五人も子供を作ってしまった。でも、全部女だった。最後の期待にと生んだ私までも女だった」

「その……」

「なに」

夏音の顔は怒っていた。

「聞きづらいことなんですけど」

小声で言うと、どうぞ、と夏音は私に背を向けた。

「京都の方のご家族には、男の子はいないのかな」

夏音がこちらを向いた。まだ怒った顔をしていたので、私は思わず首を縮めてしまった。

「知らない。ちゃんと会ったことないし、どんな人達かなんて栗原の人間には関係ないでしょ」

「あ、そう」

「嘘、いるのよ。男の子が何人か」

そこで夏音は涙を目に溜めた。

「だからこそ、私が栗原の名を継ぎたいんじゃない。本妻として長年生きてきた母さんが可哀相《かわいそう》でしょ。一生懸命栗原の名を守ってきたのに、自分の子供が栗原を引き継げないなんて」

「そう、だよね」

「大造君がもしもおなじ立場だったら、そうするでしょ」

「そう、かもね」

「……だからせめて末っ子の私が、栗原の名前を残さなければ。そうでしょ、最後の私がお父さんの遺志を守ろうとするのは当たり前よね。ね、お願い。一生のお願いだから栗原家の婿養子になって頂戴《ちょうだい》。婿養子って今結構流行なのよ」

夏音は、私がうんと言うまで決してそこから動こうとはしなかった。その目つきには命が懸かっているかと思うほどの凄味が溢れていた。結婚式まであと一週間しかなかった。

穏やかな風だけが熱くなった二人の間をただ静かに流れていった。

私は、栗原寛治の墓石に向かって、どうして道子さんとの間に一人くらい男の子を作ってくれなかったんですか、とこっそり念じた。

墓石が申し訳無さそうに、頭を掻いたような気がした。

『人は一生のうちに三度高盛飯を食べる機会がある』とは、日本古来の言い習わしだ。出生時の産飯、結婚の際の嫁の飯、そして死んだ時の枕飯と、この三度の飯は、つまり人間の通過儀礼、または人生儀礼を意味している。もっとも結婚の際の嫁の飯だけは一人で食べるわけにはいかず、必ず伴侶《はんりょ》が必要であり、私にとっての伴侶とは、当然夏音《かのん》を指す。

第四節　結婚とは

私もついに夏音と結婚をすることになった。決断してみればそれまでの迷いが嘘《うそ》のように、事が性急に進行してしまうのが、どうも世に言う結婚というものらしい。

私は気がつくと、結婚式場となった近所の教会の庭先に立ち、結婚とは何か、と考えていた。最初に頭の中に思い浮かんだのは、結婚とは社会的に承認された同棲関係と、経済的協力を伴う社会制度である、という冷めた見解であった。

結婚とは制度であって、言い換えればつまりは義務だとも言える。しかし、果して人間が義務だけで、異性とともに何十年もの長きにわたって生涯《しょうがい》をともにすることが可能だろうか。

私の父と母は、既に四十年近くも同居を続けているわけで、彼らは見合い結婚だが、見合いをするまではお互いのことを全く知らなかった赤の他人であり、それがどうして突然ちょっと、一、二時間お見合いをした程度でこれほどの長きにわたる共同生活を送り、しかも子供まで儲《もう》けることができたかは、正直息子の私にも大きな謎で、結婚を制度と簡単に括《くく》ってしまうのは些《いささ》か判断が甘すぎる気もする。

結婚には大きく分けて二つのパターンがある。一つは、配偶者の選抜にあたって当事者以外の第三者の媒介《ばいかい》による選択と結婚の推進を必要とする媒介結婚（arranged marriage）である。父と母が行った見合い結婚はこれに属する。もう一方は、男女の自由な交際から出発して、結婚を愛情の結実ととらえる自由結婚だ。主流の恋愛結婚（love match）はこれの典型といえよう。

かつて日本の家族を支配したイエ制度のもとでは、結婚は家と家との結合であり、個人のそれに優先していた。結婚の取決めにあたっては仲人《なこうど》の役割が重視され、両家の家としての「つりあい」を判断し、両家の両親の意向を代弁した。

第二次世界大戦後、このイエ制度がなくなるとともに、媒介結婚は本来の意味を失った。それとともに見合い結婚も、当事者の意向が重視されるようになり、愛情の成熟を待つ恋愛結婚と何ら変わらなくなっていった。しかし私の両親の時代はまだ完全にこの風習が解かれていたわけではなく、その名残《なごり》の中での見合い結婚だったようだ。それを考えると、ますます結婚の謎は深まるばかりである。

私という存在も、一体どれほどの愛がそこに降り注がれて生まれてきたものか、ふいに疑いたくもなる。

ここで考えられる要素として、見合い後に湧《わ》き起こった愛情が思いつく。なにがしかの縁が彼らの結婚の間に愛情を咲かせたに違いなく、それが彼らの生活の中で育ったことで、幾つかの危機をも乗り越え、結婚生活を成熟させたに違いない。最初は義務的な要素が多かったはずの見合い結婚も、長い間の寄り添いが、お互いの中に、家族的な情を生み出し、それは私が生まれたことで一層加速したと想像することもでき、そのことも絆《きずな》を強く結ばせる役目を担ったと見るのが自然だろう。

その義務的同居に愛情がほどよくブレンドされたからこそ、義務は苦痛とはならず、二人で乗り越えなければならない試練へと変貌《へんぼう》するはずで、義務を試練へと化学変化させた愛情こそが確かに結婚のもっとも根底にあるべき基準と考えて間違いはないようだ。

しかしどんなに愛情があっても、全く異質の二つの個体が、夫婦という枠組みの中で、離婚しないかぎり永劫《えいごう》に付き合わなければならないのだから、これは普通に考えてもただごとではない。

例えば、趣味が違っていたり、志向が違っていたり、性格が全く合わないことも、幾ら愛情があろうと起こりうるわけで、例えば私の母が金の亡者《もうじゃ》で、逆に私の父が理想を仕事だけに傾ける真面目人間だった場合、二人が現在のように仲良しでいつづけることは不可能だったはずだ。

つまりは離婚というものが発生するのもそのような事情であり、その時は愛情が個人の性質に負けて、結婚もただの制度上の形骸となってしまう。

ラ・ロシュフーコーは結婚について、「良い結婚はあるが、楽しい結婚はない」と言っている。バーナード・ショーは戯曲『人と超人』の中で、「できるだけ早く結婚をするのが女の仕事で、できるだけ永く結婚しまいとするのが男の仕事なのだ」と登場人物に語らせている。一方ショーペンハウエルは、「もっとも美しい思想でも、書きとどめておかなければ完全に忘れられて再現不能となるおそれがあり、最愛の恋人も結婚によってつなぎとめなければ、我々を避けて行方《ゆくえ》も知れず遠ざかる危険がある」と言っている。

どんなに哲学的な定義もしかし結婚を言いえているようで言いえていないようなところがある。結婚とは何か。考えれば考えるほどこの命題は謎を呼ぶ。一組の番《つが》いに、一つの答えが用意されているとして、その答えは夫婦の数だけ存在することになる。

バートランド・ラッセルは『結婚論』の中で、文明人の男女が、結婚生活で幸福になることは可能である、と語っている。ただし、その末尾には条件が提示されていた。

「これを実現するにはいくつかの条件が満たされなければならない。お互いの自由を決して干渉してはならない。限りなく完全な肉体的・精神的な親密さがなければならない。また、価値の基準について、ある程度の共通項がなければならない。以上の条件が全て満たされるなら、結婚は二人の人間の間に存在しうる、最もよい、そして最も重要な関係になる、と私は信じている」

私の不幸は、この書物を結婚式の前日に図書館で発見したことにつきるかもしれない。私はこれを読み、目の前が暗く埋没していくのを確認した。

つまりは私にはそれらの条件が悉《ことごと》く満たされていないからなのだ。核家族出身の私が、大家族の中にからめとられようとしている図など、まさに戦わずして大国に降伏を告げに出向く特使の気分にも似ているし、さらには名字を変え、婿養子として栗原家に婿入り婚をしなければならない私の立場は、政略結婚に利用される封建時代の子女のようでもある。

結婚をして真の幸福が得られるのだろうか。ほとんどの人は、結婚に幸福を夢見て突入するはずである。最初からこのような疑念を抱いている私がとても幸せになるとは思えない。

私は教会の尖塔《せんとう》に聳《そび》える十字架を縋《すが》るように見上げながら、一体結婚とは何か、とますます分からなくなり悩んでいた。

ごくうちの結婚式にしましょう、と道子が提案したせいで、私たちは大々的な式や披露宴《ひろうえん》はせずに、ごくごく少数の家族とごく親しい友人たちだけを呼んで行う地味婚を執り行うことにした。

といっても親しい身内だけで三十人はいる栗原一族の地味婚は、夏音と私の双方の親戚、ならびに本当に親しい友人たちを招待しただけにもかかわらず、既に普通の結婚式と同じくらいの人数になってしまうのだった。

もっとも私の方は、親戚がほとんど九州にいるのと、式が急だったため、親戚縁者を呼ぶことが出来なかった。それでも父の兄弟たちが都合をつけて出席を表明していたのだが、どたんばで私が栗原の姓を継ぐことになったため、それに反対した父平弘明が親戚の出席を拒んでしまい、結局平家の親戚は誰も参加しないことになってしまった。それればかりか一時は父自身も出席しないと言いだし、母親と二人で必死に説得にあたった。

「こんな情けないことがあるか」

母はお前が決めたことならそれも運命だと割り切ってはくれたが、父は毎晩電話で私を怒鳴《どな》りつけた。それを宥《なだ》めて、式に父を出席させたのは母則子である。一度も我《わ》が儘《まま》を言わずにきた私のたった一度の我が儘を聞いてください、と父を説得したのだそうだ。息子の結婚式に親が出ないことほど不幸なスタートはない。たとえそれが親の気持ちとは違う方法論による結婚だとしても、子供の未来を祝えないことはよくない。新しい価値観の時代なのだろうから、二人を信じて、二人の幸福だけを考えて上げてください、と母は言ったらしい。父はしぶしぶ式に出席することとなったが、生涯平の会社員で生きてきた彼の最後のプライドを私がへし折ってしまったような気になり、目を合わせることができずにいた。

平家が私の両親と私の合わせて三人なのに対し、栗原一族は都内に住む親戚も列席することになり、親族だけで五十人近い人数で大挙押しかけてきていた。勿論、中には私が初めて会う人々まで含まれていて、また名前を覚えなければならない羽目になった。どこが地味婚なのかと、心の中で舌打ちをしたが、仮にこれが普通の結婚式であったなら、と想像しては、胸を思わずなで下ろすのだった。

親戚を呼ぶことに反対した父も、結局お前がそれでいいというのなら仕方がない、と姓の変更を当日の朝になって承諾《しょうだく》してくれた。肩を落として小さくなる父親の姿を見ていると、還暦もとっくにすぎた親を悲しませてしまった心苦しさで胸が苛《さいな》まれた。

また、列席する友人たちに関しても、昔から交際の派手な夏音に比べ、私はほとんど友達付き合いがないせいもあり、彼女が友人を絞り込めずに十人ほどを連れてきたのに対して、私は仕事仲間である編集者の相沢健五《あいざわけんご》と装丁家の戸田不惑《とだふわく》を無理やり誘い、なんとか頭数だけ揃えたという経緯《いきさつ》だった。

しかもこの二人、歳は二人とも私と同世代だというのに、妙に地味で、根が暗く、夏音の連れてきた劇団の仲間やかつての女子大時代の友人に比べると、恐ろしくくすんでいて、おたくっぽかった。

お御堂前の広場では、夏音の劇団仲間がとにかくよく騒いでいた。ミミと呼ばれるお河童《かっぱ》頭の女性と、うららと自らのことを呼んでいる笑顔の絶えない女性は特に派手で目立った。彼女たちはおろおろしている私を見つけ出すなり、芸能レポーターばりに私を取り囲んで質問攻めにしてきた。

「きゃー、先生、先生は夏音のどこが気に入ったんですか？」

「先生って？」

「やだ、先生が他にいるんですか」

二人はからかうように大声で笑うのだった。それを遠くから相沢と戸田がこっそりと見ていた。私は、彼らに助けを求めたが、相沢と戸田は表情一つ変えずにこちらを見ているだけだった。

「若先生、夏音はもてるから気を付けて下さいね」

「そうそう、舞台が終わると出口にずらりと男の人が並んで待っているんですから」

「わたしたちとは違うのよね」

「うらやましい」

当たり前だ、と心の中で思いながらも私は、そんなことはないでしょう、あんなそそっ

かしい女を物好きなファンもいるものですね、と謙遜《けんそん》して言ったつもりであった。すると
ミミが、

「気を付けた方がいいよって教えて上げているのに」

と言った。その言い方が気になった。今度はうららが、

「劇団員の中にも夏音に求愛していた人が沢山いるんだから」

と言うのだった。

「へえ、もてるんだな」

と頭を掻くと、ミミが下から見上げるように私の目を覗き込んだ。

「ねえ、へんだと思わない？」

私は、何が、と言った。

「彼女の友人代表が全部女だということがよ」

私はぴんとこず、どういうことでしょうか、と聞き返した。すると今度はうららが含笑
を口許に蓄えながら、

「呼びたくても、みんな夏音に恋していた人たちばかりで、呼べないのかも」

「まさか」

「或いは、付き合っていたとか？　きゃっ、やだ、どうしよう」

「まさか」

「十人も友達を呼んで全部女なんて、優等生過ぎない？」

「そうよね。普通一人や二人は男友達がいるもんじゃない」

「夏音はもてるからね」

「ちょっと……」

「本当、もてるんだよね。勢いがあるもんね」

じゃあ、頑張って下さい、と言い残して二人がそこを去ると、私は急に不安になり、辺りを見回してしまった。視界に真先に飛び込んできたのは、冴《さ》えない恰好《かっこう》の相沢と戸田の二人組だった。相沢と戸田は広場の隅で行き場を失い彷徨《ほうこう》している私に静かに近づいてくると、にたにた笑みを浮かべながらからかうようにこう告げるのだった。

「新郎は人気があるな」

戸田が口火を切り、それを受けて、

「それにしても、結婚だなんて、また思い切った決断をしたものです。『孤独の勧め』なんてエッセイ集を出したばっかりだというのに」

と相沢が声を潜めて言った。戸田が続ける。

「どうしてこう結婚にみんな幻想を抱きたがるかね」

ミミとうららに引き続き、二人の突然のボディブローに返す言葉もないまま目を丸くしてしまった。二人とも既婚者で、結婚に対しては先輩なのだ。その指には両者とも仲良く指輪が光っていた。

「それもまたなんで婿養子なんすか」

と相沢が言えば、戸田がその隣で口許を嫌らしく歪《ゆが》めながらうべなった。

「どうせ夏音ちゃんに婿養子が今はナウイのよ、なんて言われたのだろう。それとも栗原家の財産が目当てだったとか」

今度は相沢が、それなら頷《うなず》けますね、と高笑いだった。

小説家としては速水卓也というペンネームで小説を発表してきたために、婿養子になろうと一向影響はなかった。しかし現代がどんなに女が強い時代でも、婿養子という風習には、まだまだ風当たりが強かった。相沢たちは口は悪いが、思ったことをハッキリと言葉にするので、それは社会的な一つのバロメーターと見ることもできた。

相沢が擦《す》り寄ってきて、私の耳元でこう囁いた。

「どうすか、いっそ、『婿養子の時代』というタイトルで小説を一本書いてみるというのは」

戸田がくすくすと笑う。

「あんまり売れそうもないタイトルだなぁ。それに装丁が難しそうだ」

私は思わず、ふざけるな、と声を荒らげたが、彼らの冷笑は続いた。

私は彼らの傍《かたわら》にいるのが辛くなり、ちょっと式場の様子を見てくる、とそこをそそくさと離れることにした。

奥の支度室で夏音がウェディングドレスに着替えている間、私が栗原家を代表して、やってきた人々に挨拶をしなければならなかった。相沢たちから逃げるようにお御堂の入口で新しく来た夏音の親戚筋に挨拶をしていると、そこへ今度は村田雄三がやってきた。式が無事に終わるまで出来れば顔を合わせないでおきたい人物だった。

「どうだい、調子は」

村田雄三は、私の肩をぽんと叩くと、義兄ぶりを発揮してそう告げた。

「これで君も、やっと私の弟になるわけだから、まぁ、一つ宜《よろ》しく頼むよ。これからは、なんでも分からないことがあったら私が指導してあげるから、胸を借りるつもりで飛び込んできなさい」

いつぞやの夕刻、気に入らない、とがんを付けられた時のことがふいに頭を過《よぎ》り、ぞっとした。これからやはりこの男の傘下に入らなければならないのだろうか。その方が揉《も》め事が少なくてすみそうだな、と心の片隅でこっそり思っている自分もいやで仕方がなかった。

「いいかい、人生の先輩として忠告をするとだな、結婚なんてものは、いろいろと堪えなければならないことが沢山あるもんだ。これからだぞ、大変なのは。その一つ一つをだな、正面からぶつかって解決していくのが男というものだ。分かるかい。私はそうやって今日まで生きてきた。丁度いいことに私は君の大先輩になるわけだ。これからは私が君の兄としていろいろ相談に乗るから、大船に乗ったつもりでいなさい」

皆の前で、気に入らない、と睨まれた時とは大きな違いだったが、本質的には何も変化していないことに私はすぐに気がつき愕然《がくぜん》とした。

村田雄三は私の肩を再び叩くと、豪快な笑い声をあげて、告げた。

「それにしてもよく婿養子になってくれた。おふくろも大喜びだ。栗原の名を継いだからには、それなりの覚悟もできたということだろう。いや、実にめでたい」

思わず、覚悟とはなんですか、と聞き返してしまった。

「覚悟とは、覚悟だよ。いずれ分かる」

村田雄三がそう言ってその場を去ると、その少し後方にねっとりとした視線を感じた。慌てて顔を上げると、塩野屋啓介であった。彼は、ふふ、と微笑んでみせると、持っていたビデオカメラで佇《たたず》む私の撮影をはじめた。燕尾服を着て、教会の庭で呆然自失している私の姿態はさぞかし間抜けでおかしな恰好に見えたはずだ。彼はカメラを覗《のぞ》きながら、絵になっていますよ、大造さん、と意味ありげな言葉を残してまたそこを去っていった。

取り残された私は、教会の門が開いたままになっているのを発見した。敷地の向こう側が自由世界のような気がした。もしも今ここを黙ってくぐり抜けたなら、私は自由になれるだろうか、と思わず考えた。下半身に力が入り、踏み出したかった。同時に背後から、人々の幸福そうな笑い声が響いてきた。

急に心臓がどくどくと唸《うな》りを上げ、やるなら今しかないと自分に半ば言い聞かせたその時だった。背中をぐいと引っ張る者がいた。自殺者を思いとどまらせるようなその力に私が驚き振り返ると、父平弘明だった。

「おい、ぼんやりするな」

父は、低い声で、脅かすようにそう告げた。慌てて父の目を見た。彼は、庭を走り回る子供たちや、お御堂の入口で楽しそうに語り合う夏音の姉たちの顔をゆっくりと見回しながら呟いた。

「急な結婚だったんでな、少し心配しているんだ」

彼は初めて私の顔を見つめた。くぼんだ瞳の奥にくすんだ一筋の光が弱々しく漂っていた。

「大丈夫だよ」

「本当に大丈夫か」

父は、私の顔をじろじろと覗き込んできた。どう答えていいのか分からず、勢いに任せて頭を上下に振った。

「……たぶん」

次の瞬間、ぽろりと口から零《こぼ》れた自分の言葉の力の無さに、私も父もお互い驚いて視線を逸《そ》らさずにはおれなかった。

少しの沈黙の後、父弘明が凜《りん》とした態度で告げた。

「私は、お前が婿養子になることにただ無闇《むやみ》に反対しているわけではないんだ。お前と夏音さんが本当に幸せになるなら、母さんのように私も反対はしない。でも、僅か一週間で、婿養子を決めるなんて、いくらなんでも性急ではないのか」

父平弘明の言っていることはもっともであった。一年間の交際で、平家も栗原家もある程度は双方の気持ちの交歓は完了していたが、婿養子の話が持ち出されたのが式の一週間前なのだった。驚かない方がどうかしている。しかし、これも全てあの夏音らしい作戦なのであった。全てが準備万端という時まで、婿養子の話は伏せておく。また騙されたか、と思っても、もうその時は全て後の祭りで、夏音の一人勝ちであった。

「私が言いたいのはな、結婚をお前は安易に考えていないか、ということだ」

「安易になんて考えていないよ」

「結婚がどういうものかを知って、お前たちは結ばれようとしているんだろうね」

知っているさ、と一旦言葉にしかけたが、再び口許で言葉は澱《よど》んでしまった。

一体何を私は結婚について知っているというのだろう。しかし結婚なんてものは、最初から全てを知ってできる者などいるのだろうか。父は母との結婚生活にただの一度も不満を覚えたことはないのか。世界中の何億という夫婦の間に存在する、愛情の濁《にご》りを私は想像してみて、胸奥にすっぱいものを覚えた。

結婚という制度の無意味さに、恐れを覚えていた。動物でさえも、子供の養育にとってオスの協力が必要な場合にはいつでも事実上結婚にあたるものを実行している。動物の結婚は大抵の場合一夫一婦制であり、一部の専門家に言わせれば、これは類人猿の間にも存在するのだそうだ。

しかし彼らが人間と決定的に違う点は、人間社会にありがちな離婚などという問題に直面しないということだ。オスはひとたび結婚すると、ほかのどのメスにも惹《ひ》かれなくなる。本能とかたづけるのは簡単だが、そう呼ぶより他に言いようがない見えない力が動物の世界の結婚を幸福に導いている。私たち人間は純粋な気持ちの他にも、より多くの不純な状況や事態に取り巻かれているのである。

「後悔先に立たずだよ」

父は私の顔を睨み付けて、強く確認を求めた。

「失敗してからでは、もう遅いんだぞ」

普段、滅多に意見を言わない父が、これほど釘を刺してきたので、その珍しさに私は思わずたじろいでしまった。

ちょうどそこへ夏音の支度の手伝いを終えた栗原道子が、満面に笑みを湛え颯爽《さっそう》と登場したので、場は不自然な明るさに包まれてしまった。道子は父の顔をまっすぐに見つめると、嫁の母親とは思えない、まるでその逆、婿の父親のような顔つきで、深々とお辞儀をするのだった。

「この度は、平家の皆様には本当にいろいろとご迷惑をお掛けいたしました。大造はんには栗原の家まで継いで頂き、こんなに幸せなことはありません」

父平弘明は、いや、と小さく首を振ったが、その姿はまるで娘を嫁に出す父親のような神妙さなのだ。すっかり立場が逆転していて、私は父に対して不憫《ふびん》な気持ちで一杯になった。

「いや、こんな馬鹿息子、これから栗原の皆様に多くの迷惑を掛けることになるかと思うと産みの親としていささか心苦しくて」

産みの親などという言葉をまたわざと強調する父平弘明の無念が、私を一層苦しめるのだった。

「馬鹿息子やなんて、そんなことありません。大造はんには、名前だけ栗原を継いで頂きますが、あくまでも夏音がお世話になる身やし、本当に宜《よろ》しくお願いしますと頭を下げなあかんのはこちらの方です」

「いや、そんなお母さん、頭をどうかお上げになって下さい。私も今日まで息子を誰よりも立派に育ててきたとは自負する次第でありますが、いかんせんこいつは物書きなどという出来の悪い道を選びまして、いつ夏音さんに生活面でご心配を掛けてしまうか分かりません。それを思うと、新郎の父親として心労が絶えんのです」

道子と父弘明が、中庭の真ん中で続けた頭の下げ合いは、低姿勢の応酬だったが、国と国の意地が見え隠れして、周辺の目を引いた。

あくまでもリードしていたのは道子であり、父平弘明は長年営業畑で培《つちか》ってきた低姿勢が板に付きすぎ、貫禄負けだった。

父平弘明は、しかしその身をもって私に、結婚とはそんなに甘い物ではないのだぞ、と伝えようとしているかのようだった。不意に目頭が熱くなり思わず唇を噛みしめてしまった。父親の横顔は道子の顔に比べ、ずっと小さかった。首に寄った幾つもの皺《しわ》が、白いシャツの襟《えり》と対照的に侘《わび》しさを伝えていた。それでも自分はこの人に食べさせてもらってきたのだ、と考えた。こうして結婚をすることができるのも、両親の息の長い愛情の結果であった。ありがとう、と父にこっそり心の中で呟いてみたが、やはり面はゆい気持ちになって、嘆息が零《こぼ》れてしまうのだった。

かくして、シスターがお御堂の入口から顔を出し、これより式を執《と》り行います、と人々に伝えた。いよいよか、と肝に銘じて、私はまるでこれから裁判へと向かう被告のような気分になってしまった。

結婚式がはじまり、私は両家の家族とともにひんやりとしたお御堂の中にいた。

結婚とは、という問いが再び私を支配した。この期《ご》に及んで往生際《おうじょうぎわ》が悪い、と自分を戒めたが、最後の最後まで疑問を持ちつづけるのはどうも作家の性《さが》のようである。結婚とは何か、と解けもせぬ疑問を頭に浮かべながら、ああでもないこうでもないと首を傾げていると、神父がいきなり、

「なんだかこれではバランスが悪いな」

とひとり言を言ったので、私は背後を慌てて振り返った。

祭壇に向かって左側に栗原家及び夏音の友人たちがびっしり席を埋めているのに対して、情けないことに右側、私の方にはぽつんと佇む父と母、そして席の一番奥の暗がりに二人の友人相沢と戸田が畏《かしこ》まって不気味に立っているだけであった。そのバランスの悪さは確かに尋常ではなかった。惨《みじ》めな気持ちにさえなってくる。まるで大国に併合させられそうな小国の王子にでもなった気分だ。

神父が双方の家族に向かって、どうでしょう、ここはざっくばらんに家族間の境を取って、お互い混ざり合っては、と提案すると、村田雄三の家族と三女小夏ときーおが、赤い絨毯《じゅうたん》を跨《また》いで越境してきた。

なんとか数の上で体裁が取れると、これでよし、と神父が満足げに微笑み、式はいよいよはじまった。

神父が花嫁の入堂を告げると、オルガンがおごそかにウェディングマーチを奏で、父親代わりを務める十和田一男がエスコートして夏音がお御堂の中へと姿を現した。

借り物のウェディングドレスを纏《まと》った夏音は、しかし見違えるほどに美しく、思わずそれまでの不安などどこかへ消え去ってしまうほどだった。まっすぐに赤い絨毯の上を私の方へと向かってくる彼女は、感激のために泣いているのではないかと思える俯《うつむ》きようだった。

私ははじめて仄《ほの》かな喜びを感じた。これが結婚なのかと、胸が締めつけられるような感動を味わった。直前までの苦悩も、純白のドレスを纏い、白塗りの化粧をした夏音のしおらしい美しさの前では、ただの杞憂《きゆう》に過ぎない、と思えた。ベールで顔を隠していながらも夏音の楚々《そそ》とした佇まいは目元を中心に滲《にじ》み出しており、それは日本画に描かれた透明な肌を持つ女の、いとおしく切ないしっとりとした美であった。

どんな苦悩も美しさの前では意味を持たないのだ、と私は私に言い聞かせ、自分を勇気づけるのだった。

斜め前にいた母則子がハンカチで目頭を押さえるのが見えた。その横で父平弘明が、全てを今や諦《あきら》め、放心しているのを見た。彼も、夏音の美しさの前で、あらゆる苦慮を我慢し、飲み込もうとしているようだった。

夏音の姉たちが身を乗り出して、夏音に向かって手を叩いていた。塩野屋啓介と村田雄三はそれぞれビデオカメラと小型写真機を持って、俄《にわか》カメラマンを演じていた。

栗原道子のすぐ横で、道子の母親朱鷺《とき》だけが地蔵のように小さく丸まって、九十歳近い高齢のせいもあるのだろう、一人椅子に座り、賑々《にぎにぎ》しい式の雰囲気から遠く離れて、冷静に私の方を見ていた。思わず目と目があってしまったが、彼女は微笑みもせず、まるで私の迷いを感じ取っているかのように、じっとこちらを睨み付けてくるのだった。私が仕方がなくお辞儀を返すと、ふいに視線を逸らし、祭壇の後方に聳《そび》えるキリスト像に向かって、しかも罰当たりなことに、なんまんだー、と手を合わせはじめるのだった。こんな男に栗原の名を継いでほしくはなかった、とでも言われたような祈り方で、思わず私は半歩後ずさりし、うろたえてしまった。

夏音が私の傍に立ち、オルガンの演奏がすっと消えると、さらに私は花嫁のベールの下に恐ろしいものを見てしまうのだった。

隠された彼女の俯いた顔は泣いているのではなく、ほくそ笑んでいたのである。途端、私の視界は意識とは無関係にぐっと狭まり、暗く沈み込んで、心の中に、しまった、という後悔の念が湧き起こった。しまった、は幼い頃からの私の口癖であった。夏音と付き合いはじめてからもう何千発と私は、しまった、と呟いてきた。ある時夏音に気づかれてしまい、しまった、が大造君の口癖なのね、とからかわれた。でも言っとくけど、私との交際に、しまった、はないからね。私はその時の夏音の顔を思い出さずにはおれなかった。あの時も彼女は確かほくそ笑んでいたのだ。

夏音は私の方を一瞥《いちべつ》すると、顎を少し上げ、唇を尖《とが》らせ、その視線を祭壇の方へと静かに向けるに及び、じたばたするのはおよしよ、とでも言いたげな悠然とした態度を見せつけるのだった。そこには栗原道子の血を継いだ確かな後継者の姿が滲《にじ》み出ていた。

しまった、ともう一度心の中で大きな後悔が過《よぎ》ると、私は視界に、栗原の眷属《けんぞく》のじりじりと迫りくる視線を感じてしまった。今やすっかり全てを諦めきった私の小さな両親平弘明とその妻則子を取り巻くように、栗原の潑剌《はつらつ》とした人々の元気な視線がこちらへ向かって一斉に投げつけられている。

遥《はる》か後方にビデオカメラを抱えた塩野屋啓介がいた。彼はすばやく口を動かし、何かを告げたが、多分、おめでとう、と言ったに違いないのに、その時私の耳元には、そこは末席です、という言葉が響き渡っていた。まな板の鯉《こい》とはこのことを言うのだな、と思わず歯ぎしりをして祭壇の方へと体を向けたが、足は震え、心は落ちつかず、映画『卒業』のラストシーンのように、そこから誰か花嫁を連れ去ってはくれないだろうかという、渇望が起こってしまった。

なのにそんな思いとは裏腹に、式は淡々と過ぎていった。神父の聖ヨハネによる福音書の朗読が終わると、結婚の誓約があり、私たちは大きな誓約書にサインをした。それから指輪の交換が行われる段になると、私の気持ちの抵抗は最高潮に達した。今日から私は栗原大造となるのだ。今、まさにこの瞬間より栗原の眷属の末席に座ることになるのだ。言葉にならない叫びが嗚咽《おえつ》のように胸を焦がしていった。夏音の細い指にすんなりと指輪が納まると、栗原の一族の間からため息と拍手が起こった。

次に、夏音が私の指に指輪を差し込もうとしたが、私の内心のささやかな抵抗を代弁するかのように私の指の皮下脂肪がその指輪を拒否して、なかなか受け入れようとしなかった。私の無意識が指を少し曲げていたのも恥ずかしい話、事実であった。最後は、夏音も焦ったか、力任せに指輪をネジ入れたので、皮膚と肉が捩《よじ》れて、指輪は強引に納まるべき場所に納まり、私はその苦痛のため顔の筋肉が思わず歪んでしまうのだった。

しかし不思議なことに、指のつけ根の痛みが消えていくと同時に、感情の乱れも薄れていった。まるで手錠をされた犯人が、長い逃亡生活に疲れ果て、瞬間安堵《あんど》の表情を漏らすのに似ていた。なるほど、結婚指輪とはそのためにするものなのだ、と私は何故か納得した。

指輪の硬質な感触を触りながら、結婚とは愛情だけではきっと成就《じょうじゅ》できないものなのだ、と悟った。

共同祈願が済み、式の結びに神父が二人に言葉を投げかけると、再びオルガンの音色が高らかにお御堂を包み込んだ。

私は神父に促されて、夏音と腕を組んで赤い絨毯の上を退場した。夏音の姉たちの、おめでとう、という掛け声が聞こえてはきたが、その時の私はまるで心をすっかり抜き取られた改造人間のような態《てい》であった。

外に出ると太陽の燦々《さんさん》と輝く直射が私たちを出迎えた。夏音は純白のウェディングドレスを纏ったまま、満面に勝者の笑みを湛えていた。私の手を握ると、

「大造君、幸せ?」

と訊いた。

「もちろんだとも」

私はそう答えたが、反射的に作ってしまった笑顔はしばらく元には戻らなかった。いつまでも騒ぐ栗原家の人々の声だけが、教会の中庭で陽気に響きつづけていた。

動物界において、種の繁栄を支えてきたのは雌である。なのに、なぜ雌は雄に支配され続けてきたのか。理由は雌が繁殖本能によって力の強い雄を求めてきたせいだ。より大きな強い子を生まなければならない雌が、競争に勝った強い雄の遺伝資質を求めて群がったのが、霊長類七千万年の歴史の総括である。雌が強い精子を求めた結果、雄の優位を許容してしまった。

しかし、その永きに亘《わた》った男性優位の社会も新しい転換点を迎えようとしている。強い男である必要性が無意味になりつつある現代を頂点に、霊長類に於ける雄の優位性は一変し、これから次第に劣位へと下るカーブを描いていくことになるのではないか、と私は、私の周辺を見つめながらぼんやりと考えるのである。

第五節　新婚忍耐生活

結婚式もなんとか無事終了し、二か月ほどが過ぎた頃、栗原の本家に引っ越した。全く抵抗をしなかったわけではないが、いずれ近い将来子供ができたら、庭に家を新築することも可能だから、取り敢えず、栗原の名を継いだ以上、跡取りとしてきちんと本家で生活をして貰《もら》いたい、と道子から強く要望されて、結局自分が折れる形となった。

三鷹にある栗原の本家には、栗原道子、その母朱鷺、更に長女夏子、夫十和田一男、その息子たち、力矢、鉄次、虎男、そして十和田一男の両親十和田幸雄と綾之の計九人が住んでいた。

生まれてはじめての大家族との共同生活は、やはり様々な問題を私に投げつけてきた。少人数での暮らしに慣れ親しんでいた私は、大家族との合宿的生活に、ストレスを感じて仕方なかった。

道子の母朱鷺には、相変わらず信用されていないようで、廊下ですれ違っても、彼女は私と決して目を合わせようとはしなかった。足腰の弱っている朱鷺は、壁伝いに手をつき頑強に前だけを見て、私がどんなに愛想を振りまいても、無視を決め込んで心を開こうとせず通りすぎていった。

十和田一男の両親は栗原一族の中ではまともな、どちらかと言えば我が両親平弘明・則子に似たタイプの、サラリーマン円熟リタイア組で、彼らは、私に対して注文を付けたり、意地悪をするようなことは全くなかった。話せばきちんと会話が成立したし、笑顔には笑顔が返ってきた。しかし決して私の味方というわけではなかった。いつも中立の立場を崩さず、誰に対しても等距離で接し、極力いさかいには係わらないという一貫した姿勢を持っていた。

問題はむしろ十和田家の息子たち、力矢、鉄次、虎男の小学生年子トリオだった。彼らはなついていた夏音と結婚した私のことを、当然自分たちの仲間と見なしたようで、事有るごとに私の腕を引っ張っては、遊ぼう、と催促した。一族が一堂に会した時などは、子供たちと遊んでいた方がまだましと、率先して彼らを引き受け庭へ連れだしたりしたものだから、腕白トリオは調子にのって、ますます私のことを子守と決めつけた。

私が部屋でおとなしく仕事をしていると、窓から顔を覗かせ、──彼らの部屋とは屋根伝いで隣り合わせていた──そこで何してるの、遊ぼうよ、と窓を執拗《しつよう》に叩いてきた。

そんな状態ではおちおち仕事などできず、彼らから逃げ回るか、昼の日中からカーテンを締め切ってこっそりワープロを叩かなければならなかった。

特に栗原のちびっこ軍団を率いる小学四年生の力矢の腕白ぶりには目を見張るものがあった。彼は、一度など私がちょっとトイレに立っている隙に、私の部屋に忍び込みワープロを弄《いじ》くって、前の晩苦労して書きあげたエッセイ十枚を全て消してしまったりしたのだから、たまったものではない。

もっとも彼を叱《しか》りたくともできない事情もあった。力矢は、大学教授をしている父親の過度の期待のせいで、まだ幼い頃に「お受験」に失敗してしまい、その劣等感が彼の精神を歪ませ、更には下の二人の弟が、私立の有名小学校へと見事に進学したことも加わって、一人近所の公立小学校へ通っていた彼は、登校拒否児童への道を歩んでしまったのだった。

そのためか、力矢は私を困らせることを気晴らしと感じているようなところがあり、私が我慢すれば彼は幾らか楽しい気分を味わえているはずで、その楽しみを奪うのも、気が引けた。

「ねえ、大造にいちゃん、あそぼ」

と力矢は私を追いかけてきた。

「勉強しなくていいのかい」

とでも言おうものなら、彼は、ふん、と鼻で笑った。

「ぼくはもう勉強なんかしなくていいんだ。落ちこぼれの落第生だからね」

小学四年生が言う台詞《せりふ》ではないことに面食らい、彼の厚顔の裏側に隠れている小さな心を覗こうとしてみた。

「落ちこぼれだなんて、その若さで」

「挫折《ざせつ》を味わった人間にしか分からない」

「挫折ったって、君はまだ小学生じゃないか」

「呑気《のんき》なこと言ってら。いいかい、大造にいちゃん、今の世の中はね、人生は小学生の入学時でほぼ決まるものなんだ。父さんの推薦《すいせん》があったにも拘《かかわ》らずぼくは落第した。これはよっぽど駄目ということだろ。だから父さんはぼくにはあれから期待もしてくれないわけだしさ」

この力矢問題の根っこには、十和田一男の偏《かたよ》った愛情が大きな原因として横たわっていた。出来る子だけを可愛がり、出来なければ無視するという教育方法には、私ばかりではなく、夏音もしょっちゅう、間違ってるよ、と反発していた。

「しかし、君はまだ若い。いや、若いなんてもんじゃないじゃないか。それなのにもう未来を否定してしまって」

「あのね、否定はしてないけど、希望はない。でも諦めたわけじゃないよ。ぼくはぼくの人生を探すさ。父さんの期待に応えられなかったことだけはちょっと寂しいけど、まあ、その分、弟たちが応えてくれているから」

慰める言葉を失ったまま、力矢の顔を力なく見つめるしかなかった。

「そんな顔でぼくを見るな。同情なんかされたくない。ぼくのことより自分の方がもっと落ちこぼれてるんだから、しっかりしなきゃならないのはそっちだ」

私は、えっ、と聞き返した。

「僕が落ちこぼれ？」

「ああ、父さんが母さんに夜そう話していた。小説なんか書いている人間はみんな落ちこぼれだって」

なんで、と私は声を上げてしまった。

「ぼくはそうは思ってないけど、でも小説家には銀行もお金を貸してくれないというのは本当？　大変だね」

「……」

「夏音ねえちゃんは大変な人と結婚してしまったって家中の人が言ってる」

ちぇっと私は舌打ちした。十和田一男の機械のような表情のない顔を思い出してしまった。よくも人のことをコケにしやがって、と心の中で叫んでみたが、その時力矢の、遠くを寂しそうに見つめる視線に、――彼がその若さで自分の未来に悲嘆している姿は余りにも切なく――不意に私はやり場のない悲しみを覚えて、思わず自分のことのように暗くなって嘆息をついた。

十和田一男は村田雄三とは違い、会話が通じないということはなかったが、人間味は薄く、数値ばかりを信用しているところが私には許せなかった。一番をとらないような奴は私の息子ではない、とでも言いたげな冷淡な態度は、時に夏子を悲しませ、ますます力矢をひねくれさせた。

道子が時々、一男に意見を言う時もあったが、教育方法には口を出さないで下さい、と一男もその件に関してだけは頑固にそれを一蹴《いっしゅう》し、そのため力矢問題は、三女小夏の息子きーおの問題と並んで、深刻な影を栗原家に落としていた。

夏子は、私にまとわりつく力矢の腕を摑《つか》んでは、いつも、すみません、御仕事の邪魔ばかりさせてしまって、と謝った。栗原家の中ではかなり話のわかる人物だけに、力矢の問題を抱えた彼女をなんとか楽にさせてやりたいと私はつい力矢と遊んでしまうのだった。

息子たちを均等に愛し、誰に対しても優しい夏子は、道子の陰で、実にうまく栗原一族を、特に五人姉妹たちを束ねていた。私自身、夏子のお蔭で、なんとか慣れない大家族での生活も頑張ることができていたのだ。

このような力矢問題を抱えながらも、栗原家は道子を頂点に、一番下の虎男まで、私と夏音を入れて十一人の大所帯が、一つの屋根の下で暮らしていた。これだけでも平家の三倍以上の家族構成だが、本家から僅か三百メートルほどのところには、例の村田雄三の一家が居を構えていたし、小夏ときーおや、四女理夏・塩野屋啓介の一家も電車で一駅ほどの、歩けなくはないくらいの近場に住んでいた。週末にでもなろうものなら、特別用もないのに家族が集《つど》い、本家はさながら臨時の宴会場と化した。ただでさえ、宴会好きな一族のこと、一旦集まれば夜遅くまで馬鹿騒ぎは繰り広げられ、私の仕事もその度に強引に中断させられた。

しかし結婚後のこれらの変化も、平大造から栗原大造への姓の変更に比べればまだ大したことではなかった。

三十年間慣れ親しんできた姓が、突然変わるというのは、これはなんとも奇妙な事態であり、無性に寂しいものがあった。

住民票や戸籍は当然のこと、免許証もパスポートも生命保険も、平大造から栗原大造に全て変更した。簡単そうだが、実に厄介な作業で、一々の窓口まで出掛けて行かなければならず、しかも銀行や保険会社では住民票や戸籍謄本も必要になり、何よりもその都度自分の中の平の部分が確実に消えていくのを目の当《ま》たりにしなければならないわけで、それまでの人生を帳消しにされていくような、なんとも遣《や》る瀬《せ》ない気分を味わい続けた。

女たちはこんな面倒くさいことを、永きにわたって強いられていたのかと思うと、その忍耐力にはただただ敬服し、夫婦別姓も当然のことだと、男として申し訳ない気持ちにさえなるほど、名前の変更は過酷な試練だった。

一番恥ずかしかったのは、銀行の名義を変更するために出掛けていった時のことであった。窓口の若くて可愛らしい、多分新入社員に違いない女性が、

「あれ、お間違えではございませんか、これだとご主人様が、奥様の方の籍へ入られるということになりますが」

と言った時のこと。

いや、それでいいんです、私が妻の方の籍に入るんですから、と言い澱《よど》みながらも返答したが、同時に熱いものが頭頂へと上り詰めていくのを感じ、その先の言葉は濁って舌先で溶けてしまった。気まずい雰囲気だけが私たちを包み込み、女子行員は自分の失言に慌てて、申し訳無さそうに俯いてしまい、しかしその傾斜した顔の端々で、婿養子なるもの

とのはじめての遭遇に多少上気しているのが伝わってきた。そして私としては、そういう彼女の態度に一層恥じてしまうのだった。

何も婿養子が悪いとは思わない。確かに夏音の言うとおり、婿養子になった芸能人の話題がワイドショーを賑わせる時代だし、それも流行の先端なのかもしれない。しかし、私の場合、結婚の一週間前に婿養子の話を持ち出されたわけで、これは明らかに詐欺だ。前もって名字が変わるなら、まだ心の準備もできようものを、突然の変更では、戸惑う。

行きつけの飲み屋やレストラン、サウナや喫茶店の主人たち、或いはそれらの店で知り合いになった以前のご近所の人々も、名前をいい間違える人が多く、困った。

「あ、しまった。平さんじゃなくて、栗原さんに変わったんでしたっけね」

言われた後は、どうしても気まずくなってしまい、思わず、すみません、と謝ってしまう。しかも飲み屋仲間はみんな口の悪い連中ばかりで、陰でこそこそ、噂《うわさ》しているに違いなく、自然、慣れ親しんだかつてのご近所からも足が遠のいてしまうのは致し方ないことであった。

結婚したことでもう一つ変化したのは夏音そのものである。

結婚して女が変わる、とはよく聞く話だったが、まさか彼女がこれほど変わるとは当初予想もしていなかった。

一年もの間同棲してきたのだ。もう十分お互い相手のことは知り尽くしているものと思っていた。ところが、それまでは微塵《みじん》も見せなかった隠された性質が、結婚をした途端次々に露出してきたのだから、驚くばかりである。私をずっと騙《だま》し続けていたのかもしれない。

「ねぇ、大造君、それ取って」

私がワープロを打っていると、背後から夏音が声を掛けてきた。振り返ると、彼女は次の舞台の台本に目を落としている。

「そこにリップクリームがあるでしょ」

見ると、絨毯の上にリップクリームらしきものが転がっている。

「自分で取ればいいじゃない」

そっけなく言い、再びワープロへ向かおうとすると、彼女の声が一段と大きく響き渡った。

「取ってくれたっていいじゃない。大造君の方が近いんだから」

確かにリップクリームは私と夏音の丁度中間ほどに転がっていて、距離で言えば、僅かに私の方が近いことは分かる。しかし私はそれを取るためには、一度椅子を引き、立ち上がって、更には腰を屈《かが》めなければならず、絨毯の上に座っている彼女の方が圧倒的に取りやすい位置にいるのだ。

「なんだよ、そんなの自分で取りなよ。僕は、今締切りに追われて忙しいんだからさ」

「私だって次のお仕事の台本のチェックで忙しいんだから。取ってよ」

私は更に声を張り上げる。

「僕を顎《あご》で使わないでくれないか」

「顎でなんか使ってないわよ。人聞きの悪いこと言わないで。ただ、ちょっとそれ取ってくれませんかって頼んだだけでしょ。冷たいのね、大造君って。結婚して変わったわ。男はみんな結婚したら変わるって聞いていたけど、本当ね。昔は何でも、はいはいって喜んでしてくれてたじゃない」

ここで怯《ひる》んでは生涯虐《しいた》げられることになる、と自分にハッパをかけた。

「頼むよ。変わったのは僕じゃなくて、君の方だろう。リップクリームぐらい自分で取ればいいじゃないか。結婚して変わったのはどっちだよ。付き合いだした頃は、なんでもやってくれていたけどな。それに狭い部屋なんだから、ちょっと手を伸ばせば届くと思うんだけど」

「酷《ひど》いわ。狭い部屋って、ここはお母さんが一生懸命働いて手に入れた家なのよ。私たちはタダで住み込ませて貰っているのに、狭いだなんて文句を言ったら罰が当たるわよ」

夏音がだんだん横柄になっていくような気がした。それは日増しに酷くなっている。このままもっと酷くなるのかもしれない、という不安が頭の中を掠《かす》めた。

食後に、

「ねぇ、お茶飲みたくない？」

と聞かれたことがあった。ああ、飲みたいな、と答えると、間髪をいれず、

「じゃあ、私の分もいれてね」

と言われた。

新聞読みたいな。お風呂入りたいわ。お母さんをちょっと呼んで来てくれる。ねぇ、近くのコンビニでマンガ買ってきて。……と彼女の注文は際限なく広がっていく。このままではまずいという危惧《きぐ》の念が、私の心の奥の方をちりちりと焦がしていった。

「マンガ読みたいなら自分で買ってくれれば。僕は今大事な仕事をしているんだ。これをしなければ僕たちは明日から生活出来ないんだからね」

こんなことが通用する相手ではなかった。いつだって彼女は役者が一枚上なのだ。

「いいの？　いいのね。こんな夜遅くに、大造君は私を一人物騒な夜の街へ買い物に行かせて、それで私が強姦《ごうかん》にあって、万が一、ナイフなんかで刺し殺されてもいいって言うのね」

結局、私は仕事を中断して、夏音のためにマンガを買いに行く羽目になるのだ。

女は変わる。このことはいずれ、途方もなく大きな生活の変化へと向かう、前哨戦《ぜんしょうせん》のような気がして私は不気味でならなかった。

霊長類七千万年の歴史の中で、雄はつねに雌に対して優位を保ってきた。

マルクスとエンゲルスによれば、人類は始め平等であった。余剰物資の集積とその交易の登場によって、物資と交易路を巡る争いが起こり、有能な生産者であり、かつ戦士であった男性が自然優位に立つこととなった、と説明した。

後期フロイト学派の理論でも、女性の従属性は社会化の過程に起因する、とされている。構造主義の学者は、月経や出産などの生殖機能を自然と関連させ、これに対して男性は文化及び文明の発明者だと定義付けている。人々は文化を自然より優位と考える連想のせいで女性は男性よりも劣った存在だと考えた。生物行動主義者たちは、女性の自立を奪ったのは大型動物の狩猟が行われるようになってからだ、と主張する。一部の学者は、知性、興味、感情、そして社会生活の基本、これらはすべて、狩猟生活への適応に成功した進化の産物なのである、と豪語している。

しかし、ならば彼らに私は問いたい。この栗原の一族の名を受け継いだ私が、ここでこれほど劣位に立たされているのは、何故か。どの学者たちも未来を予見できず、表面的な結論しか出せない二流の学者だったとしか思えない。私はむしろ今、霊長類七千万年の歴史を引っ繰り返すべく、女性優位説を唱えようと思う。雄の優位は、この栗原家を始点に、劣位へと斜陽を転がりはじめる予感が私を包み込んで離さないのだ。

夏音の変貌は、狩猟民の時代には起こりえないことであったはずだ。テレビが普及し、雌たちが茶の間で瞬間的に世界的なシンクロニシティにより結びつき、奮起し、覚醒《かくせい》しはじめた頃からこの新しい不平等は生まれてきたのではないか、と私は推理する。もう雌は強い雄を探す必要はなくなったのだ。むしろ雄が強い雌を探す時代になった。

航空機、テレビ、コンピューターの発達で雄でなくとも世界に飛び出せるようになった雌たちは、今やこの不平等世界を引っ繰り返そうとしているのである。

結婚後、夏音はそれまで以上に細かく、私の日常をチェックするようになっていく。

「ださーい、ねぇ、やめて。どうしてそんな酷い組み合わせになるわけ？」

彼女はあらゆることに、チェックを入れたがった。特に服装とか、髪形に関してはもっとも厳しく……。

「センス悪すぎ。信じられない、どうしてそんなにセンスが悪いの。そんなんで外を歩いたら、まるで私がセンス悪いみたいに思われるじゃない」

威厳なんてものは結婚後の私には微塵《みじん》もなかった。

一度、あまりに厳しくなったので、文句を言ったことがあった。もっとも、かつての暴君的な日本の夫のような口調ではない。深夜だったたし穏やかに、感情を押し殺しての静かな抗議である。

「君は細かいんだね。ちょっとチェックが厳し過ぎないかな。言っておくけどね、僕は君のアンチテーゼではないいんだよ」

予想できないことではなかったが、夏音は、突然怒りだした。人一倍プライドが強く、一旦感情が捩《よじ》れると収拾するまでが至難の業《わざ》だった。結局その時も、彼女は自分の感情の流出をコントロールすることができず、終《しま》いには号泣して、学会のために青森へ出張していた十和田一男を除く全ての家族を叩き起こしてしまうのだった。

「いやらし、こんな夜中に夫婦喧嘩《げんか》かいな。それは仲のいい証拠やで。そんなことで一々家族を叩き起こすようじゃ、おたくさんたち、まだまだ新米やな」

と栗原道子は笑い、力矢が夏子の陰から、

「女を泣かせる男って最低なんだよね、ねぇママ」

と夏音の味方をして言えば、鉄次と虎男がそれを受けて、やーい最低男最低最低、と大声でまくし立ててくる。それを夏子が、こら、そんな風に大人をからかうものではありません、まだ二人は新婚なんだからいろいろあるんです、と注意しようものなら、すかさず力矢が、新婚はどうして大変なの、と問いかけ、鉄次と虎男までもが、どうしてどうしていろいろってなあに、と騒ぎ立てる始末で、それはあれやがな、まだコンセンサスがうまく取れとらんちゅうことやろ、と道子が説明したのが却《かえ》って災いとなり、じゃあママとパパがクールな付き合いをしているのは仲がいいからなんだね、と力矢が蒸し返し、今度は夏子の顔色が曇って、鉄次と虎男が、こんせんさすってなあに、と騒ぎ立てれば、十和田一男の両親幸雄と綾之が子供たちを、お前たちはいいからもう寝なさい、と叱りつけ、はいここまでやな、と道子が大きな声を張り上げて終息宣言を発したのは良かったが、やれやれ、と小さくため息を漏らした私を見逃さない一筋の視線に気がつき、慌てて顔を上げると、道子の母朱鷺がこちらを睨《にら》み付けていて、私は思わず心臓が飛び出しそうになって戦《おのの》き、ああだこうだ意見を述べ合う人々がおとなしく立ち去るのを俯いたまま待つしかなかった。

栗原家に引っ越しをしてから一か月ほどが過ぎた梅雨のある日、担当編集者の相沢健五と装丁家の戸田不惑が引っ越し祝いを抱えて訪ねてきた。

「大造はん、お客さんですよ」

階下から栗原道子が大きな声で来客を告げたので降りてみると、玄関先から相沢と戸田が陰鬱《いんうつ》な青白い顔で中を覗き込んでいた。

戸田は私を見つけると、

「災難のお見舞いに」

と囁《ささや》いた。むっとした顔の私を相沢が、まあまあ、と宥めた。

「いや、そうじゃなくてですね、そろそろ落ちついた頃だろうと、様子を見に来たんですよ」

私は一度家の中を覗き込むと、

「来るなら来るで、連絡してくれればいいのに。……外に行こうか」

と彼らに小さく告げた。中に入れて、生活状況を観察されるのは嫌だった。彼らは絶対あら捜しをして、私の新婚生活を面白がるに決まっている。

「折角遊びに来たんだから、夏音ちゃんには会って行きたかったな。俺はだいたい君の作品なんかじゃなくて、彼女のファンなんだからさ」

戸田が言うと、相沢が、

「いや、僕も会いたかった。今度のシェークスピアの舞台はぜひ見に行きたいと思っていたんですよ」

と合いの手を入れる。私が首を振り、

「今は丁度その舞台の稽古で出掛けているんだよ。帰りも遅いし、だからどうだ、井《い》の頭《かしら》公園の辺りに中々旨《うま》い焼鳥屋があるんだけど、そこへ出掛けよう」

と彼らを外へ連れだそうとしているところへ、運悪く栗原道子が顔を出してしまった。

「あれ、何してはるんですか、そんな狭いところで。いやらしいわ。大造はん、あがってもらって下さい。すぐにいろいろ支度をしますから」

と火に油を注ぐようなことを言うものだから、二人はにたにたと嫌な笑いを浮かべ、

「お母さんにそう言われちゃしょうがないっすね、このまま黙って帰るわけにもいかなくなったなぁ」

「そうだ、次の作品の打合せをしなければいけないことだし、ちょっとだけ寄らせて頂きますか」

と調子を合わせ、勝手に靴を脱ぎはじめたものだから、私は観念するしかなかった。昼間から一階の奥の座敷で宴会とあいなった。栗原道子が夏音の代わりに、酒のつまみを拵《こしら》えてくれることになった。

「なんだ、夏音さんのお母さんはいい人じゃないか。気がきくし、あんなに出来た母親はなかなかいないぞ。それにこんなでかい家に住めるなんて、やっぱりお前、逆玉だったわけだ」

戸田が言えば、今度は相沢が、確かに、と片笑み浮かべて言うのだった。

「なるほど逆玉ですか、それで平の姓を捨てたわけですね。分かる分かる」

私は、唇を尖らせて、抗議した。

「まさか、そうじゃない。いろいろと事情があるんだよ。栗原を名乗るからには、それはそれで君達には想像もつかない大変なことがあるんだ」

でも、こんなに大きな屋敷に住めるなら、逆玉でもいいけどな、と戸田が笑い、小生も、と今度は相沢が腕を組んで同意した。

二人は、自分たちが持ってきた酒を勝手に開けて、手酌《てじゃく》で飲みはじめた。夏音が戻って来るまでに追い返さなければ、と私は自分に言い聞かせて、気を引き締めるのだった。

「まあ、俺たちには君が平でいようが、栗原に変わろうが、関係ない。君は俺たちにとってみれば作家の速水卓也でしかないわけだからね」

戸田に続いて、相沢もうべなった。

「そうですよ。速水先生は、速水先生なんですから、何も名前が変わったくらいで、そんなにおどおどすることはないわけです」

私は慌てて、相沢に向かって、先生というのはやめてくれよ、と普段は使わない先生をわざと強調して使う相沢に腹が立ち、思わず声を荒らげてしまった。

「まあ、今日は、君の新婚生活とやらをじっくりと観察させて頂くよ」

突然、戸田がそう宣言したので、私は臆病な子羊のように身を竦《すく》めてしまった。

「我々二人は、速水卓也の数少ない友人代表ですからね。結婚後の生活が順調に行っているかどうか、見届ける責任があります。それに小生は先生の担当編集者なんですから。その未来の芽が摘まれないように、導かなければなりませんしね」

と相沢が含み笑いを浮かべながら付け足した。

「君達は悪趣味だな。僕が栗原の大家族の中で日々大変な思いをして生活しているのを知っているくせに、わざと気持ちを逆撫《さかな》でするようなことを言いにやってくるわけだからね」

相沢が、それは聞き捨てならない話ですな、と私を睨み付けて、日々大変な思い、とはどういうことでしょう。担当編集者としては知っておかないわけにはいきませんからな、とまるで探偵のような注意深げ《げ》な目つきで私の顔を眺めると、戸田はその隣で、酒を飲みながら、うんうん確かに解せない、と頷いている。

「つまりそれは、家族とうまくいってない、ということでしょうかね」

相沢が突っ込むと、私は、いやそれは、と口籠《くちご》もってしまった。

「それでは夏音さんとうまくいってない、ということですかねぇ」

相沢が更に突っ込み、私は、息を喉奥に押し止めてしまい、思わず噎《む》せてしまった。

「なんだ、うまくいってないんだ」

と戸田が、笑った。

「女は結婚した途端に豹変《ひょうへん》しますからね」

と今度は相沢が言った。

やっぱりそうか。女は豹変する動物なんだ。と私が自分自身を納得させるように言うと、彼らはお互いの顔を見合わせた後、笑いだすかと思いきや、口許を引き締めて神妙に頷くのだった。戸田は杯《さかずき》に残っていた酒を一気に飲み干し、眉根に力を込めてから、告げた。

「確かに気をつけた方がいい。うちの奴なんか結婚前は四十キロそこそこだったのに、結婚後僅か三か月で五十キロを超えた。今じゃ、俺よりも太っている。俺のズボンがはけないんだぜ。まるで別人だよ。昔の面影を探す方が難しいくらいだ。これを結婚詐欺と言わずして何と言う」

戸田が悲壮感に満ちて告白すると、今度は相沢が、軽く咳払《せきばら》いをしてから言った。

「うちのは結婚前は道ですれ違う男たちが振り返るほどの美人だったんです。知り合ったのは夜の赤坂でしたからねぇ。同棲をしたことがなかったのが命取りだったんです。先生のところみたいにさ、同棲していれば見抜けたんだ。結婚した翌日、ベッドで寝ていた人が誰だか分からなくて。……化粧を落としたら、見たこともない人でさ、思わず、化粧を落とさないでくれ、と頼み込んでしまったほどだったんですよ」

私たちはけらけら笑いあったが、ひとしきり笑った後、戸田が一層神妙な口調でこう告げるのだった。

「もっと変わるよ」

えっ、と私は思わず聞き返してしまった。

「だからさ、もっと変わるんだよ、女という動物は」

今度は、相沢が声を低めて告げた。

「受胎して一皮。子供が生まれてもう一皮というふうにね、女はどんどん変態していきますよ。それは怖いくらいにです」

私は夏音が、どんどん太って、ますます化粧が厚くなって、しかもさらに横柄になって、私をこき使うようになるのではないかと想像して、不安になった。

「まさか?」

身を屈めて声が外に漏れないように小さく質《ただ》すと、彼らは同時にかぶりを振った。

「じゃあ、どうすればいいんだろう」

訊《き》くと二人は、お互いの顔を見合わせ頷きあった。そして戸田がポケットから名刺サイズの白い紙切れを取り出し、私の前に差し出した。

「俺たちの同盟に参加するしかない」

「同盟?」

「そうだ、男性中心社会を復活させる会だ」

見ると、その名刺サイズの紙切れには、男性中心社会を復活させる会、と印刷されている。

「これ、会員証」

戸田が言うのでよく覗き込むと、会員番号が三番となっていた。氏名のところには、ちゃんと、平大造、というかつての私の名前が印刷されている。

「俺たち男は、このままで良いわけがない」

「戦うんです」

二人はやや興奮してそう告げた。

「このままでは台頭する女たちに、俺たちのささやかな未来までも奪われてしまう」

「小生には、家に居場所がないんです。最近は娘まで母親の生意気な口調を真似て台頭してきた。父権なんてあったもんじゃない。小生はただの給料を貰ってくる人にすぎなくなってしまったんですよ」

「俺なんて、もっと酷い。うちは共働きだからさ、それもいやなことにあいつは売れてる女性雑誌の編集長だろ、女房の方が稼ぎがいいんだ。家に帰れば、この屑《くず》何してんだ、呼ばわりだ。くそ、女なんかに何が分かる」

「大切にしていたプラモデルを女房に捨てられてしまったんです。あんなガラクタじゃまだから捨てたわ、だって。ふざけんな」

「俺なんか、犬が餌《えさ》を食べた後にしか食事ができないんだ。犬が食べているものの方が俺の晩酌《ばんしゃく》のつまみよりも豪華な時があるくらいさ」

二人の感情の吐露《とろ》は続いた。そして彼らはひとしきり憂《う》さを晴らしたあと、

「お前が、家族なんてまやかしの中で、その才能をくもらせてしまうのを友人代表として黙ってみているわけにはいかないから、こうして……」

「そうですよ、こうして会員証を作ってきたんです」

と言うのだった。

「この会員証を持っている限り、我々は仲間だ」

戸田がそう言い、今度は相沢が、

「これさえあれば、どんな家庭環境に身を置いていても大丈夫。速水さんは一人じゃないんですからね。仲間も頑張っていると思えば勇気百倍でしょう」

と念を押してくる。

「ありがとう」

なぜか突然湧き起こった連帯感に背中を押され、彼らの手を握りしめた丁度そこへ、料理を運んできた栗原道子が襖《ふすま》を勢い良く引いて現れ、場は瞬時に緊張に包み込まれてしまった。

「なんや、みなさん暗い顔して。悪霊に肝を抜かれたような顔してどないしたんですか。生活に疲れてはるんやないですか。そんなまだ若いのに、がんがん飲まなあかんですよ。さあ、何さんでしたか、名前は忘れてしまいましたが、ほら、どちらさんもどうぞ」

道子は、酒を容赦なく二人の空の杯になみなみと注ぐ。酒が零《こぼ》れると、二人は唇を尖らしてそれを仲良く吸うのだった。

「あれ、これなんやろ」

テーブルの上においたままの会員証を見つけると、道子はそれを覗き込み、男性中心社会を復活させる会？　と声に出してしまった。

すると、それまで目を細めて様子を窺《うかが》っていた戸田が、すかさず、

「いやあ、そんなものを作って、ささやかな反抗なんですよお母さん、分かってやって下さーい。この男は、まだ結婚したことの重要さを分かっていないんだな。往生際の悪い奴なんですよ」

続いて相沢が澄ました顔をして、

「小生たちも仲間にならないかと持ちかけられたんで、逆に冷静になるように速水先生を説得してたんです。どうか夏音さんにだけは黙っておいてやって頂けませんか。そういう年頃ってあるんですよね男には。少しずつ大家族に慣れていくでしょうから、今は周囲が優しい視線で見守ってやることも大切なんです」

と言うのだった。道子は、なんやこんなもん、と笑っていたが、私は決して笑えなかった。

私は誰も信じない。特に男同士の友情なんて一切信じるものかと、その時はっきりと心に誓ったのだった。

スコットランドの武将マクベスは三人の魔女の予言に野心を抱き、ダンカン王を弑逆《しいぎゃく》し、将軍バンコーを暗殺したが、後にダンカン王の長女らによって討ち取られる。

第六節　悲劇と喜劇の狭間で

夏音の舞台が近づいてきた。今回彼女が演じるのはマクベス夫人、実は私はシェークスピアの劇作の中もっとも苦手な作品で、なぜあんなに憎悪ばかり、それも怨念《おんねん》だとか怨霊だとか不気味な言葉が飛び交っては、大勢の人間が死んでいく劇をみんな食い入るように見るのか、その面白さがさっぱり分からないのだった。勿論《もちろん》そんなことを夏音に言おうものなら、大造君ってなんにも分かってないのね、と軽蔑《けいべつ》の嘆息を吐きかけられるのが落ちで、そんな愚かなことを私がするはずもなく、マクベス夫人の役が彼女に回ってきた日、やっぱ芝居の王道はシェークスピアでしょ、と笑顔でそれを喜んでみせた。

公演日が近づくにつれて、夏音は毎晩のように稽古で遅くなったし、家に帰ってからも廊下で一人稽古に没頭していた。観客は力矢に鉄次に虎男と私である。もっとも私が心配してその鬼のような形相に見入っていると、彼女は私の視線が気になるのか、邪魔、と手で私を払いのけた。仕方なく力矢の陰に隠れてじっと見守るより他無かった。いつもなら騒ぎまくる力矢たちも今回は、夏音の人の違った顔つきが珍しいらしく、茶化さず真剣に見ていた。

「あなた、手を洗って、寝室にもどりましょう。そんな青ざめた顔をしてはいけません。もう一度言うわ。バンコーは土の中、お墓から出てくることはありません」

身振り手振りを交えながら演技をする夏音は、私のよく知る夏音とは違い、鬼気せまるものがあった。稽古でさえこれほどの迫力があるのだから、本番はどんなだろうと、私は力矢たちの背後で息を呑んだ。

「ベッドへ、ベッドへ。ほら、門を叩く音が。さあ、さあ、ほら、ほら、手を。やってしまったことは元には戻らないんだから。早く、ベッドへ、ベッドよ、ベッドへ」

力矢が私を振り返って、何をやってしまったんだろうね、と呟《つぶや》いた。鉄次が、ばんこーって誰？　と私のシャツを引っ張った。私が、黙って、と言うと、恐いね、夏音ちゃん、と虎男が言った。プロだから、と言うと、三人は一斉に、プロ！　と叫んだ。夏音が階段に肘をついて見ていた私たちの方へ視線を向け、

「あなた、手を洗って、寝室にもどりましょう。そんな青ざめた顔をしてはいけません。

——もう一度言うわ。バンコーは土の中、お墓から出てくることはありません」と再び台詞をそれまでよりもいっそう大きな声で叫んだ。四人はその迫力に圧倒され後じさりして階段を数段下がってしまうのだった。

夏音の練習は夜遅くにまで及んだが、一族は誰も文句を言う者はいなかった。もっとも私を驚かせたのは、夜中に突然起き上がって、バンコーは土の中、お墓から出てくることはありません、と台詞を叫んだ時のこと。本人は言った次の瞬間には呪《のろ》いのとけた姫のごとく再び寝てしまったが、私は夏音の寝顔を覗き込んではまるでデスマスクのような青ざめた寝顔に目をぱちくりとするしかなかった。

舞台の初日、夏音は緊張していた。はじめての主役なのだから仕方がない。食事も喉を通らない様子で、いつもどおりにやれば大丈夫だよ、と慰めてはみたものの、私の忠言など耳に入らぬようで、目つきはまさにマクベス夫人その人だった。握った箸でさっさっと宙に円を描いた。いったい何だろうと目を丸くして見ていると、何かぼそぼそと言っている。

「消えろ、この染み、忌ま忌ましい。消えろったら！　ひとつ、ふたつ、さあ、いよいよだわ、やるのよ。なんです。あなた、いい加減にしなさい、軍人のくせに恐いの？」

すっかりマクベス夫人になりきっており、役者という人種の凄味を見た気がした。

夏音を送りだした後、私は仕事をしたが、どうしてももう一つ気が入らなかった。栗原の一族とともに夏音の舞台を観にいくことになっていたからである。夕刻少し前、一行が集まった。それが、私を入れて総勢二十二人という大所帯なのである。つまり夏音を除く全ての栗原の人間が観にいくと言うのだ。

「きーおや光之助まで連れていくんですか？」

と私が幼な子を抱く小夏と理夏を指さして言うと、道子が、あたりまえですわ、と顔を強張《こわば》らせて言った。

「夏音の一世一代の大仕事ですやろ。栗原家にとっては一大事。全員で行ってパワーを送らな」

「パワーってどんなパワーでしょうか」

何を寝ぼけたこと言うてますのん、と道子は声をあげて笑った。その時ぱっかりとあいた口の中で奥歯に被せられた金歯が光を跳ね返し、私は道子の中に何か得体の知れない何者かが憑依《ひょうい》しているような錯覚を覚えた。

「そら、決まってるやろ。声援ですわ」

「声援？」

「ほら、練習したやろ」

と道子が言うと、夏子が、せえの、と音頭をとった。女たちが、カノン、カノン、頑張れカノン、と声を張り上げた。

「駄目、駄目ですよ、そんなの」

「なんですか。大造はん、恥ずかしがったらあきまへん」

「そうじゃない。今日はシェークスピアです」

「シェークスピア言うたら、イギリスの歌舞伎《かぶき》でっしゃろ。団十郎みたいなもんや」

私は道子にシェークスピアの芝居はどんな雰囲気のものかを説明した。道子の後ろで十和田一男がくすくすと一人笑っている。知っているくせに、どうしてこの男はみんなに説明しなかったのだろう、と私は嘆息をもらした。

「あきまへんの」

「あきまへん」

「それやったら、夏音は寂しいんと違いますのん」

「寂しくありません。終わったら精一杯拍手をしてあげて下さい。それに」

と私は赤ん坊やぞろぞろと群がっている子供たちを見た。

「子供が我慢して見ていられるようなものではないし、静かなところで騒いだりしたら、役者の人達やお客さんに迷惑を掛けるばかりではなく、舞台の上の夏音に恥をかかせてしまいます。できれば、家で留守番をしていてほしいんですが」

珍しく決然と言ったことが効を奏したのか、やっぱり、舶来《はくらい》の芝居はそんなもんなんやろな、と道子が呟《つぶや》いた。

「そっと観てあげるのが、シェークスピアの正しい観方なんです」

結局、小夏と理夏が家に残って力矢から光之助までの一族全ての子供たちを見ることとなった。やれやれ、と肩の荷を下ろしていると、十和田一男が横にやってきて、大変だね、と他人事《ひとごと》のように呟くのだった。

京王線に揺られて下北沢《しもきたざわ》を目指した。駅前の本多《ほんだ》劇場で今日から二週間の公演である。シェークスピアに掛けては日本一と言われる演出家の演出だそうで、初日は新聞や雑誌の記者も沢山入っているとのことであった。あのまま、栗原の総員で出掛けていたなら、間違いなく初演は「悲劇」ではなく「喜劇」になっていたはずである。

本多劇場前には既に人が大勢並んでいた。その列を見て、真先に声を出したのが道子だった。この人達が全員夏音を観に来たんですか。全員ではないとは思うけど、まあみんな関心はあるだろうし、中には熱狂的なファンもいるかもしれないわね、と夏子が言うと、偉いもんや、夏音は大したもんや、と道子が人前で憚《はばか》ることなく目元を押さえだし、おおげさやな、と次女千夏が鞄《かばん》からハンカチを取り出し差し出した。普段は貫禄のある道子もこと夏音のこととなると、まるで借りてきた猫のような落ち着きの無さになるのが、私にはむしろ母親とはこういうものかと考えさせられる人間的な部分であるのだが、いや、騙されてはいけない、と思わず感動しそうな自分の肝に銘じた。

「へえ、随分と夏音ちゃんは人気があるんですね」

と村田雄三が言った。

「どうやって、大造君は夏音ちゃんをひっかけたのかな」

「そうだよね、僕もそれを一度は聞いてみたかった」

と塩野屋啓介がいつもの緩みきったどこか信用のおけない笑みを湛《たた》えて口を挟んだ。

「引っかけただなんて人聞きが悪い。お芝居が好きで、なんとなく」

「なんとなくって、なんとなくなるまでにいろいろ経緯《いきさつ》があるだろ」

村田雄三が笑った。私は本多劇場の階段に並ぶ人々の列を見上げながら、二人の出会いの頃を思い出していた。一年半程前に小さな劇団のパンフレットでその劇団の舞台女優をしていた夏音と対談をした。本当は戯曲について文章を書くはずだったが、劇団員に速水卓也の熱烈なファンがいるから対談をしてほしい、と劇団側から申し込まれたのだった。珍しさにかられて出掛けてみると、対談場所にいたのが夏音であった。私の処女小説を大事そうに胸に抱えているではないか。その劇団の注目株であることは知っていた。それが、顔を合わせた途端、彼女が今とはまるで違って、おしとやかに頬を紅潮させて俯いてしまったものだから、なんと可憐《かれん》な人だろうと、大きな勘違いをしてしまったのだった。その翌日、私たちは逗子《ずし》でデートをし、――たまたま小説の取材で行かなければならなかったから意を決して誘ってみると、時間があいているとのことでそのままデートとあいなった――その日から二人の交際は始まることになる。

「大造はん！　なにをぼやぼやしてるんですか」

声の方を見ると、道子が階段の上の方から呼んでいる。目の前にいたはずの村田雄三も塩野屋啓介もそこには既にいなかった。私は顔をあの頃の夏音と同じように紅潮させて階段を駆け上がっていった。京王線の線路伝いに吹いてくる風が心地よかった。一瞬振り返ると、下北沢の低い建物の遥か上空がやはり同じようにほんのりと赤く染まりはじめていて、私を心なしか励ましてくれた。

初日の出来はまずまずだったのではないか。夏音は予想以上の熱演で、とくに家で練習をしていた、マクベス夫人が精神を病んでいく場面の熱演は圧巻であった。手についた血を何度も何度も拭おうとする見せ場は、隣の道子が、あかん、あかん、ああなんちゅうこっちゃ、と声を漏らすほどの迫力であった。私はマクベスの劇を観て知っていたからそれほどでもなかったが、家族の驚きは大きかったようだ。舞台の上で悪霊と戦い悶《もだ》え苦しむ夏音を実人生と重ね合わせた道子や姉たちは、芝居が終わった後も拍手や声援どころか放心状態で言葉を失ったまま、椅子から立ち上がろうともしなかった。

しばらくして道子が、

「大変や」

とやっと感想を漏らしたが、目は空っぽになった舞台の上をいつまでも見つめている有り様であった。

楽屋にいつもの夏音の顔があったことで、やっと道子は安堵《あんど》のため息を漏らすことが出来た。

「あんた、こんなに細いのに、よう頑張ったな。あんな凄い芝居はじめてや。これあとどれほど続きますのん」

誰かが地方も含めてあと十五公演です、と応えると、道子は絶句した。

「恐い芝居やな。観ていてぞくぞくしたで」

夏音は笑って、そうやろ、とうべなった。

「イギリスでは滅多にこの芝居はやらないんやて」

すかさず夏子が、なんで、と聞いた。

「祟《たた》りがあるからって」

なんの、と今度は道子が言った。

「マクベスのよ」

ええ、と全員が絶句した。十和田一男の両親は、手を取り合って楽屋から出ていこうとしていた。それを、大丈夫だよ、そんなの迷信さ、と一男が引き止めたが、みな一様に辺りを見回し、本当に大丈夫かな、とささやきあった。

「イギリスでは舞台上に幽霊が現れたり、出演者や演出家が死んだり、いろいろと呪いがあったらしいわ」

村田雄三が前に出てきて、

「マクベスって実在したのかい」

と眉間《みけん》に皺《しわ》を寄せていうものだから、私が、ええ、そうですよ、と応えると今度は道子が、やめとき、いますぐやめなはれ、そんなうちの娘をなんやと思ってるんや、と声を大に反対しはじめた。

「今更無理や」

夏音が口を尖らせて言えば、折角結婚したばかりやのに、と道子が夏音の肩を摑んで揺さぶった。私は、夏音の前に出て、大丈夫、それは海の向こうの話で、イギリスの霊が日本にまでやってきたりはしません、と尤《もっと》もらしい嘘をついてみた。その時、突然楽屋の明かりが切れ、女たちが悲鳴をあげてしまった。再び灯がつくと入口のスイッチを摑んで朱鷺がへらへらと笑っている。塩野屋啓介が駆け寄り、馬鹿なことをしてはいけません、と彼女の背中に手をあてた。

「あんまりみんなが阿呆《あほう》やからな、懲らしめてやった」

とひとり言のように言い捨てると、もう、ばあちゃん、と夏音が唇を真一文字に結んで鼻から長い息を吐き出した。

舞台が跳ねた後の楽屋には、大勢の人々が出入りし賑やかだった。道子たちが退散した後も、ひっきりなしに楽屋を訪ねて様々な関係者が出入りしていた。夏音の楽屋にも、他の劇団の連中や、古い友人たちが訪れてきた。一緒に帰るために私はまるで付き人のように彼女の横に張りついて残っていた。事務所の社長がやって来て、よかったよ、と笑顔を振りまいていった。ミミとうららも顔を出した。二人は私を見つけるなり、

「早速、ステージダディになってるのね」

とからかった。

「おもてに夏音ちゃんのファンがいっぱいいるから殺されないようにしてね」

夏音は、馬鹿なこと言わないで、と笑ったが、ふと結婚式の日に二人が冗談っぽく言った、招待されているのが女ばかりだけど、という言葉を思い出し気になってしまった。考えてみたら私は夏音の過去を知らない。私と付き合う前に誰と付き合っていたのかも知らない。きっと家族は知っているのだろうが、そのことは一度も聞いたことがなかった。これまで恋人が一人もいなかったはずはなく、しかも劇団員をしていて周りには素敵な男たちがうようよいるだろうし、きっかけがないわけもなく、もしかすると同じ劇団の中にかつての恋人がいたりするのではないか、と考えてしまい心臓がちくりと痛んだ。

マクベス役の男優が最後に顔を出し、私の顔を見つめると、ああ、ご主人ですね、はじめまして、とソフトな物言いで告げた。背が高く所謂《いわゆる》誰が見ても疑いようのないハンサムな青年だった。ふと頭の中に、舞台上で二人が抱き合う場面を思い起こしてしまった。夏音が着ていた真っ赤な絹の衣服にこの男優は顔を埋めていたのである。男優は夏音に、色

男じゃない、と私のことを言ってからかった。すると夏音は恥ずかしがって、やだ、西《さい》条《じょう》さんたら、とまるで酒の入ったような甘い声で受け応えたのである。その馴れ馴れしさが気になった。初めて見る夏音の他の男への気安い態度だった。彼女の口許に浮かんだ笑みは間違いなく異性を意識した片微笑みであった。私の知らないところに、もう一人の夏音がいた。長く演劇界で生きてきたのだ、兄弟のように仲睦《なかむつ》まじい男性の仲間がいてもおかしなことではない。この西条という男性もその一人なのだろう、と自分に言い聞かせては納得しようと試みた。ならば何故、結婚式に呼ばなかったのだろう、何もなければ結婚式に呼んで当然ではないだろうか、と考えてしまい、不意に心臓が激しく脈打った。

男が楽屋から出ていくまで私は笑みを絶やさず我慢した。男が、じゃあね、明日からまた頑張ろう、と告げて颯爽《さっそう》と出ていくと、私の口許は穴のあいた風船のようにすうっと萎《しぼ》んでしまった。

「なにをぼっとしてるの？」

と夏音が聞いてきた。

「いや、別に」

と私は肩を落として返事をした。

「折角下北沢にいるんだし、ちょっとお酒でも飲んでいかない」

私は小さく頷いて、気分を変えることに同意した。

劇場を出ると下北沢はすっかり暮れていた。なのに街中には人々が溢《あふ》れ、賑やかにスイングしていた。意外にもファンの男性が夏音を待っているということもなかった。劇場の入り口にはシェークスピアの看板だけが唯一目立って掲げられているにすぎなかった。

私は何度も後ろを振り返り、だれか一人くらい夏音に気がついて追いかけてこないかと待った。しかし、商店街の喧騒の中を爽やかな風だけが吹き抜けていくのだった。

大家族の中にも落ちこぼれはいる。私と同様、力矢《りきや》もそうだ。その点では私は彼に特別な気持ちを抱いている。しかし私はおせっかいをやくつもりはない。彼が抱えている問題は彼自身が解決しなければならない彼自身の問題だからだ。

第七節　落ちこぼれ同盟

夏音が『マクベス』大阪公演のために家を留守にしている静かな時間を利用して、私は新作の小説に没頭していた。本当にひさしぶりに小説の快楽とでもいえる創作の時間に浸《ひた》ることができていた。朝も昼も夜も関係なくただ黙々と飢餓《きが》の子供が飯に飛びつくような勢いで書きつづけた。

小説を書くためには、ゆとりのある時間が必要だ。栗原家の人々とかかわるようになって私が失ったものはこの静かな時間の流れ……。

日常がこれほど日々せわしなく流れていくものだとは思いも寄らなかった。一人で生きていた頃、私は二十四時間を大河のごとく感じ、生活という船をその上に浮かべては悠然と暮らしていた。好きな時間に起きて好きな時間に寝る。好きなだけ小説を貪《むさぼ》り、書いた。近所の公園の日溜まりで木漏《こも》れ日が描く路上の色彩を眺めては、言葉が地面の下に広がる大木の根のようなものだと感じて仄《ほの》かに胸の奥に熱を感じたりもした。

ところが大家族に巻き込まれてよりは、日常は加速し、光陰はまさに矢の如く迅速に私を目まぐるしくさせた。じっと光の移行を眺めては考察する余裕などなかった。雲や風を見つめては心をそのセンチメンタルな空間に解き放つことはできなかった。

だから夏音が大阪に出掛けた時、道子が同行したことは、神が私を見捨ててはいなかったことの証《あかし》だと勝手に解釈して、ワープロに向かった。

結婚したことで私は物書きとして奮起しなければならないところに立たされていた。しかしそこに実に微妙な問題が横たわってはいる。人気作家になり、作品に読者がつき、小説が売れることをどこかで望みつつも、本当に自分が書かなければならない作品は、それほど読者を獲得できるものではないことも知っていたのだ。どうしてもっと一般的な雑誌で小説を発表しないのか、と道子に厭味《いやみ》を言われたことがあった。文芸誌もいいけれど、もう少し大衆的なところで書いてもらわないと、親戚に説明ができない、と遠回しに注文をつけられたこともある。なんにも分かっていない、と反論をしたかったが、それを躊躇《ためら》った。彼女の言うことにも一理はある。小説を最初から鋳型《いがた》に押し込め、その可能性を閉ざしてしまっているのは自分の方かもしれないとも、つい考えてしまうのだ。

キーボードを叩く指が止まる。思わずため息が喉元をついて出た。ワープロから、この二階の窓の外へと視線を移した。庭の垣根越しにすぐ家の前に広がる井の頭公園の青々と繁る七月の木々が見える。小鳥が青空を飛び交い、長閑《のどか》な風景に色を添えている。実人生と物語の中の人生との違いについて朧《おぼろ》げに考えてみた。あの小鳥たちのような遮《さえぎ》るもののない広範な人生を小説の登場人物たちは生きる。一方自分は結婚して、鳥小屋のような人生の中にいる。このアンバランスな日常こそが作家の人生なのに違いない。普通の日々の中に埋もれながらも、私は一生物語の有効性を信じて活字の宇宙を見つめて生きていくのだ。

もう一度ため息を漏らした後、人の気配を感じ視線を落とすと、門のところに力矢が立っていた。背負っていたランドセルを下ろし、門の裏にある犬小屋の中に押し込めている。穴の中に盗んできた物を仕舞い込む山賊のようであった。飼っていた犬は数年前に死んだそうだが、子供たちが寂しがるからと犬小屋はそのままになっていた。

時計を見るとまだ十一時にもなっていない。学校が早く終わったなら、ランドセルを隠す必要もないはずだ。ということは早退してきたことになる。或いは学校に行かなかったのかもしれない。ランドセルを隠し終わった力矢は、一旦玄関を睨み付け、それから踵《きびす》を返すと門から外に出ていった。

私は小さく嘆息を漏らすとワープロの終了ボタンを押した。慣れた手順で電源を切ると、もう一度窓の外に視線を投げかけ、風にそよぐ木々の天辺を見つめながら煙草に火をつけ一服した。

道子と夏音がいないこともあって、日中の栗原の家は空き家かと思うほどに静かだった。階段を降りてみたが下の階には誰もいなかった。食卓の上には夏子が私のためにこしらえてくれた食事が用意されていたが、私はそれには手を付けず、気分転換に外で食べることにして外出した。

井の頭公園の木漏れ日の揺れる、高木の下のひんやりとした土の上を吉祥寺《きちじょうじ》の駅を目指してのろのろ移動した。池に掛かる橋の上から鯉《こい》に餌を与えている年老いた夫婦がいた。覗くと、夥《おびただ》しい数の鯉が老夫婦の足の下、深緑の池の中を泳いでいる。老主人は餌の麩《ふ》を均等に鯉たちに分け与えようとしているが、それを橙《だいだい》色の大きな鯉が横取りして奪っていった。でかいのばかりが食べてしまうな。老主人が不満を漏らした。どの社会もいっしょですからね。今度は老妻が呟いた。一団の中からはみ出した、やせ細った一匹の薄紅色の鯉がいた。集団の一番外側を輪に入れずふらふらと泳いでいる。橙色の大きな鯉の半分くらいの大きさの鯉だった。老人がその鯉目がけて、もう一度餌を投げた。餌は鯉の口許のすぐ横に落ちたが、ぐずぐずしているうちに大きな鯉に横取りされてしまった。三人は同時にため息をついた。私の嘆息が一番大きかった。老夫婦はこちらを振り返る。目が合い、思わず肩を竦《すく》めてしまった。自然界の厳しい掟《おきて》だから、仕方ないですね。老妻が言った。老人は残りの餌を全部池に撒《ま》いてしまった。鯉たちがいっせいに集まり、池に浮かぶ餌に飛び掛かった。

池の辺《ほとり》にあるそば屋で好物のカレーうどんを食べた。一人でこうしていると、独身時代のことを思い出す。かつて私は好きな時に好きなところへと出掛けて行くことのできる自由な鯉だった。なのに夏音と結婚したことで、私は集団の中に身を置くこととなった。いつか自分もあのはみ出した鯉のようにやせ衰え、魂を抜かれて最後は骨と皮ばかりの人間になってしまうのだろうか。

先程の老人たちが歩いている。彼らは時々止まり、光に揺れる池の先を指さしながら微笑みあった。彼らに自分と夏音を重ねあわせてみる。幸せとはなんだろう。一生とはなんだろう。人生とはなんだろう。生きるとはなんだろう。夏音とこれから築いていくことになる家庭のことを想像してみた。私たちも三十年後、この井の頭公園の鯉に餌を与えていたりするのだろうか。

そば屋を出て、煙草を吸いながら吉祥寺駅の方角へと歩いてみた。公園から駅へと向かう石段の両脇で外国人が絵や時計やアンティークの小物を売っていた。私は木漏れ日に揺れる石段を抜け、買い物客や学生で賑わう路地へ出た。人の流れに身を任せ、のんびりと歩いた。画廊の前で立ち止まり、ガラス越しに絵を見ながらポケットから煙草を取り出して一服した。アメリカで活躍する日本人画家の版画が飾られていた。アジア的な彩りをうまく利用したオリエンタルムードたっぷりの作風だった。ふとガラスに反射する人々の流れの中を見覚えのある影が過《よぎ》った。力矢だった。慌てて振り返ると、彼は大人たちの流れに混じって駅の方へと歩いていく。顎を突き出し前かがみになって亡霊のような姿勢で。瞳は正面をまっすぐに見つめているが、穴が空いているような虚ろさだった。呼び止め、どうして学校に行かないのか、と聞かなければと思った。

ところが力矢は、不意に歩くのを止めて雑貨屋の前で立ち止まると、店の前に陳列されている商品に視線を落とした。それからすばやく店内を一瞥《いちべつ》した後、私の見ている前でいきなりその一つを鷲摑《わしづか》みにするとトレーナーの中に隠してしまったのだ。木彫りの人形だったとおもうが、あまりの素早さにははっきりとは分からなかった。力矢は表情も変えずに万引きをした。その慣れた手つきやあまりに堂々としたまるでプロ然とした態度が私を驚愕《きょうがく》させた。呆然自失する私をそこに残して力矢は素知らぬ顔で人々の流れに紛れると、不意に走り出してしまった。あの野郎、と舌打ちすると煙草を足元でもみ消し、私は追いかけた。

武蔵野《むさしの》公会堂の裏手の駐車場まで行くと力矢は速度を落とし、こともあろうに盗品をちゃんと見ることもなくごみ箱に放り投げてしまうのだった。私は力矢の肩を摑んだ。彼はさすがに驚き、私を振り返りながら、やべえ、と叫んだ。

「おい、どういうことだ」

力矢は視線を逸らし、だんまりを決め込んでいる。私は彼の肩を激しく揺さぶって、もう一度、どういうことだ、こんなことして、と強く言った。しばらくすると力矢は私を睨み付けてきた。大きく開いた眼の中心で黒い瞳が微細に震えているのが分かった。

「父さんにいいつけるんだろ」

「当たり前だ」

「じゃあ、ぼくはもうあそこの家では生きていけないいな」

「自分がしていることが分かっているのか」

「分かってるけど」

唇を尖らせ、不満そうな顔をしてみせた。それから私の手を払い退けると踵を返して歩きはじめた。

「おい、待てよ。まだ話は終わっちゃいない」

彼は振り返るなり、話なんか聞きたくないよ、と吐き捨てた。私は追いかけ、もう一度力矢の肩を摑まえた。

「どうしてあんなことをしたのか、正直に教えてくれたら、君の父さんには内緒にしておいてやるよ」

力矢は私の真意を探ろうと、瞳の奥底を覗き込んできた。ちぇ、偉そうにするんだな、と舌打ちすると再び私の手を払い退けた。

「別に理由なんてない。ただなんとなくそうしてみたくなっただけだよ」

「なんとなく人の物を盗んだというのかい」

「ああ、あれが欲しかったわけじゃないしね」

力矢はコンクリートの地面を見つめて、思い出し笑いをした。口許だけ歪めて笑うその冷笑に背筋を駆け抜けていく悪寒を感じた。物が欲しかったのではない、と言った。むしろ捕まってもよかったのだ、というような口ぶりが気になった。

「つまんなくて」

「何が」

「人生に決まってるじゃん」

私は力矢の頭を、調子に乗るな、という具合に軽くついた。

「人生を語る年齢かよ」

「でもさ、実際煮詰まってんだもん。面白いこともないし、クラスメートとはそりが合わなくて」

「合わない？」

「うん、だって今の学校は公立の誰でも入れるところだろ。頭悪いんだよ」

「なんてことというんだ。ぼくだって公立の高校だったんだぞ」

「だから垢抜《あかぬ》けない作家なんかしてるんだ。そう父さんが言ってた」

今度は私が舌打ちした。

「みんなが幼稚に見えてしょうがないんだけど、だからといって自分にはいい学校に入れる力はなかったわけじゃない。やる気なくすよな。なにをしていいのか毎日わかんないんだもん」

「だから学校を早退してふらふらしてるんだな」

「まあいまのところは落ちるところまで落ちてみようと思って」

「生意気なこというな」

力矢は歩きだした。おい、待て、と呼び止めたが、その後ろ姿はまるで無期懲役囚の諦めきった歩き方に似て、子供とは思えないほどに人生を背負った暗さが滲《にじ》みだしていた。

このままほっておくことはできなかった。

私は怒ることを止めてただひたすら力矢と吉祥寺の街の中を歩いた。彼に説教は無用だと気がついたからだ。最初は後ろからくっついてくる私をうざったそうに振り返っていたが、ゲームセンターに入ってそれぞれ別々のゲームをしたり、路上演奏家たちの歌を並んで観たりしているうちに、力矢の眼つきも次第に柔らいでいった。コンビニでソフトクリームを買い、デパートの脇のベンチで並んで食べた。小学生にも生きる目標がある。それを無くした彼はこの若さで人生の敗北者であった。本当はそうではないのに、彼が自《おの》ずとそう思い込まなければならないほど、この世界は何かが歪んでいる。少なくとも十和田一男が大学の教授をしていることを考え、日本の未来にぞっとした。

「これからどうしたらいいと思う？」

ソフトクリームを食べおわると力矢がぽつんと呟いた。できるだけさり気なく接してもっと彼の生の心に触れてみたいと思った。

「将来ということかな」

「そうそれ」

「随分先のことだね」

「そうかな。すぐそこだよきっと。人生なんかあっという間だってみんな言ってるもの」

「誰がそんなこと言ってるんだい」

「塾の仲間たち」

「悪い仲間だな」

「そうかな、やつらは何にも考えないで日々をぼんやりとやりすごしている連中よりはずっとまともだと思うけどな」

「そんなに人生はあっという間かな」

「あっという間だよ。小学校を出たら、中学の受験で、中学を出たら高校の、その後は大学の、その後は就職だろ。それで一生は決まってしまうじゃないか」

「それは随分と不幸な一生だな」

「結婚して、家族をつくるにしても、家を建てるにしても、老後にしても、どこの小学校に入ったかで大勢は決まるって父さんが言っていた」

「間違っているな」

「あっていたよ」

「あっていた？」

「ああ、今ぼくが通っている公立の小学校にはいじめがある。ぼくは昨日も今日もいじめられた。小学校一つでこうだ。これからさきはもっと酷《むご》い人生がぼくを待っている」

「どうして？」

「どうしてって、ぼくとやつらが合うわけがないだろう。ぼくはあいつらを蔑《さげす》んでいるんだからね」

私は次の言葉をすぐに見つけ出すことができなかった。吉祥寺通りを歩いていく平和な人々を見つめている力矢の視線は、無気力な老人のそれであった。

「もしも将来がさ、大造にいちゃんのいうようにあっという間ではなく長いものだとしたらぼくはこれからずっとこの失望を抱えて生きていくことになるのかな」

小さくそう呟いた力矢の声が、私の鼓膜をその何千倍の力で引っかいた。まるで自分が背負っている未来をハンマーか何かで叩き壊されたかのような苦痛である。小さく嘆息を零《こぼ》すと、力矢は私の口許を見つめた。

「何していいのかわかんなくて」

「サッカーとか嫌いか？」

力矢は鼻で笑った。

「そういう問題じゃないよ」

「コンピューターとかは？」

力矢は諦めきった顔でぼくを見つめた。

「じゃあ、マンガとか、何か勉強以外好きなものはないのか？」

「わかってないな」

「……」

「ぼくが話しているのは夢の話なんかじゃないんだよ。現実の問題だっての」

九つや十の子供の顔が、窓際族であった父平弘明と変わらないほど上の年齢に見えた。私を見つめる彼の目の下に隈《くま》のような窶《やつ》れた影があった。吉祥寺通りをスケボーに乗った少年が軽快に滑り抜けていった。

「夢を見るのはもっと幼い連中だよ」

力矢はスケボー少年を冷めた視線で見つめながら言った。

夜、夏音と道子を除く栗原の残りの家族が全員食堂に集まって夕食となった。珍しく十和田一男の顔もあった。昼間の件もあったので、私は彼の顔をまっすぐに見つめて話すことが出来なかった。十和田一男が放つ威圧感で少なくとも力矢は萎縮しているように見えた。力矢は私の視線に気がつき、こちらを見た。万引きのことは内緒にする、と強く約束はしていたが、気掛かりな様子であった。私はこっそりと頷いてみせた。すると彼はさっと視線を逸らし、茶碗のご飯を口の中に掻《か》きこんだ。

しっかり噛むんだぞ、と十和田一男の父親幸雄が、孫たちに向かって言った。良き祖父という朗らかな口調だった。その隣で妻の綾之が、沢山食べて大きくなって、うんと偉くなって、パパとママの誇りになるのよ、と付け足した。鉄次と虎男が、うん、とハモった。しかし力矢だけが黙々と米を噛みつづけていた。

「テツ、勉強の方はどうだ」

鉄次は、ばっちりだよ、と応えた。

「ちゃんとついていっているか」

鉄次が、昨日算数のテスト、クラスで二番だった、と大きな声で言うと、十和田一男は、そうか、じゃあ次は一番だな、と微笑んだ。虎男の頭も摩《さす》ったが、力矢には何も話しかけなかった。力矢は黙って米を噛みつづけていた。

「ごちそうさま」

力矢が立ち上がると、夏子が、あら、まだ残ってるじゃない、と言った。力矢はそれには応えず食堂を出ていってしまった。すると鉄次と虎男も、ごちそうさま、と真似をして兄の後を追いかけた。こら、ちゃんと食べてから行きなさい、と夏子が叫んだ。階段を登っていく音がした。兄の登り方を真似て弟たちが大きな足音を残していった。

「リキが悪い影響を二人に与えなければいいけれどな」

十和田一男がひとり言のようにぽつんとそう告げた。

みんなが寝静まった後、私は再びワープロに向かったが、仕事が手につかなかった。キーボードを叩きながらもつい、万引きをした瞬間の力矢の、あの底のまるで見えない無表情な顔を思い出してしまい、今日は一日中本当にため息ばかりが喉をついて出るのだった。

二十一世紀を目前にした今日、旧来の家族概念を大きく揺るがす変化が、世界規模で起こりつつある。シングルスと呼ばれる独身主義者の増加だ。長年スチュワーデスとして外国の空を飛び回った栗原家の三女小夏《こなつ》も、例に漏れず流行のシングルスである。しかも彼女の場合は、父親の分からない息子きーおを育てている。心配した道子が、父親は誰かと問い詰めても、彼女は、この子に父親なんかおりません、と首を振るばかりで、その度に栗原家は大荒れになった。今、栗原家最大のタブー、シングルマザー小夏の謎が解きあかされようとしている。

第八節　シングルマザー

栗原家では月に一度、全成員参加で、『家族会議』と呼ばれる宴会が夜を徹して行われる。家族間の結束を一層強固にするために、栗原道子が主唱したもので、しかし会議とは名ばかり、ただの酒宴に過ぎなかった。

当初、私はこれに出席するのがいやでいやで仕方なく、何故《なぜ》なら婿養子になったばかりの私の立場など栗原家においては最下級同然で、まあ飲め、まあ飲め、と酒を偉そうに勧めてくる義兄たちは何より鬱陶《うっとう》しく、時にはまるで下男のような扱いを受けることさえあり、締切りに追われているからと退避を試みても、毎回通用するわけもなく、逆に、大造は唯一の跡取りだから、と『家族会議』実行委員長なるものにまで任命されてしまい、日時の調整や、連絡などをやらされた。

もっとも、何もしなければ、村田雄三や十和田一男に小言を言われる可能性もあり、むしろ実行委員長程度で済むのならと、最近では率先して引き受けている。

次第に栗原の一族に身も心も搦《から》め捕られようとしている自分に、不甲斐《ふがい》ない思いも募ったが、とにかく未来を信じて頑張るしかなかった。

その日の『家族会議』は初《しょ》っぱなから大荒れとなった。普段は、誰もが口を閉ざしがちな小夏問題が、突如、火を噴き上げてしまったからだ。

たまたま宴会が始まった直後にニュース番組が、スウェーデンで増加している片親家族についての特集を放送しはじめたものだから、人々の視線が大広間のテレビに釘付けになってしまったのだった。

テレビの真横に座っていた塩野屋啓介が慌ててチャンネルを替えようと手を伸ばしたが、ここぞとばかりに大きな声が、待った、を掛けた。

振り返ると、すっかり目つきの変わった栗原道子が、テーブルの一番奥から身を乗り出してテレビ画面を睨み付けている。

「啓介はん、ボリュームをあげてもらえますか?」

道子のドスの効いた声が、人々の頭越しに響き渡った。塩野屋啓介は、恐る恐るボリュームをあげざるを得なかった。

『独身主義と言ってもですね、結婚否定論者とはまた違うんですね。つまりですね、適齢期とかね、或いは制度的な意味での結婚を認めないとでもいうんでしょうかね、そういう人々が増加してるんです。ま、その延長上にあるのがですね、無登録夫婦家族の増加なんです。スウェーデンでは七〇年代頃から婚姻届《こんいんとどけ》を提出しないで同棲する男女が増えていまして、近年ではその数は、スウェーデンの夫婦の八分の一にも及ぶんです。いやもっとかもしれない』

ゲストの大学教授がそう口早に告げると、その脇でニュースキャスターが、ほぉ、ともっともらしく頷いてみせた。

全員の視線が次の瞬間、さっと道子の顔色を窺った。小夏は、きーおを膝の上に抱きかかえたまま、料理にかかりそうな長い毛を手で後ろへ掃《はら》いながら、澄ました顔でテーブルの上のおかずをつついている。

大学教授は、ますます声の調子をあげて続けた。

『この動向にそってですね、当然片親家族も増加してきたわけです。未婚の母に加え、最近では離婚による父子家族や母子家族も増加傾向にあります。かつてはこれらの片親家族は欠損家族と呼ばれていたこともありますがね、しかし最近では多様な家族構成を認める風潮が芽生えてきたためにですね、その片親家族そのものも一つの家族形態として市民権を得るまでになったわけです』

道子が嘆息を漏らした。それがあまりにも大きかったために、一同が逆に息を飲んでしまった。子供たちまでもが普通ではない場の空気を察知し、珍しくおとなしくじっとしている。

ニュースキャスターは言った。

『その、こういう傾向に、スウェーデン市民の反応はどうなのでしょう』

大学教授が少し渋い顔をしてみせる。

『まあ、どこの国でも同じでしょうがね、古い世代からは、家族の崩壊に繋《つな》がると問題を唱える声もかなりあることは事実です。同じような現象が増えているデンマークや、或いはアメリカでも、家族の弱体化に懸念《けねん》を示す動きがあります』

一同は、首を動かさず、目だけを細めて、しかも横目でちらりと、道子の顔色を覗き込むのだった。多弁な教授は勢いづいた。

『しかし、どんなに古い世代が文句を言おうと、新しい家族形態への変移を止めることは難しいでしょう。誰も時代の変化を止めることなんてできません。それはこの日本とて例外ではなく……』

次の瞬間、突然画像が消えてしまい、室内がしんと静まり返ってしまった。栗原道子の方を見返ると、彼女はテーブルの奥で、リモコンを握りしめたまま、唇を尖らせて憮然《ぶぜん》たる表情をしている。私には、その姿がまるで銃を握りしめた殺人者のように映って仕方なかった。

「そういえば、大造さん、夏音ちゃんとそろそろ子作りをしているんでしょう？」

塩野屋啓介が、話題をはぐらかそうと、いきなり私に話を振ってきた。大阪公演を無事終らせ戻ってきたばかりの夏音が私の横腹をつつき、うまく合わせなさい、と目配せをする。なんとか話題を明るい方へ向かわせようと、私も頭を絞ったが、こういう時に限って言葉はいつも私を裏切る。

「子作り？　頑張っていますけど、あればっかりは、その、運を天に任せるみたいなところがあるじゃないですか。夫婦が力を合わせてですね、いや、だから、その、夫婦じゃなくてもいいんですけど……」

逆に道子に睨み付けられてしまい、私はその先の言葉を瞬時に失ってしまった。夏音は私の横腹をつつき、どじ、と低く怒った。

「いつまでもこのままにしておくことはでけへん。今日はみんな集まってんねんから、はっきりさせましょ」

道子が決意を表明すると、小夏はゆっくり顔を上げ、戦う決意を露《あらわ》にした。

十和田一男の両親が、嵐《あらし》になるのを察知して、さあみんな寝ましょうね、と各家族の子供たちを別室へと連れ出した。道子の母朱鷺《とき》も、しずしずと立ち上がり、寝たが勝ちやな、と退席した。残された者たちは、立ち去ることもできず、おとなしくビールを胃に流し込んでいち早く酔う道を選ぶか、或いは俯いて、現実を見ないようにするか、選択を迫られた。

小夏が先手を打った。

「お母さん、何も答えるつもりはないからね」

長年大空で仕事をしてきただけはある。夏音以上に勝気な性格の小夏は、道子にも負けないほどのきつい視線で、応戦した。

膠着《こうちゃく》した状態が暫《しばら》く続いた。村田雄三が、まあ、こういう問題は、少しずつ解決していかなければならないんだ、と仲介役を買って出ようとしたが、その妻千夏が、そんなふうにいつまでもごまかすのは、却って家族の絆を弱めるだけです、どんな時も私たち姉妹は苦しみを共に分かち合いながら生きてきたのです、姉妹や家族にも言えないような薄汚い関係で子供を作ったのなら、それはそれで栗原の家から立ち去ってもらうしかないでしょうね、とまるで栗原道子ばりの強い意見を言い、家族全体から困惑のため息を招いた。

もちろん、千夏は小夏を嫌っているわけではない。むしろその逆で、彼女は小夏の性格を知り尽くした上で、強く出るしかこの膠着は突破できない、と判断したに違いなかった。

「小夏っちゃん、なんで言わへんの？　隠さなあかんような何かがあるの？」

夏音は横にいる小夏の腕を摑んで聞いた。今度は小夏の正面に座っていた四女理夏が、

「私らにも言えないことなん？」

と子供時代の結束を思い出させようと、わざと大阪弁で、心情に訴えかけた。

「千夏ちゃんが言うように、私たちはなんでも言い合ってきたやない。お父さんが死んで、家をとられた時も、手を繫いで一緒に丸くなって寝て、その苦しさを紛らわせてきたやろ。なんで教えてくれへんの。きーおの父親が誰か、家族だけには言わなあかんのんと違うの？」

今度は夏音が引き継いだ。

「きーおが、不倫で生まれた子やとしても、私たちは小夏っちゃんの味方やで。お母さんが何を言うても、私たちは小夏ちゃんときーおを守ってみせる」

栗原の姉妹たちは、一層身を乗り出して小夏に迫った。小夏は、唇を尖らせ、鼻息を漏らした。

「ねぇ、話したら楽になるんじゃないのかしら」

道子の横に座っていた長女夏子が、救いの手を差し延べるように低く諭《さと》した。小夏は誰よりも夏子になついていた。栗原の姉妹たちは、母道子に言えないことでも夏子にだけは

なんでも相談してきたのだ。夏子の瞳は道子にはないもう一つ別種の母親の眼差しに溢れている。その眼差しに見られているだけで私などは時々ほっとすることができた。

夏子も、小夏が言わないのなら敢えて聞く必要はないのでは、と常々主張していたが、姉妹の熱意に押され、説得をはじめた。小夏の顔が少し、困惑気味に傾いた。そして観念するように、しょうがないわね、と呟いた。

「この子にはね、父親はいないのよ」

様子を見守っていた道子が、感情を露《あらわ》にした。まだこの期《ご》に及んでそんなこと言うてんのか。道子の叫びは大きな爆弾となって家族全員の頭上に落ちた。

思わず首を引っ込めた私とは対照的に、小夏はまるで哀れむようなクールな眼差しで道子を見つめ返すのだった。

「どうせ、どこぞの下らん不倫相手と拵《こしら》えたんやろ」

道子が言うのを、小夏はせせら笑った。

「お母さん、本当にこの子には父親はいないのよ。正確に言えば、いないんじゃなくて、分からないんだけど」

今度は千夏が、言葉を吐き出した。

「父親は、つまり行きずりの男やな」

栗原家の男たちは、女たちの厳しい追及と状況の悪化に、ただおろおろするばかりで、様子を見守るしか他に手はなかった。

　小夏は姉妹一人一人の顔をおもむろに見回してから、首を力なく左右に振った。そして驚くべき言葉を発した。

「あのね、この子は、人工授精児なのよ」

　小夏がきーおに微笑みながら告げると、大広間中にどよめきが走った。

　なんて言うた。道子が血相を変え、今にも卒倒しそうな勢いで声を張り上げると、小夏はふてぶてしい態度を崩さず、もう一度はっきり、じんこうじゅせい、と告げた。

どよめきはまもなく鎮静し、今度は誰もが沈黙へと遁走《とんそう》し、小夏の次の一言をじっと待った。

　なんやて、と道子が消えかかる声で呟いた。しかしその目は虚ろで、今にも後方へひっくり返りそうなほどに白目の占める割合が勝っていた。両脇から夏子と十和田一男が彼女を支えなければ、ちゃんと小夏と向かい合うことができないほどのうろたえようだった。

　かつては、子供の誕生には必ず、男女間の性交があった。当然産まれた子供に対する親としての責任は、性交した男女が背負った。

　遺伝的な親と社会的な親が異なる場合は、養子縁組と呼ばれる法律的な手続きが必要であった。ところが近年、生殖技術の発達により、第三者から提供された精子、卵子、受精卵を使用して、不妊のカップルが子供を持つことが出来るようになった。その後、代理母が出現、第三者が妊娠・出産をするサービスを開始した。その結果、それまでの伝統的な親子関係が複雑化することになった。

　三女小夏は、この人工授精という方法を利用してきーおをもうけたのである。

「そんなこと、法律で許されてんの？」

　夏音が興味に駆られて質問すると、小夏は首を振りながら、

「日本では五十年も前から行われているのよ。慶応《けいおう》大学病院だけでもこれまでに一万人を超える人工授精児が産まれているわ」

　と言った。

「本当？」

　理夏と千夏が同時に聞き返した。

「うん、ただしね、これは不妊の夫婦に限って認められているんだけどね」

　今度は、道子が興奮した声で抗議した。

「当たり前や、そんなん。人工授精をするからには、それなりの理由のある人たちに限られるに決まってるわ。おたくは一体、どんな嘘をついて、そんなたいそうなことをしてしまったんや。いやらしわ」

「興奮しないでよ。日本では認められていないけど、アメリカではちゃんと法律で認められているんだから」

小夏が言い返すと、道子が唸《うな》り声を上げた。

「な、なんやて。アメリカって、そしたら、この子の父親はアメリカ人かいな」

私たちは一斉に小夏が抱えるきーおを覗き込んだ。確かに言われてみれば、どこか日本人ばなれした顔だちをしている。髪の毛や瞳が黒かったせいで気がつかなかったのだ。

「この子はね、イタリア系のアメリカ人とネイティブアメリカンの血を引く男の人の精子から産まれた子なのよ」

今度は全員が同時に、えー、と大声を上げた。どよめきは、大広間中を包み込み、それは喧騒となって暫く収拾がつかないほどであった。

その騒ぎを制止して発言したのは、道子ではなかった。道子はすっかり言葉を失い、瞬きさえできない状態で、ひきつけに似た発作的な痙攣《けいれん》を起こし、十和田一男の腕の中で震えていた。

そんな道子に代わって、夏子が質問した。

「どういうこと？　どうしてそんなことをしたのか、ちゃんと皆に説明しなさい。きーおが栗原の家で今後生きていく為にも、あなたは親として皆にその出生の秘密を伝える必要があるんじゃないの」

小夏は頷いて、ゆっくりと話しはじめた。

「私ね、もう恋愛にはうんざりなのよ。空を飛んでいる時に、何人もの男と付き合った。

けど、男なんて皆、やきもちやきで独占欲が強くて、威張《いば》るしか能がなくて、がっかりしたわ。あんまり幼稚なんでさ、そのうち結婚には夢を抱かなくなってしまった。束縛されるのが嫌になったのよ。姉妹を見渡しても、なんだか私に言わせて貰えば、みんな可哀相。妻になることがそんなに誇らしいことかしら。男の奴隷《どれい》なんかになりたくないわ」

夏音が小夏に、そんなことないもん、と嚙みついたが、それを夏子が、黙って聞きなさい、と制した。

「とにかく、嫌なのよ。そういう束縛される女というジェンダーがね」

十和田一男が、じぇんだーって何やとさわぐ道子をしっかりと抱きかかえながら優しく問い掛けた。

「そう、それで、人工授精を考えたわけだね」

「ええ、そうです。アメリカでは独身女性やレズビアンカップルが結婚をしないで、或いは男性と性交渉なしに子供を持つ方法として人工授精が物凄く注目されているの。年間六万人の子供が精子バンクから提供された精子で産まれてきているの。そのうち、きーおみたいに独身女性から産まれる子は毎年三千人にも及んでいるんだから」

今度は、黙って聞いていた村田雄三が口を挟んだ。

「し、しかしだな、別に差別するわけじゃないけどもだな、どこの馬の骨かも分からない奴《やつ》の子なんて、嫌じゃないのかい」

小夏は、侮辱《ぶじょく》するような顔で村田雄三を一瞥して言った。

「どこの馬の骨か分からないということはないのです。何しろ、精子バンクに登録されている精子は一流の人たちの精子ばかりなんだもの。ノーベル賞博士の精子まであるんだから。私はカタログを見て、自分でしっかりと選んだんですからね」

塩野屋啓介が、カタログですか、と声を上げる。

「そう、カタログ。通信販売のカタログと一緒よ。そこにはね、精子提供者の両親の人種や、提供者の身長、体重、目の色、髪の色、血液型、職業、学歴、それに、趣味や、信仰する宗教まで事細かに書かれているんだから。少なくともお義兄《にい》さんよりは素性がしっかりしているわ」

小夏が村田雄三を見てそう言ったので、プライドの塊雄三は、顔を真っ赤にして唇を尖らせて目を丸くした。

「それより、私がどんな基準でこの子の父親の精子を選んだか教えましょうか」

小夏は、今度はにこやかに微笑んでみせると、まるで買ったばかりの商品を自慢するように、息子を見つめて言うのだった。

「この子の精子を提供してくれた人はね、マサチューセッツ工科大学を首席で卒業した人なの。今は、まだ若いのに大手のコンピューター会社の重役をしているそうなの。それでね、その両親はね、父親がイタリア系のアメリカ人で母親がネイティブアメリカンなのよ。

……他にも白人の学者の精子とか、黒人のオリンピック選手の精子とかね、いろいろあったんだけど、やっぱりきーおが日本で暮らすことを考えて、外見が日本人ぽい人を選んだの。でもね、ほら見て、ここら辺なんか、骨格にラテン系が混ざっていて、素敵でしょ。他の日本人の赤ん坊よりずっとかっこいい」

道子はすっかりテーブルに頭をついてうなだれてしまっていた。道子を支えているはずの十和田一男も今や呆気にとられて、道子どころではないといった表情で、瞬きさえ出来ず小夏を見つめていた。

今度は夏音が小夏に訊ねる。

「でもな、小夏っちゃん。そんなふうに人間をまるでブランド品みたいに見るのって間違ってないやろか」

四女理夏が続いた。

「そうよ、いくら優秀な人の精子でも、父親が分からへんのなら、本人がアイデンティティーを持てなくて将来困るんやない？　人間の本当の幸せはそんな能力や容姿では決められないはずや」

小夏は、ふん、と鼻で笑うと、甘いな、と呟いた。

「人間は容姿と能力よ。それさえあれば逞《たくま》しく生きていけるわ。私は子供が欲しかった。男は要らなかった。簡単じゃない。世の中にはいろいろな事情で子供だけを欲している人が大勢いるのよ。私みたいな人もいるし、同性愛の人たちだってそう。そういう人にも子供を持つ権利はあるんじゃないの？　よくこの議論に神様を持ち出す人がいるけど、私だって神様は信じているわ。神様は人間に英知を授けた時に、人工授精の登場くらい承知していたはずよ。神様は全知全能なのよ。問題は、人間が私たちのような新しい家族をどうやって早く受入れ、社会で認めていくかにかかっているんじゃないかしら。否定ばかりしていたら、それこそ神様に申し訳ないわ。これからの宇宙時代はね、両親がいなければ子供が育たないなんていうことはないと思うの。この子、きーおはその先駆的な新人類として生きるんだから」

小夏が大声で主張したので、その迫力に圧倒され、誰も反論を言えなかった。ただ十和田一男だけが、もっともだな、小夏さんの言うことにも一理ある、と呟いた。

テーブルにうつ伏せていた道子が突然起き上がり、朦朧《もうろう》とした顔で、いやらし、と呟き、再び頭を抱えてテーブルに沈み込んでしまうのだった。夏子が、小さくため息をついてから、小夏に意見を述べた。

「あなたの気持ちはよく分かったわ。私たちは古風な人間だから、あなたのような考え方には賛成できないけど、血の繋《つな》がった者として、産まれてきたきーおに孤独な思いだけはさせるわけにはいかない。あなたもそのことだけはきちんと考えるのよ。家族の中で浮いた存在にしては決して駄目。それからこれは、栗原家全体の問題だから、きーおのよき理解者になることが私たち親戚が団結してするべきことだと思うの」

　夏子がぐったりとした道子に代わって、姉妹たちに向けてメッセージを送った。夏音が真先に頷き、それにつづく形で理夏が頷いた。千夏だけがどうしても納得できない、というような顔をして最後まで首を縦には振らなかった。

「一つだけ聞いていいかな」

　千夏が、小夏に問い掛けた。

「私は夏子姉《ね》ぇみたいに寛大ではないから、素直にあなたがしたことを認めるわけにはいかないし、今後は同じことを二度としてほしくないの。だけど、夏子姉ぇが言うようにね、きーおを見放すことはできないわ。産まれた子供に罪はないものね。だからこそ、そのことを考えると、心配なことがあるのよ。さっきの理夏ちゃんが言ったアイデンティティーの問題だけど、この子が大人になって、自分の父親のことを知りたいと言いだしたらどうするつもりなの？　その事だけは教えといて貰えるかしら」

　千夏が言うと、全員が、そうだ、と頷いた。コンセンサスを取っておかないと、成長したきーおと将来どう向かい合うべきか分からないからね。塩野屋啓介が念を押した。

「あなたのお父さんとはね、アメリカで短い恋に落ちたのよ、と言うわ。きーおが、会いたい、と言っても、アメリカじゃ探しようがないでしょ。言い訳できるのよね、アメリカ人だと。この子の精子の提供者が日本人だと、彼は必死で探すでしょうから」

全員が、きーおの顔をじっと覗き込んでいた。大人たちが哀れむように見つめているのに、その事に気がつかないきーおだけが、不意に、にこにこと微笑み出したものだから、人々の同情と悲しみを誘ってしまった。

その後、栗原家の『家族会議』は自然散会となった。テーブルに額をついて今やすっかり意識が遠のいている道子だけが、悪夢にうなされるように時々、うーうー、と唸り声をあげた。

私は夏音と二人で道子を彼女の部屋まで担いで運んだ。閉じた瞼《まぶた》に無数の皺が走っていて、その顔は苦しそうで、見ていられなかった。

翌日、東京は快晴だった。小夏の前夜の告白がまだ二人の間にも伸《の》しかかっていたが、穏やかな初秋の日差しが幾分、重たい気分を和らげてくれた。

私と夏音は、朝食を済ませてから井の頭公園まで出掛けた。それから貸しボートを借りた。

「井の頭公園でボートを漕《こ》ぐと、別れるっていう言い伝えがあるの知ってる?」

夏音が言うので、私はオールを漕ぎながら頷いた。

「知っているよ、ここに祭られている神様が女性だからだろ。嫉妬《しっと》深いんだってね」

夏音は陽光を反射して美しく光る水面を見つめながら、笑った。

「嫉妬する神様なんて変ね。神様にもいろんな方がいるんだね」

　今度は私も笑った。

「そうだよ。いろんな神様がいるんだ。いろんな人間がいるように。その方が面白いじゃないか」

「そうね。その方が面白い。でもいくら神様でも私と大造君との仲を裂くことは出来ないわ。だって私と大造君は本当に出会った者どうしなんだからね。絶対別れることはないもん」

　夏音が水面に手を差し入れた。きらきらと光る水面が彼女の顔で反射して眩しかった。

「本当に出会った者どうしか」

　夏音は水面を叩いた。水飛沫《しぶき》が、避ける間もなく私の顔にかかった。

「そうよ、本当に出会った者どうし。私はね、大造君と結婚できて良かったって思っているの」

　夏音が私を見つめた。どうしていいのか分からず、つい笑ってしまった。夏音も、つられて笑った。

「ねぇ、大造君、昨日本当はみんなの前で言うつもりだったんだけどね、実は、私たち、子供を授かったみたいなのよ」

　ああそう。私は照れ笑いをしながら、何気なくそう返事をして、次の瞬間思わず言葉が喉奥に詰まってしまった。こ、こ、こ、……子供？　ボートが揺れた。夏音が、きゃっ、と声を上げ、縁に摑まった。

揺れが収まってから、呆然とする私を、じっと覗き込んで、夏音が答えた。

「病院に行って、見てもらってきたの。昨日、あんなふうにならなければ、みんなの前で発表して、大造君や家族を驚かそうと思っていたんだけど……」

私は、夏音が言った言葉をすぐには理解することができず、真っ白になった頭の中にある現実を見つめようとして必死で目をぱちくりとさせるのだった。陽光が目の芯《しん》をちくりと刺した。

「ねぇ、大造君嬉しい？」

心の準備ができていなかったせいで、つい口許が濁ってしまった。

「……嬉しいも嬉しくないも、なんて言えばいいのかわかんないよ」

「駄目よそんなんじゃ。嬉しいなら嬉しいってはっきり言わなけりゃ」

「いや、嬉しいけど、実感が湧かないじゃない、そんなふうに急に言われるとさ」

夏音は少し不服そうに唇を尖らせた。

「なんか嬉しくないみたいね」

「いや、そうじゃなくてね、とても嬉しいんだけど、子供ってことはさ、その、僕は父親になるわけでしょ。なんか信じられないな。信じられないよ……」

夏音が、怒った表情をした。

「それじゃまるで私のお腹にいる子が自分の子供じゃないとでも言っているみたいね」

「何を馬鹿なこと言ってるんだよ。そんなふうには思っちゃいないさ」

「どうかな。自分の子供じゃないって疑っていない？」

「馬鹿な」

一瞬マクベスを演じた背の高い男優のことを思い浮かべてしまった。私はその妄想《もうそう》をあわててかき消すために短く首を左右に連続して振った。

「じゃあ、もっと喜びなさいよ」

「……喜んでいるさ」

「喜んでいないわ」

「……喜んでいるけど、男と女は感じ方が違うんだ。それに何だよ。急に」

「急に？　急にって何よ。お腹の子は勝手に産まれてきたりしないのよ。あなたが種を蒔《ま》いたから産まれてくるんじゃない。すいませんけどね、いますぐここから下ろしてくれませんか。父親になることを素直に喜べないような人と、一緒にボートには乗っていたくないので」

夏音が感情的になるに従い、ボートは再び大きく揺れだした。大人げなく騒ぐ彼女を落ちつかせる方法はなく、私は仕方なしにボートを乗り場に寄せた。

夏音は、大造君の馬鹿、と叫んで飛び下りてしまった。なんかあったの、と笑う係の人に、本当にここの神様は嫉妬深い神様のようですね、と告げて、私もボートを降りたが、いつまでも足が地についたような感触が戻らなかった。

父親か。私はそう心の中で呟き、歩きだした。初秋の日差しが私の行く先で木漏れ日を躍らせた。

遠くから私を呼ぶ声が聞こえた。顔を上げると、夏音だった。彼女はなだらかな坂道の上で手を大きく振っていた。

私も振らなければならなかったが、次々に襲いかかってくる事態に、人生の先を見るのが恐ろしくなって思わず目を瞑《つぶ》ってしまった。

瞼を通して、光の温もりを感じた。それが目の芯をもう一度刺激して、生きていることを実感させた。父親になるのだ、と心の奥でこっそり自分に言い聞かせてみるのだった。

家族周期、すなわち家族のライフ・サイクルについては、ソローキンの四段階区分が初期の正統的な考え方であったが、最近ではさらにそれが細分化されて、R・L・ヒルの九段階説がもっとも主流となっている。

それらは、子供のない新婚期、第一子が三歳までの時期、第一子が三歳から六歳までの前学齢期、第一子が六歳から十二歳までの学童期、第一子が十三歳から十九歳までの時期、第一子が二十歳から家を出ていくまでの時期、末子が家を出ていくまでの時期、夫が退職するまでの時期、夫の退職後死ぬまでの時期の九つの段階に分けられているのだ。

力矢が第一子にいる十和田一男の家族は四番目の学童期間に属し、龍太郎と光之助を持つ塩野屋啓介の家族は二番目の時期ということになる。

一つの段階から次へと移ることは、新しい家族関係への移行、また新しい家族目標の遂行を意味していて、それに伴い、家族成員の大きな役割構造の変化を必要とする。

子供の誕生によって、夫と妻はそれぞれ父と母という新しい役割を取得することになる。ここには当然それまでの人生経験からでは理解できない様々な困難が待ち受けているもので、新しい段階への移行は、従って必ずしも容易とはいえず、別に、危機的移行とも呼ばれている。

私と夏音はまさに今この危機的移行へと突入しようとしているのである。

第九節　父親猶予期間

人が人を産み、人を育て、人を葬る。

人間は人間に寄り掛かって、人生の最初から最後までを生きる動物である。私はその一つの階段、父親という責任ある階段をいま正に踏みしめようとしている。

家族という言葉を辞書で引けば、『夫婦・親子を中心とする近親者によって構成され、成員相互の感情的融合に基づいて日常生活を共同に営む小集団』と出てくる。

一般的には生涯二種類の家族と人は係わることになる。一つは自分が子供として育った家族で、すなわち定位家族（family of orientation）である。そしてもう一つは自分が結婚して新しく作る家族、すなわち生殖家族（family of procreation）である。

私は今まさに、この二番目の生殖家族に属する。そして生殖の言葉通り、その行為の果てに父親という新たな立場に移行しようとしているのだ。

一体私はどんな父親になろうとしているのか。心の準備も出来ないままに、じわじわと膨《ふく》らんでいく夏音のお腹を、今日もただじっと眺めては、独身時代をこっそりと懐かしんでいる。

夏音に妊娠を告げられても、いつまでもそれを信じることができず、暫《しばら》くは毎日のように、本当に子供が出来たのか、と問いつづけた。その度に夏音は呆《あき》れ果てた顔をして、ええそうよ、なんなら血液検査でもDNA鑑定でもしてみて頂戴《ちょうだい》、と私にあびせた。

勿論夏音のお腹の子を自分の子ではない、などと本気で疑っているわけはなく、ただ私は、自分が父親などという責任ある立場になってしまうことに自信が持てないだけだった。

「大造君って、こんなに往生際の悪い情けない男だとは思わなかった。私、惨めだわ。いやそれよりも、折角私のお腹に宿ってくれたこの小さな命が哀れだわ」

夏音の怒りはもっともで、ただただすまないという気持ちが起きた。しかし彼女は母親になるわけで、私とは立場が違う。実際に子供を宿す方の性は、自分のお腹に命が誕生するわけだから、男よりもずっとリアルに子供を感じることができるのは当然で、もしも女性たちが私と同じようにいちいち親になることを懐疑していたら、確かに生まれてくる子は不憫《ふびん》に違いなく、だからこそ神様は人間をうまく二種類に分類なさって、バランスを配慮されたに違いない。

男は子供を宿さない分、逆に事態を冷静に認識できるわけで、母親が本能的に子育てに精力を集中させていくのとは反対に、男は子供を育てる環境を整えるために精神的社会的な助走をはじめるのである。もっともこれは一昔前の基準であって、全てが今に当てはまるわけではない、念のため。

父親になるための、その腰の引けた助走を、愛情が足りないからだ、と単純に決めつけられるのは迷惑千万。子を宿さない男とて、それなりに努力しているのを、少しは理解してほしいものである。

しかしこのデリケートな感情を女に納得させようとするほど愚かなことはなく、私は近頃では無用の揉《も》め事はなるべく回避した方が良さそうだと肝に銘じ、いつまでも男としての疑問や謎を夏音にぶつけるのは得策ではないと悟り、ある瞬間から、疑問は疑問として心の奥にしまいこみ、何を聞かれても従順に夏音の意見に賛成するようになっていったのだった。

「不思議なものでこの頃、ぼくも下腹部の少し上の辺りに何かぐぐっとひっぱられるような父性とでもいうのかな、甘酸《あまず》っぱいたおやかな芽生えを感じてならないんだ」

或いは、

「ああ、お腹の子供が何か言っているよ。こうやって耳を君のお腹に押しつけると、聞こえてくるようだ。血が繋がっているんだから、分かるんだよ。パパーって、一生懸命叫んでいる声がするんだ。よしよし、頑張れよ、もう少しで会えるんだからね」

などと白々しいことを時々言って女房を安心させるのも、ある意味で男の役目であり、多少の行き過ぎた演技も、夏音が精神的に安定して無事に出産することができるのならば、大した罪にはならないはずである。

それにしてもはじめての妊娠が夏音をこれほど精神不安定にさせるとは想像もできなかった。自分の体の中にもう一つの命が宿ったのだから、これはいたって当然の変化には違いない。それにしても一つの体に二つの命とはどういう感覚なのだろう。胃袋の下に新しい魂を持つということの不思議は男には到底理解できるものではない。

客観的な雄とは違い主観的にならざるをえない雌の心は、さまざまな重圧のせいもあって、揺れる。視線も雛《ひな》を外敵から守ろうとする雌鳥のように厳しくなっていく。動物的な本能ということになるのだろうが、夏音の心もその急激な変化の中にあった。

「もう大造君いいかげんにしてよ。もうすぐここに赤ちゃんが来るんだから、自分のことは自分でして頂戴。こんなところにシャツを脱ぎ捨てないで洗濯機の中に入れてね。幼稚園児じゃないんだから、私の手を煩《わずら》わせないでよ」

この程度のことなら我慢はできる。

「なにごろごろしてるの。愚図《ぐず》！　ちょっとどいて、もう、いい気なもんね男は。なんにもしなくていいものだから他人事《ひとごと》のように平気でいられるのね。父親の自覚が足りなさすぎる。それじゃあ、動物以下だわ」

この程度のことならまだ我慢はできる。

「わたし一人で子供を産めというのね。なんにも協力するつもりはないんでしょ。どんなに出産が大変なことか知らないんでしょう。知らないからそんな風に平然としてられるのよ。人情のない夫を持つと女は孤独だわ。非情よ。極道！　こんなことなら結婚なんかしなきゃよかった」

この程度のことならまだ我慢できるかもしれない、と自分を慰めるのだった。

ちょっとしたことにも過剰に反応し、ますますヒステリックになっていく夏音を見ていると、なんだか逆に自分だけぽつんと取り残されてしまったような孤独を感じてならなかった。

そんなある日、私は夏音には書店に資料を買いに出かける、と嘘をついて栗原の本家を抜け出した。どこへ行くというあてがあるわけではなく、ただこの腑に落ちない気持ちを外気にでも当てて少し冷やそうとしたに過ぎなかった。

電車に乗って、新宿で降りた。もうじき、このモラトリアム世代の代表のような私が、ところてんのように木型からグニュッと押し出されて父親になろうかというのに、世界は何一つ変化していないのが不思議で仕方なかった。

アルタ前の人込みも、かつてよく騒いだ学生時代の雑踏と少しも違っていないように思えた。あと十五年もすれば、私の血を継いだ息子だか娘だかが、ここで恋人と待ち合わせをするかもしれない。待った？　さあ、どこか秘密の小部屋へ行ってペッティングでもしようじゃないか。

私はズボンのポケットに手を入れて、夕暮れの新宿をゆっくりと歩いた。沈みはじめた太陽の仄《ほの》かに赤らんだ光が正面のビルの側壁や路上を染めはじめていた。人々の影はどこまでも長く、その上をまた無数の影が交差している。

大きな交差点脇の歩道に佇《たたず》み、会社帰りのサラリーマンやOL、或いは学校帰りの学生たちを眺めていた。仕事から解放された顔は、それぞれの目的地へ向かって、幾分気楽な表情をしていた。中には笑顔が零《こぼ》れているカップルや女子学生なども目に止まった。

煙草が急に吸いたくなった。なのに机の上にどうも忘れてきてしまったようだった。丁度、新発売の煙草のサンプルを配っている若い女性の一群がいたので、そこまで行き、自ら手を伸ばしてそれを受け取った。歩道の端に潜み、学生がこっそり先生に隠れて煙草をやるみたいにして火をつけた。吸い込むと肺が噎《む》せ、思わず咳き込んでしまった。同時に、一体こんなところでこんな時間に何をしているのかと、自分の意味不明な感傷的行動に恥じらいさえ覚えた。

タカノフルーツパーラー脇の地下道に繋がる階段から、勢い良く吹き上がってくる風と共に登ってきた一人の若い女性と目があった。女は短めのスカートと、体にぴったりとフィットした鮮やかな赤色のジャケットを着ていた。髪はどぎつく茶に染めあげられており、化粧も派手で、特に唇は塗りたくるように紅が厚く、その風貌《ふうぼう》はこの女が自分とは別世界で生きていることを伝えてきた。

風が私たちの間を再び勢い良く通過すると、車のクラクションが私を現実へと連れ戻した。女は視線を逸らす時、私のような地味で、上手に遊べそうもない人間を世界で一番軽蔑しているのだ、とでも言わんばかりの冷たい表情を投げかけてきた。次の瞬間には、私は女なのに私は不思議なことに、その女に誘われたような気がした。私は女の後を追いかけはじめていたのだから、全く奇々怪々な行動、と言わざるをえない。

女が信号で立ち止まると、私は探偵のように電柱の陰に身を潜め、そこから様子を覗き込んだ。女のすぐ隣に並んで立ったサラリーマンが女の背中や臀部《でんぶ》の膨らみをやはり私と同じように見ていた。短いスカートからのびた魅惑的な足のふくらはぎや、きゅっとほそまった足首が、忘れかけていた男としての本能を刺激してきた。後からそこに並んだ男たちも、何食わぬ顔でやはり女の背後へと視線を放っている。私が女の後を反射的につけたのも、霊長類の雄特有の生殖本能に導かれてのことだろうか。

まさに父親になろうとしているこの私が、ただ発作的に、或いはまるで最後の足掻《あが》きとでも言えそうな反動として、このような行動を取っているとは思いたくはなかった。では一体、私は何をしようとしていたのだろう。

信号が変わり、女は再び歩きはじめた。歌舞伎町の奥深くへと進む女の後ろ姿だけを雑踏の中で追いかけている時、不思議と心が安定していることに私は気がついた。できればこうしていつまでも女の残像を追いかけていたかった。このままあてもなく揺れる女の尻に心を奪われ世界を漂っていたかった。

　狭い路地の左右から、客引きの男たちが私の顔面目掛けて手を叩いてきた。目を覚ませ、と彼らが言っているようだった。私は振り向かず、ただまっすぐ女の後をつけた。この女が私を迷いの世界から連れだしてくれるガイドのような気がしてならなかった。彼女の後に従っていれば、いつかは、私が捕らえられ続けている様々な苦悩から脱出することができる気がしてならなかった。

　ところが私は、五分ほども後をつけた歌舞伎町の奥まった路地で、ふと目眩《めまい》を覚え、女を見失ってしまうのだった。太陽はビルの向こう側に隠れてしまっていた。かわってちらほらと灯《とも》りはじめたネオンが、私の足元を怪しげな色で浮上させる。

　私はぐるりを眺め、女の航跡を捜し求めた。ネオンの光が青黒い空に絵の具を流したような幾本もの線を引いた。

　気がつくと、日本語だけではなく、中国語や韓国語が飛び交っていた。短いスカートを穿《は》いた茶髪の女は見失ったが、さらにエロティックな、健康的な弾力に満ちた女性たちが何人も、漫《そぞ》ろ目で、私の前を通りすぎていくのだった。

　私はじっと待った。何を待っているのか分からなかったが、とにかく何かを待っていた。待っていたかった。待っているものがはっきりとしないこの感覚こそ若さへの郷愁なのだった。時間がもっと流れ、新しい女たちが次々に私の前を過《よぎ》っていった。この期待感はしばらく私が失っていた感覚であった。学生の頃には朝から晩まで私にくっついて離れることのなかった感情。若さという盲目の猛牛だった。

ちょっと先には、ホテル街の明かりも瞬《またた》いていた。ふいに空が色を失い、夜の帳《とばり》が下りはじめているのが分かった。

サンプルの煙草を取り出し、それを一本吸った。普段自分が生活をしている三鷹の住宅地とはまるで違う怪しげな匂いと誘惑がそこには満ちていた。

薬局の横の地階へと下る階段の入口に、小柄な一人のフィリピン系の女性が現れた。彼女は、私を誘うわけでもなく、じっとこちらを見ていた。私も彼女の瞳を見つめ返したが、その時どこからともなく可笑《おか》しさがこみ上げてきて、ふいに口許に笑みが零れてしまうのだった。

女も笑った。白い歯がとても印象的で可愛《かわい》らしい人だった。しかし二人の間にドラマティックなことは何一つ起こらなかった。何かを起こすだけの気力が私には残っていなかったからかもしれない。見つめあい、それ以上のことがお互いに起こらないと分かると、二人は視線をそれぞれ自然に逸らした。新宿はそんな私を排除するかのように次第にリズムを増し、得体の知れない躍動を開始した。

夏音の妊娠が発覚してから、栗原家は上を下への大騒ぎが続いた。ちょうど夏音の地方公演と重なっていたために、心配した道子が公演が終わるまでの間、まるで付き人のようにぴったり付き添うことになった。

商業演劇の定番舞台とはいえ、かなりハードな演技が要求されていた。妊娠の初期は胎児が胎盤に定着するためにも激しい運動は避けなければならなかった。事情を説明し、事務所を通して制作側には特別の配慮をして頂くことにした。できるだけ動き回るシーンは少なく削ってもらった。その分表情で誤魔化《ごまか》すことになり、照明をうまく利用する演出が追加された。

なんとか無事に予定されていた舞台公演が全て終わると、出産するまで休業させて頂く旨《むね》を夏音の所属する事務所に了承して貰い、栗原家は出産体制に入ることとなった。舞台女優としてやっとこれからという時に妊娠が判明し、夏音の所属する事務所は当初混乱を隠せない様子だった。もっと計画的にしてほしかった、と所属事務所のマネージャーに厭《いや》味《み》を言われた、と夏音が苦笑いを浮かべていたが、子供が出来た嬉しさの陰には責任感の強い彼女らしく関係者に対して申し訳ないという気持ちも隠されており、その二つの感情は微妙に入り交じって夏音の口許に複雑な形の笑みを拵《こしら》えた。

出産は、私と夏音にとって右も左も分からないはじめての経験ではあったが、こういう時に大家族の有り難みを、ほんの少しではあるが、はじめて感じた。姉妹たちは皆、出産の経験があり、夏音のすぐ上の四女理夏や三女小夏は、近代的な出産についてもかなりの知識を持っていた。

とくに理夏はまだ幼い龍太郎と光之助をそれぞれ違った産婦人科で産んでいた。

「いい、産婦人科はいろいろと選んだ方がいいの。人気のある近代的な設備の病院が安心。龍太郎の時はまだ分からなかったから近くの産婦人科ですませたけど、人気がないところはやっぱり何か問題点があるのよね。病室が暗いとか、看護婦さんが恐いとか、先生がぶさいくだとか……」

理夏は産婦人科特集の雑誌の切り抜きを持っていて、それを夏音に手渡した。産婦人科についての細かい情報がそこには載っており、夏音の目つきは台本を読むときよりも一段と輝きを増していた。

彼女たちの推薦《すいせん》で、車で十五分ほどのところにある産婦人科に通うことが決まった。女性誌の特集でも毎回トップに掲げられている有名な病院で、近代的な診察には定評があった。毎回子宮内を超音波で撮影し、その模様をビデオに録画して渡してくれた。夏音も最初はそれを喜んで持って帰ってきていた。

栗原家の応接室にある大型テレビでモニターしながら、道子や長女夏子の家族たちとそれを食い入るように見つめた。小さな白い幽霊のようなものが画像の中心に浮遊していた。医者の声がスピーカーから流れ出てきた。

『この白いオタマジャクシのような部分が胎児です』

その途端、テレビを食い入るように見つめていた人々から歓声が上がった。

「ほんまや、いやー、動いてはるわ」

栗原道子が一際大きな声で告げた。そら当たり前や、今度は夏音が得意げに笑った。笑いは全員に感染し、応接間の空気が和やかな雰囲気に包まれていった。

ただ私だけが、恐ろしいものを見てしまったという喘《あえ》ぎ声を漏らしたが、それは彼らの歓声の中で揉み消されてしまうのだった。

「信じられへんわ。あのチビすけの夏音が母親になるやなんて。人間は長生きせなあかんて、ほんまやな」

道子の大きな笑い声が、私の心拍数を押し上げる。ちろちろと画面の中で揺れているオタマジャクシのようなものを私は苦々しく見つめ続けるのだった。

これで大造さんもお父さんだ、と長女夏子が私の背中をぽんぽんと叩いて言ったが、私には、これで大造さんも窓際族だ、と聞こえてしまった。

十和田一男の息子たちが、声を揃えて、お父さんお父さん万歳、とはやし立てた。力矢は、天狗《てんぐ》のおさめ時だあ、と叫び、道子が、あほやな、それを言うなら、年貢《ねんぐ》のおさめ時や、と嬉しそうにしていた。りっぱよねぇ、と感心しあう十和田一男の両親の声の奥から、ふん、この腰抜けに父親なんかがつとまるんかねぇ、と言う道子の母朱鷺の声が届き、私はまたもや心の底を見抜かれたかと、赤面して俯かなければならなかった。

しかし私がどんなに怯《ひる》もうが、テレビ画像の中で一生懸命動いている一つの生命体は、明らかに、しかも堂々と生きることを開始していたのだった。私ばかりがいつまでも父親になることを拒否しているわけにはいかない、と観念したのも、思い返せば、その瞬間が最初だったかもしれない。

「おめでとう夏音ちゃん、大造さん」

長女夏子が言えば、栗原道子が、宴会やな、と一同をはやし立てた。私だけが、モニターを見つめながら、もっと精神を鍛えなければ、と自らに言い聞かせるのだった。

十代で父親になる男もいるのだ。夏の茅ヶ崎《ちがさき》辺りで訳も分からず恋愛に燃えて、気がついたら取り返しがつかないことになっていて、責任とって結婚する大学生だって沢山《たくさん》いるではないか。なのに三十も越えたこの小説家の私が、どうしてこれほどしり込みをしなければならないのか。このままではモラトリアムファーザーになってしまう。

ある日、産婦人科の待合室で、私は一人の男に声を掛けた。大勢の妊婦で賑わうきらびやかな待合室に、私の他に男性はその男しかいなかった。肩寄せ合う以上、何か言葉を交わさなければ不自然なほどの距離であった。

「はじめてのお子さんですか?」

私が聞くと、男は、ええ、と幾分心もとなく答えた。待合室はホテルのロビーを思わせる瀟洒《しょうしゃ》な造りをしていた。時折、看護婦が忙しそうに私たちの前を小走りで過っていった。

「おたくは？」

「ええ、うちのやつも今回が初産《ういざん》なんです」

「何か月ですか？」

「そろそろ四か月でして」

「ああ、うちと同じだ」

私たちはまっすぐに前を向き、同時に黙り込んだ。思い以上に言葉は喉元をついてはこなかった。しかしその男には妙な連帯感を覚えた。子供を待ち望んでいるという、うきうきした雰囲気などまるで無く、むしろ戸惑いが身体中から溢れ出ていた。

出産間際のお腹の大きな妊婦が私たちの前をのしのしと相撲取りのように通過していった。私たちは黙ってその後を目で追った。暫くすると男が言葉を口先に滲《にじ》ませた。

「父親になるというのがまだ実感できなくて、なんだかここにこうして座っていても、ぴんときません」

私は初めてきちんと男の顔を見た。目は窪《くぼ》んでいて窶《やつ》れきっていた。時々こめかみから目尻にかけてひくひくと顔面神経痛を起こしたように痙攣《けいれん》が走った。

「実は、私も」

そう言うと、二人は同時に安堵の笑みを漏らした。急に理解者にめぐり合えたような吐息をつきあい、しかしだからといってすぐに気を許しあえない緊張が二人をまた真顔にもどしていくのだった。

栗原家の人々の前では絶対に見せることの出来ない心の弱みも、この男にならば打ち明けられそうな気がして、心中の全てを洗いざらい吐き出したいという衝動にかられながらも、その思いを何度も胃の中に唾液といっしょに押し込めるのだった。

「子供は可愛いでしょうな」

「そりゃあ、可愛いでしょう」

「父親は大変です」

「父親は大変でしょう」

まるで英語の授業のようなおうむ返しが続いた。

「母親はもっと大変です」

「まったく母親はもっと大変です」

二人は顔を見合せ、苦笑しあった。それから同時に、はあ、と胸につかえていた空気を吐き出すのだった。

「子供が出来たら普通は喜ぶんでしょうがね。昔だと、万歳三唱をして、跡取りができたことを祝うじゃないですか。しかしとてもじゃないけど、今の私はそんな気持ちにはなれない」

自分がずっと言いたかったことを男が突然言葉にしたので、私も思わず握《にぎ》り拳《こぶし》に力が入ってしまった。

「まさに私もそうなんです」

「私は怖いんですよ。父親なんかになるのが。一体どんな顔をしてこんな時代に父親を演じていけばいいのか分からないんだ。父兄参観なんて絶対行きたくない」

「いや、その通り」

「まだやるべきことが沢山あるような気がするんです。父親という場所に押し上げられたら、きっと人生そこまでなんじゃないかな。父親になるということは、息子や娘に人生をバトンタッチしなければならなくなるということだ。しかしこれでお終《しま》いになるにはまだやり残したことが有りすぎる」

「そうですよ。本当にそう」

「男女の差がなくなってきて女が社会的になったために、その傾向は益々男に不利になってきた。私のうちは共働きでね、私の立場は家の中では強くない。むしろ妻の方が稼ぎがいいくらいだから。しかしね、ヒモになるほどの甲斐性《かいしょう》も私にはなしときている」

男は笑みを漏らし、それからふいに真顔になると、今度はやや呂律《ろれつ》が回らない口調でこう呟いた。

「……私はきれいごとなんか言わない。男女平等なんて嫌だ。絶対嫌だ」

その語尾は震えていた。

「……確かに」

「ジョン・レノンがハウスハズバンドなんてものをやったが為に、男が育児をするのがかっこいいという風潮が一般化してしまったじゃないですか。ジョンが子供をおんぶ紐《ひも》で担いで掃除なんかをしている写真が世界中に配信されてしまったお蔭で、女性たちが、あれが理想的な男の新しい姿だなんて錯覚してしまったんだ。あいつ余計なことをしたものだ。ハウスハズバンドだろうがなんだろうが、やりたければやってくれても構わないが、こっそりやるべきだった」

私は、その男の自分以上に深刻に悩んでいる姿に返す言葉もうまく探し出すことができず、震えを飲み込まなければならなかった。父親になることを苦しんでいるのは自分だけではなかったのだという連帯感に共感を覚えながらも、その男のどこか異常な横顔が気になった。自分もいつもこんなに悲壮で危なげな顔をしているのだろうか、と他人に自分を投影してしまうのだった。

「父親なんかになりたくない」

男は聞き取れないほどに小さな声でそう呟くのだった。

その時、診察室の方から、あなた、と男を呼ぶ女性の声がした。顔を上げると、上から下まで黒ずくめの小柄な女性が現れた。知的な目つきをしていたが、一方男の目の下に出来た黒々とした隈の理由もなんとなく分かる、気の強そうな眼光を放っていた。

男は家来のようにさっと立ち上がると、どうだった、順調だった？　と僅かに震える声で聞いた。それは、あの強く決意を表明した勇ましい訴えの声とは全く別の、弱々しい従属者の卑屈《ひくつ》なお伺いの声であった。目がウインクをしているみたいに細かく痙攣を起こしていた。女は、ふんと鼻で笑い、男の質問には一切答えず、なんだか、お腹すいちゃった。ねぇ、帰りにさ、神戸屋にでも寄って、軽く食べていかない。ご飯作るの面倒だし、と呟いた。すかさず男は、そうだね、疲れないほうがいいよ、と告げると、私には挨拶もなしに、いや、挨拶をしたのかもしれないが、それほど曖昧《あいまい》な一礼をして、労《いたわ》るように女の腰に手を回すと、私の視線の先へと女を隠しながら、そそくさとそこを離れるのだった。

男の連帯なんてそんなものだ、と私は再び診察室の扉の方へと体を向けては、張り詰めていた肩の力を抜いた。


夏音が妊婦であることは誰の目にも明白となった。

間違いなく夏音の腹の中で新しい生命が細胞分裂を繰り返している。中学の教科書で習った、蛙《かえる》の卵が二分割、四分割、とぶくぶく成長しては細胞分裂を繰り返していく様子が、イメージとして私の頭の中で広がった。

妊娠五か月になる頃、それまで順調だった夏音の身に、一つの事件が起こった。私が待合室で待っていると、夏音が目を真っ赤に腫らしながら診察室から出てきたのだ。最初は泣いているというのが分からず、掌で顔を隠しているのは気分が悪いせいだろうか、と様子を見ていると、病院を出た途端、あの強情っ張りが声を張り上げ泣きだしてしまった。慌てて理由を尋ねると、医者がいい加減な診察をする、と言うのである。

「人気のある有名な病院だから仕方ないかもしれないけど、毎回先生が違って、言うこともいつも違うんだもの。前回の検査では全く問題がないと言っていたくせに、たった一週間しか経っていないのに、別の医者が赤ちゃんは平均よりちょっと小さめだからお薬でも出しておきましょう、なんて言うのよ。信じられないわ。なんでもかんでも薬を出しますって言うのが大体おかしい。何の薬ですかって聞いても、きちんと説明してくれなくて、面倒くさそうに、従えばいいんだ、というような態度を取るんだもの」

黙って聞くしかなかった。

「それに若い医者に限ってお腹を触ろうとしない。触診をしない産婦人科医なんか信じられないわ」

「お腹なんか触らなくとも、超音波で彼らは診察しているんだからいいじゃないか」

私が、やれやれ、と彼女の肩に手を回して宥《なだ》めるように告げると、夏音は顔を一層赤らめて抗議した。

「駄目よ。赤ちゃんは生き物なんだから。石油の油田を掘り当てるのとは訳が違うのよ。

どんなに知識を持っていても、昔のお医者さんみたいに手で触れて診れない人なんか信用できない。お医者さまだってどこかには優れた人がいらっしゃるとは思うけど、正直言って、私、近代医学には失望したの」

確かに夏音の言うことには一理あった。

「そんな病院で産むのって怖いじゃない。陣痛促進剤や吸引器で赤ちゃんを決まった時間に出産させたりするのよ。なぜだか分かる？」

私は首を亀のようにひっこめ、考えたふりをしてみせた後、大きくかぶりをふった。

「ベッド数が限られているからなの。次から次に赤ちゃんは容赦なくやってくるでしょ。人気のある病院のベッド数は限られていて、それで薬を使ったり、吸引器でひっぱり出したりするのよ」

「まさか……」

「まさかではなくてよ。そんな掃除機みたいなもので私たちの子供が吸い出されるの、大造君嫌じゃない？」

結局夏音は家族の心配を余所《よそ》に、そこの病院へ通うのを止めてしまうのだった。それから暫《しばら》く新しい病院捜しが続いているのだろうと思っていると、すでに妊娠六か月へと突入しようとしている頃、夏音は一人の中年の女性をどこからか連れてきた。

「助産婦の新道《しんどう》あやねさんです」

夏音がそう紹介すると、一番大きな声を出して驚いたのは栗原道子であった。

「助産婦て、あんた産婆さんのところで子供を産む気かいな」

そう告げると、夏音は平然と、

「産婆さんのところではなくて、ここで子供を産もうと思うの」

と足元を指さしながら言うのだった。

「なんやて、ここで産むやて。ここのどこで産むんや」

道子が大声で問い返すと、夏音に代わって、玄関先に立っていた女性が玄関ホールをゆっくりと見回してから、ここでも構いませんね、と長閑《のどか》な声音を漏らした。一同が呆然としていると、

「どこでもいいんです。トイレが落ちつく人にはトイレを、階段が落ちつく人には階段を勧めています。妊婦が一番心が落ちつく場所なら、たとえこの玄関でも構わないんです。大切なのはね、妊婦が安心して産めるかどうかということなんですよ」

新道助産婦が、きっぱりそう告げると、まるで大型選手を獲得した球団のオーナーのような得意満面な顔をして夏音が満足げに微笑み返し、

「人間は今、誰もが病院で産まれて病院で死んでいくでしょ。あれって間違ってるよね。ねぇ、そう思わない。私は自分の家で産まれて自分の家で死んでいく人生の方がずっと人間らしいと思うんだけど」

と言った。

「それはそうやけど……」

道子が唸り声を上げるのを見計らって夏音は、さあ上がって下さい、と素早く助産婦を家の中へと招き入れてしまったのだ。

私たちはただ居間の入り口から夏音と助産婦とのやりとりを見守るしか他に手だてはなかった。なにせ相手は夏音のこと、変に周囲が注意でもして彼女の心を頑《かたく》なに閉ざさせてしまうのは正しい方法ではなかった。小夏を見ても分かるが、一旦こうだと決めると、何が何でもやり抜くのが栗原家の女たちの逞《たくま》しさなのである。

取り敢《あ》えず、様子をみましょう、と長女夏子が私たちに冷静さを求めると、道子も仕方なく、なりゆきを見守る他に方法はないな、と応えた。

新道助産婦は、まず居間のソファに夏音を仰向けに寝かせると、Tシャツを捲《めく》って、お腹を露出させ、いきなり触診した。掌の力を調節しながら、ふんふん、と頷く姿はまるで祈禱師《きとうし》のようでもある。いや、近代医学の進歩の中で育ってきた私にとっては、確かに助産婦の怪しげな手つきはアフリカあたりの祈禱師のそれであった。そう思うとその大きな顔も肉付きのいい体軀《たいく》も、穏やかだけれどどこかオペラ歌手のような声も、ただものではないように感じられてならなかった。助産婦は魔術師のように手を振り上げ、それから今度はピアニストのように静かに手を夏音の腹に走らせ、最後に焚《た》き火に手をあてる人のように止めた。

私たちは身を乗り出して訝《いぶか》しげに窺った。一方夏音はすっかり満足している様子で安心しきった表情を浮かべている。新道助産婦の掌は温かそうだった。夏音の顔が次第に穏やかになっていくのでそれが分かった。

「大丈夫、ちょっと小さいけれど順調ですね。なんでも薬に頼ろうとするのは大きな間違いね」

そう言うと、新道助産婦は私の方を振り返り、驚くべきことに、ご主人、赤ちゃんを触ってみませんか、とイタリア歌曲を歌うような豊かな表情で告げるのである。私が、驚いて瞬きをしていると、新道助産婦は豪気な声で、さあどうぞ、あなたのお子さんなんですから遠慮しないで、触ってあげてください、と笑った。その絶対の自信とでもいうのか、雲一つない空のような晴れやかな笑みに私はたじろぐより他に方法をしらなかった。

恐る恐る横たわる夏音のところまで行くと、顔を覗き込んだ。すっかり助産婦に身も心も委《ゆだ》ねている妊婦の夏音が穏やかに私に微笑みかけてきた。

「いいから、大造君、触ってよ」

私がおどおどしていると、新道助産婦が躊躇《ためら》っている私の手を上から握った。両方の手を新道助産婦に支えられて夏音の恥骨の辺りに添えると、何かこりこりとした硬いものが皮下脂肪の奥底にあるのが伝わってきた。

「ほら、これが赤ちゃんの頭、分かる？」

私は思わず、声を張り上げてしまった。確かに赤ん坊のものと思われる球形の硬いものに私の手は触れたのだった。本当だ、凄い、思わずそう告げると、陰からこっそり様子を窺っていた道子や夏子やその他大勢が、私にも触らせて、と叫んで駆け寄ってきた。新道助産婦は、はいはい、ちゃんと全員に触らせてあげますよ、と幼稚園の先生のような口調で栗原の人々を一列に並ばせるのだった。

私は自分の子供と夏音のお腹の皮を通して初めて触れ合うことができた。これが触診か。確かに夏音の言うとおり、そこには近代的な出産が失ってしまった大切なもの、温もりのある家族的なお産というものが残っているような気がした。

夏音が私の方を見つめながら、小さく頷《うなず》いた。

「大造君、この栗原の本家で子供を産むことにするから、協力してね」

夏音がそう告げた。道子が抗議に満ちた嘆息をわざと全員に聞こえるように漏らしたが、新道助産婦はそれには全く動じず、むしろこれからは私がここの指揮権を握りますとでも宣言するかのような勢いで、旦那さんが赤ちゃんをお取りあげになるのがいいでしょうね、と私の顔を覗き込みながら、さらにいっそう晴れやかな清々しい表情で言うのだった。

「ぼくがですか？」

聞き返し、自分の両掌を戦々恐々見つめた。道子を除く人々の中から笑いがおこる。

「そうですよ、ご主人のお子さんなんだから。ご主人が頑張らなければねぇ」

新道助産婦の声は私を硬直させるに十分な揺るぎない響きを持っていた。夏音の股からこぼれ落ちてくるなまずのような、羊水まみれの赤ん坊を落とさないように必死で受け止めている自分の姿を思い浮かべては、その恰好悪いへっぴり腰の私の絵が頭の中で明滅して、気が遠くなるような思考の停止が起きた。

こんなことで私は本当に父親なんかになれるのだろうか。

家族とは何か、夫とは何か、という問いに結論が出ぬうち、父親になろうとしている自分に時々苛立《いらだ》ちを覚えるが、人間なんてそんなものかもしれない。そんなものかもしれぬと近頃割り切ることができるようになってきた。これはある意味で、私の人生においての一つの大きな成果と言えよう。

結局人間なんてなりゆきに支配されて生きるからこそ、面白いのであって、なんだそうかそういうことだったのかと納得してしまえば、そういう人生もそういう人生としてまた堪能できる。どうせ儚《はかな》い人生なのだ。思う存分抵抗を試みるのも一つの生き方だが、抵抗が無意味だと分かった時に、すんなり寝返るのもこれまた一つの生き方なのである。

私は家族とともに生き、妻を愛し、子供たちを育て、自ら率先して素晴らしい主夫を務め、愛のために生きることをここに誓うものである。

第十節　滅私のすすめ

日本の政治が駄目になった一番の原因は、政治家が滅私奉公という基本的な政治姿勢を忘れ、私利私欲に走ったことによる。政治家は国民の追及に「政治改革」という紛らわしい言葉を持ち出し、猫も杓子《しゃくし》もこの言葉を乱発して国民を欺《あざむ》こうとしてきた。騙《だま》されつづける我々国民側にも問題はあるが、言葉尻だけで、その場を誤魔化《ごまか》そうとする現在の政治家の醜さには、確かに日本の将来の崩壊を見る思いがする。

修身斉家治国平天下《しゅうしんせいかちこくへいてんか》という古い教えが海の向こうにはある。自分の行いを正し、家庭を整え、次に国家を治め、はじめて天下は平和になる、という意味で、天下を治めるためには順序があるのだという教えである。日本の政治家が忘れているのはまさにこの順序で、自分の行いからして正せない人間にどうして国家を平和にする力があるだろう。

これは政治家が忘れてはならない基本的姿勢なのだが、驚くべきことにこの言葉さえ知らない政治家が多く、日本の政治は地に落ちたと言わざるをえない。政治の腐敗はすなわち、国の腐敗なのである。

さてこの修身斉家治国平天下は、そのまま国家の細胞と言える家族にも当てはめることができる。家族を丸くおさめるためにも、その成員一人一人が自らを正し、――つまり孤独なんかを愛してはならないのであり、家庭を整えていこうとする努力、――つまりは第一に妻を無条件で愛することが大切で、そうすればこの教え通り、日本の家族の未来は永《えい》劫《ごう》に明るいはず、なのである。

孤独孤独と言い続けてきた私が、ここにきて家族至上主義者へと突然転向したのも、一時流行《はや》った思想家の転向に似て、大家族の中での洗脳や思想弾圧が一つの引き金になったことは否定できないが、しかしそれだけで私が家族至上主義者に寝返ったなどと判断されるなら、それは早計に過ぎる。

私の転向は、徐々に私自身が獲得した方法論であって、私が栗原家の養子となった以上、またもうすぐ父親になる以上、今後無難にこの世界で生きていくためには、自らを転向させるしかないと判断したのだった。いつまでもぐずぐず現在を否定して生きるよりは、いっそ率先してよき夫となり、よき父親となり、よき家族至上主義者となって、栗原家に君臨する方が、明らかに生存の道が残っていると、ある意味で自らの人生を切り捨てて得た境地なのである。

主義を捨てて体制に擦《す》り寄ったな、というもっともな批判の声に対しても、私は敢えて反論をしたい。助産婦によりはじめて触れることが出来た自分の子供の輪郭の温かみは、孤独を愛した作家の心をこの少しの期間のうちに動かした。つまりそれだけ崇高《すうこう》な何かがあったのだ。これは理屈ではなく、現実の感触である。私はその本能の感触に従い、自分の気持ちに正直に転向を宣言するものである。

この私の寝返りが、ちと唐突すぎるとお考えの方も多いとは想像できるのだが、元来転向とはそういうものではないだろうか。熱心な左翼青年がある日突然、国粋主義者に転向して周囲を驚かすことがかつてはよくあった。熱心な信者がある日、全く違うタイプの宗教へ転向することも稀《まれ》ではない。真剣すぎたり頑《かたく》なすぎた者の心がその思い込みに耐えられなくなり突然引っ繰り返ってしまう反動は、ある意味で世の常と言える。私にしても必死で耐えてきた精神のつっかい棒が、ほんとうに自然に取れてしまったという感じであった。きっかけというものをここで列記するのは簡単だが、そんなものは日々の泡みたいなもので、水や風も長年おなじところに打ちつづけていれば岩をも砕くことがある。小さな岩の崩壊が雪崩《なだれ》を生んだり土砂崩れの原因になるのに似て、それらの目に見えない精神的なジャブが、きっと夏音と出会ってから私を密かに打ちつづけていたのである。その反動が、私をある日突然家族至上主義者へと変貌させただけのことなのだった。

今や私は、生まれて来る子供のために、水中出産用プールの手配や、出産後のベビー用品のカタログの取り寄せなどに奔走する毎日で、その他にも新米父親教室――雑誌で夏音が見つけたもので、心の準備の出来ていない父親たちを立派な父親へと導くための精神的なカウンセリングを主体とした簡単な塾だと思っていただきたい——を覗いてみたり、初級出産の心得なる本を入手したりと忙しい日々を送り、りっぱ（？）な変貌を遂げたのだった。時々鏡に映る目尻の緩んだ緊張感の全く無い己が顔に、変わったな、と思わずため息が漏れることもあるが、しかし私は敢えて自分に言い聞かせる。これでいいのだ、これが家族を愛する男の真の顔なのだ、と。

私のこの見事な転向ぶりに対して、誰かが、なんだやっぱり化けの皮を剝《は》げばただのマイホームパパ予備軍だったんじゃん、などと呆れ果てて笑ったとしても、私は怯《ひる》まず一言、家庭は素晴らしいよ、君達も考えを改めなさい、と真面目な聖職者のように言い返すことが出来る。

思想家の転向と同じく、転向するならば、百八十度の転換を遂げなければ中途半端に不満が残ってしまい、いつまでも苦しみに喘《あえ》ぐことになる。

今や私には、家族こそが人生の中心であり、家族のために生きる人生の素晴らしさに毎日新たに開眼する日々で、夏音はそんな私を見て、ここのところ急激に逞《たくま》しくなったわ、と喜び、栗原道子に至っては、これで思い残すことはあらへん、いつ死んでも大丈夫やぁ、と感激し涙ぐむほどなのである。

勿論、中には、村田雄三や塩野屋啓介のようになかなか私を信用しないひねくれ者も若干はいたが、それらも私の出産へ向けての奔走を見るにつけ、もしかしたらこいつ本気か、と疑いの視線を緩めるのだった。

ただ一人あくまでも私を信用しようとしない者がいた。言わずと知れた栗原朱鷺《とき》である。

深夜に眠れず食堂で私が一人、出産の手引き書を繙《ひもと》いている時、暗闇《くらやみ》からあやしげな鼻息が聞こえてきた。

「こんな遅くまで、見事な演技やな。そうやってみんなを信用させて一体何をたくらんどるんや」

と低く呪文を唱えるように朱鷺は言った。

私は顔を強張らせて、首を左右に強く振り、そんな人聞きの悪いこと言わないで下さいよ、と言った。

「ぼくは目覚めたのです。りっぱな父親になって、この栗原の家を継ごうと決心しただけです」

朱鷺はふんとあざ笑うと、

「あれほど家族が嫌いやった者《もん》がなんで急に百八十度考えが変化したんやろ。確か、道子が持ってる東京と大阪の不動産を全部合わせると、相続税引いても五億はくだらんそうやけど、金に目が眩《くら》んで己の信念を曲げるような奴にこの栗原の家がほんまに継げるんかいな」

と恐ろしいことを言うのだった。私は本を勢い良く閉じると立ち上がり、おばばさま、言っていいことと悪いことがあります、僕は別に財産なんか眼中にはありません、と声を荒らげるのだった。朱鷺は、不敵な笑いを浮かべて、わしは栗原の家がどこの馬の骨か分からんような青二才に受け継がれるのを見て死ぬわけにはいかんのや。それでは死んでも死に切れん、と小声でしかし力強く言い返す始末で、ただただ恐れ入った。

「栗原家に、亡くなった寛治が養子にやってきた時も、わしは反対したんや。道子に不動産業なんぞやらせとうはなかった。元々栗原の家は関西でも屈指の酒問屋やった。それを土地なんぞ転がす男とくっつくとは。私は猛反対をしたもんや。結果、道子は苦労をした。みてみい、言わんこっちゃないわ。もっとも今更過去をとやかく言うても仕方がない。夏音が物書きなんぞと結婚すると宣言した時、私はこれで栗原家もほんまに終わると観念した。

大造はんに恨みはないが、どうもおたくは頼り無さすぎる。夏音や道子がこれほどおたくを買うのが私には理解でけへん。今までいろいろ拝見させてもろうたけど、やはりなんか偽物っぽいわな。ころころ主義を変えるのは、一流の思想家のすることとやないやろか。もしも大造はんがほんまに栗原を継ぐ決意があるんならな、小説家なんちゅう下らん職業など今すぐ捨てて、なんぞ立派な仕事にでもついてみせてもらえませんやろか。文学なんてもので、どうやってこれから子供を食べさせていくおつもりですか。え、おたく、いったい毎月幾ら稼ぎますの？　おたくの稿料は原稿用紙一枚どれほどになりますんや」

私は深夜にいきなり朱鷺に呪文のような声で詰め寄られて、さらにはその形相の怖さも加わって思わず身をすくませてしまうのだった。まさか原稿用紙一枚につき稿料二千円程度だなどと言える由もなく、私は生まれてはじめて自分の身分の低さにたじろいでしまった。

「言えへんのかいな。保険もボーナスも無いんやろな。交通費さえ無しや。仕事に対する自己満足だけで食べ盛りの子供をどうやって育てていけるんか聞きたいわ」

と今度は、痛いところをつかれた。目は九十歳の老女のものとは思えないほど、深夜の食堂の薄暗がりの中で怪しげに輝き、私を追い詰めることに一つの生き甲斐を感じているような凄まじさである。

私が唇を引き締め、返答に困り果てて思わず、すみません、と謝りそうになったところへ、今度はお腹の大きな夏音が扉を勢い良く押し開けて現れた。まるで芝居のような登場の仕方に、すみません、は胃袋にごくりと飲み込まれてしまうのだった。

ばあちゃん、と夏音は大声を張り上げると、後ずさりする朱鷺ににじり寄った。栗原朱鷺は家族の中でもこの一番下の孫にだけは頭が上がらず、夏音にどやされた途端、首を亀のようにひっこめて、眉毛《まゆげ》だけが触角のようにぴんと張り出し、萎《しぼ》んだ口をいっそう窄《すぼ》めてしまうのだった。

「大造君になんてこと言うの？　大造君が栗原の家のことをこんなに考えてくれているっ

ていうのに、そんな言い方したら可哀相やわ。それにお金よりも大切なことをこの人は今してるんだから。どうしてばあちゃんにはそれが分からないの。……私は栗原夏音である前に、速水卓也という作家の妻なのよ。小説家の女房なんだから。物書きの妻になった以上いろいろと覚悟はできています。私の一番の仕事は、夫が仕事だけに全力を傾けられる環境を整えること。そのうちばあちゃんが仰天するほど、この人は凄い大作家に化けるんだから」

夏音の剣幕に、朱鷺は、おおこわ、と口ごもりながらそそくさと退散してしまった。その後ろ姿は弱々しく、表の鬼のような面輪《おもわ》とは裏腹に人生を長く旅してきた者の哀愁が執《しっ》拗《よう》に漂っていた。言い過ぎじゃないのか、と朱鷺が去った後夏音をたしなめると、ばあちゃんも栗原の家のことを心配しての意見だから許してあげてね、と夏音が甘えるような顔をして謝った。

私は何より、夏音が一生懸命私の仕事を認めてくれたことが嬉しかった。家族至上主義者への道をより強固に歩む決意をそこで再確認した次第である。

新道あやね助産婦がわが家に入り浸るようになった出産三か月ほど前になると、栗原家は臨戦態勢に突入した。毎週のように家族を集めては来たるべき自宅出産の日に備えての様々な、例えば、水中出産用プールの組み立て方や妊婦体操の実演まで、新道助産婦による講習が行われるようになっていった。

道子も次第に自宅出産に対して協力的な姿勢を見せはじめてはいたが、それは一旦言いだしたら聞かない夏音の性格を知り尽くした上の懐柔政策のようなもので、何か問題が起きればすぐさま強権を発して、この無謀な出産自体をくい止めようと狙《ねら》っていたのである。道子は助産婦というものを腹のそこから信用していない感じで、一人だけ疑いの眼差しとでも言うべき乾いた視線を向けていた。

「ほんまに大丈夫なんでしょうね」

講習会が行われるたびに道子はそう聞いた。

「もうおかあさん。新道さんに失礼でしょ」

夏音が、いいかげんにしてよ、という顔でその都度不満を漏らした。

「いいんです。出産に心配しすぎるということはないのですから」

新道助産婦はその穏やかな気質で場の雰囲気を和ませていたが、道子の執拗なチェックには当然うんざりしていたに違いない。

「しかしこれだけは覚えておいていただきたいのです。いいですか。出産は病気ではないのです」

笑顔が不意に厳しい表情になると、夏音以下栗原の人々も口許がきゅっと引き締まった。新道助産婦には、教祖的なオーラが溢れていた。人の生に長年携わってきた自信というべきものが滲《にじ》んでおり、さすがの道子もその堂々とした態度には一目置いている様子で、迂《う》闊《かつ》なことも言えず、顎《あご》を引いては目を丸くしていた。

「出産は、元来人間に備わった一つの本能とお思い下さい。人が病院で産まれるようになって、一番失われたものは家族の問題です」

道子は新道あやねに睨まれて、それはそうやけど、と口ごもった。道子は悔しそうに鼻息を漏らすしかなかった。

「家族の協力がなくても子供が産まれるようになったことで、一致団結して苦境を乗り切ることができなくなりました。家族間の結束が弱くなったのも病院出産の影響があると思われます。これでは日本人は益々愛情が薄くなってしまいます。自宅で子供を産むことで、距離ができてしまった家族の絆《きずな》を引き締める一つのチャンスにも繋《つな》がるのです」

本来なら道子はここで拍手したいくらいのはずであった。まさに彼女が守ろうとしてきたのはこの大家族の思想哲学なのである。家族の協力という思想が自分を苦しめることになるとは思いも寄らなかったのだ。

「お母様は、家族が一致団結していくことに反対でしょうか」

新道あやねにそう言われ、悔しさを顔中に現して口を噤《つぐ》む道子がなぜか哀れに思えてならなかった。新道助産婦は理論闘争で道子に勝利を収めると、いまやすっかり栗原家の新しい守護神といった威風で人々の前に君臨していた。王座を奪われた道子は仕方なく口を閉ざし、身を潜め、様子を探る作戦に出るしかなかった。

「いいですか皆さん。皆さんの協力があってこそ、自宅出産はより完璧《かんぺき》になるのです。新しい家族の登場をこの家で一緒に待ちましょう。ここで、病院ではなくて、皆さんのこの家で迎えてあげましょう。それは素敵なことです。想像してください。病院の薬臭いベッドの上ではなく、この温かい家の中で産声を上げる赤ん坊のことを」

とくに夏音の姉妹たちはこの新道助産婦の登場に大きな関心を抱いていた。病院で子供を産むこと、そのシステマティックな体制にどこか不満を抱いていた女たちだからこそ分かる同質の気持ちがあるようであった。女たちの中から時折拍手さえ起こっていたのだから、その信望の厚さは日に日に増していたのである。

私もこの頃になると、すっかり家族至上主義者に成りきっていたので、このような新道助産婦の発言には、そうだ、と団結の掛け声を率先して上げる身の変わりようであった。いったん寝返ってしまうと恐ろしいほどに身軽になった。家族こそが自分の生きる場所だと決めてしまったせいもある。相乗効果とでもいうのか、私は精神の反動を利用して強い父親を目指したのである。

新道助産婦は丁寧な診察を続けていた。ほれぼれするほど愛情たっぷりの診察だった。近代医学がそっけなさの中に置き忘れてしまった愛がそこにはあった。子供がこういう環境のなかで産まれてくることは正しいと私は実感していた。

その時の私の目はどのような輝きをしていたのだろう。未来に対してかつてのような迷いはなく、そして怯むこともなく、明日を見つけたような力強い眼光を放っていたに違いない。毎日、夏音の迫《せ》り上がるお腹を見つめては、人生とはこういうことなのだ、と神に感謝さえしていたのだから。しかしその感謝にまったく迷いがなかったかと言えば、どうだろう、断言はできないのではないか。転向した者がどこかに過去を残しているように、私の感謝にもどこかに嘘が隠れているような感じはあった。しかしその時は人間そういう罅《ひび》には気がついていても見ないようにするもので、顔の筋肉を一生懸命動かして作りだした笑顔は怪しげな集団にマインドコントロールされた人間の笑みに似て、私を一切の誘惑から遮断する透明な仮面となって顔の上にくっついていた。

それを最初に指摘したのは、相沢健五と戸田不惑であった。

私たちは久しぶりに吉祥寺の焼鳥屋で再会した。それは私の新刊の装丁の打合せのためという名目であった。今までに文芸雑誌で書き溜めていた短編を寄せ集めたもので、寄木で出来た家、というまったく売れそうもないタイトルが付けられていたが、家族をテーマにしたこの作品集は私がまだ転向する前に書いていたものばかりなので、家族を否定する内容には不満があった。ゲラのチェックをしながら、自分の愚かさに気づかされ何度も出版を断ろうかと思い悩んではいたのだが、本を出してやろうか、という奇特な出版社があるだけまだ有り難いと転向作家は意に反する本の出版を許可したのである。ただしこの本、いつ出版されるのかまだ目処《めど》もたっていない有り様であった。

「なんだか、お前、悪い宗教に引っ掛かったような目をしとるな」

そう言ったのは戸田不惑である。相沢健五は横で、うんうんと静かに頷いていた。

「そんなことはない。家族こそが最後に人間の帰るべき桃源郷なのだ」

二人は同時に笑った。私は笑われても平気だった。少し前ならば、彼らのからかいに乗って、すぐに腹を立てているところだが、今はそんな誘いには乗らない自信があった。これも家族至上主義という新思想のお蔭なのであり、私を嘲《あざけ》り笑う彼らを、可哀相な人々だと、逆に優しい視線で見つめ返すことができるほどの余裕も少しだが持ち合わせていた。

「家族は桃源郷ですか。それはまた恐ろしいほどの身の変わりようじゃないですか」

「そうだ、つい昨日までのレジスタンス精神はどうした。まるで飼い馴らされた犬みたいだな」

私は微笑んでみた。その笑みを見て驚いたのはむしろ二人の方である。薄気味悪いな、と戸田が言い、相沢は、流行《はや》りのマインドコントロールではないですか、と私の目の前をさっさと手で払った。

「人間とはこんなに簡単に転向できるものかな。速水を見ていると、なんだか羨《うらや》ましいような気がしてくる」

「もっともです」

二人がお互いの顔を見て、きつねにつままれたような表情をしているので、私は酒を彼らのお猪口《ちょこ》に注ぎ、

「そんなことはない。真理に出会ったまでだ」

と平然と答えてやった。二人は顔の中心に神経をぐいと寄せ集めてから、黙って暫く私の顔を見ていたが、咳払《せきばら》いのあと、突然戸田不惑が、

「なんか企んでいるな。何かやらかそうとしているだろう。そうだ、そうに決まっている。まず大きな企みを遂行する時は味方から欺《あざむ》けというではないか」

相沢健五が、なるほど、と相槌《あいづち》を打った。

「確かに普通の目ではありませんね。何かをやらかそうとしている目です。何を企んでるんです。ねえ、水臭いな教えなさいよ」

私は、笑いながら、馬鹿を言うな、と首を振り続けた。そんなこと俺が考えているわけないだろ。俺は本当に父親になることを今は喜んでいるし、夏音の夫であることを誇りに思っているんだ。栗原家を末代まで守る決意もある。家族全員が幸せになれるようがんばりたいだけなんだ。

相沢は顎を引き、眉間に皺を寄せた。それからおもむろに鞄の中から分厚いゲラを取り出すと、ページを捲《めく》った。そして中程の部分を指さし、ここを読め、といわんばかりの勢いで私にそれを突き出した。私がゲラに目を落とすと、そこにはこんなことが書かれてい

た。

『ぼくには家族なんか必要ないのです。家族という繋《つな》がりなんか人間が生きていく上で寂しいから作りだした都合のいい共同体で、それはむしろ人間を堕落させ、ひ弱にさせている根源悪の巣なのでもあります。

千栄子《ちえこ》がぼくと家族を作りたいと言った時、ぼくはその呪われた言葉、世界を破滅に追いやろうとする悪魔の囁《ささや》きに身震いを覚えました。あなたの子供が欲しい、と呟きかねない勢いだったので、ぼくは彼女の迫り来る唇を手で押し退け、顔を思わず背けてしまったほどですから』

同時に覗き込んできた戸田が、ふんと鼻で笑った。しかし私は怯まなかった。

「こんな幼稚なものを書いていたのだな」

と呟くと、戸田の顔を見つめて、口許だけに笑みを拵《こしら》えて見せたのだった。にやついていた戸田の顔が青白く凝固した。

相沢はもう一度ゲラを捲った。そしてさらなる場所を発見すると、これはどうだ、とそこを私に突きつけた。

『千栄子の出産に立ち会う意思がないことを告げ、ぼくは旅の用意をしました。明日か明後日には出産だというのに、ぼくは日本を出ていこうとしているのでした。籍にもいれず、認知もしない。千栄子の精神が病んでも、ぼくはそれを認めようとしないばかりか、彼女と赤ん坊をこの世界に残して自分は出奔しようとしているのでした。

非情と言われようが、しかし全く自分に後悔がないのは、自分には安住の地など必要のないものだと子供の頃から決めていたためだったのです。ぼくは旅人です。血の繋がりから脱出して、輪廻《りんね》の繋がりを求める旅人なのです』

「幼い限りだな」

と私が先に囁いた。

「今だったら、というか、これからはもうこんな幼稚な文章は書かないことをここで誓うよ」

戸田と相沢は顔を見合せた。それは、もうどうしようもないぞ、と言いたげな呆《あき》れ顔であった。

「それよりも、相沢君、原稿料をあげてくれないか」

私がゲラの束を摑んで空いている椅子の上に放り投げてから、突拍子もないことを言いだしたので、相沢健五は目を丸めて、上体を引いた。

「子供が生まれる祝いはいらないからさ、そのかわり、俺の原稿料を少しあげてくれ。原稿用紙一枚につき三千円にしてほしい」

二人は一斉に笑いだした。突然原稿料の話をしたのが可笑《おか》しかったのか。彼らは腹の底から笑い続け、戸田不惑は笑いすぎて涙を両目に浮かべていた。

「これは真面目な頼みだ。これからは食べるために書くことにする。子供を幼稚園や小学校に行かせるために書くんだ。文学への理想はその範囲の中で追求するさ。かっこいいことはもう言わない。今更他の世界では生きてはいけない俺だ、どうかせめて原稿料をあげてくれ」

相沢健五は笑いながら、分かったもういいですよ、それ以上笑わせないで下さい、と手を振ったが、どこかでマジな私を恐れているような笑い方でもあり、極力私の目を見ようとはしなかった。

私たちはその日、底無しに食べて、また徹底的に飲んだ。理屈を並べることよりも肉体の欲求に忠実でいるほうが、この友情を維持できると全員が判断したに違いなかった。店を幾つか替え、明け方近くまで飲み歩いたのである。

彼らは、私が家族人間になったことを喜びはしなかったが、どこかで面白がっていた。

「いずれ、お前のその素晴らしい思想は必ず破綻《はたん》する。賭《か》けてもいい。俺は少なくともお前より先に家族というものの中で暮らしたから分かるんだ。そうなった時のお前の顔を今から想像すると堪《たま》らなく嬉しくなるのは何故だろう」

「いや、それは戸田さん、あんたが性格が悪すぎるだけです。私は編集者として速水さんがもっともっと書けるようになるのなら、たとえ家族という宗教に彼が入信したとしても全然構わないですね。いや、そういう所にいた方が、今という時代の作家としては重宝がられるかもしれない。小説は詰まらなくなるでしょうが、ほら、エッセイというのか、指導書というのか、『速水卓也の家族博愛本』なんてのは爆発的に売れる可能性もありますし」

二人はそこでまた爆笑したが、戸田不惑が、そんな作家になっちゃうんだ、そしたら装丁が難しそうだな、と言ってまた笑った。

私たちはそれでも三人肩を並べて、最後は井の頭公園の池の辺《ほとり》で靴を脱いで足を入れ、肘《ひじ》をつき、夜空に輝く満月を見上げながら、池の面をばしゃばしゃ、とまるで子供のように水を蹴りあった。

「もうじき生まれるんだろ。夏音ちゃん、順調なのかい？」

戸田の口調はやっと落ちつきを取り戻していた。

「ああ、順調だ。このままいけば再来週には俺は父親だ」

二人は同時に、ほぉ、と声を漏らした。

「早いものですね。なんかあっという間だったなぁ。速水さんが父親とはね、本当に原稿料を上と交渉しなけりゃ」

相沢健五がそう告げ、私は、頼むよ、と彼の肩を揉《も》み、また笑った。

自分が父親になる瞬間を想像してみた。夏音のお腹から飛び出してきた子供をこの私が受け取るのだ。頭上の満月に自分の子供の顔がすうっと浮かび上がったような気がした。

ところで子供の名前はもう考えたのか？　戸田が聞いてきた。私は、いや、とかぶりを振った。夏音と二人でいろいろ思いついた名前を言い合ったりはしていたが、決定的な名前には出会っていなかった。

「産まれて顔を見てから考えたって別にいいんですよ」

相沢が言い、戸田も、それがいい、と同意した。私も賛成だった。その方が気負わない自然な名前が見つかるような気がした。

三人は、小石を拾い、池の中心目指して競うようにそれを投げあった。私が家族至上主義者になることをあれだけ馬鹿にした戸田と相沢だったが、彼らの投げる小石が描く中空の弧にはどこか優しさが満ち愛情が感じられた。ぽちゃん、ぽちゃんと水の跳ねる音だけが静まり返った夜の公園にこだました。

いよいよ子供が産まれてくるのだな、という実感が、私の肩を力ませた。投げた石が遠く池の暗がりの中で一際大きな音を上げ、月光によって幾重もの水輪が池の面に浮かび上がって美しかった。

「父親か」

と戸田が呟いた。

しばらくすると相沢が、

「父親ですか」

と言った。

私はこっそり、父親だ、と心の中で呟いてみた。

三人は同時に寝そべって、夜の気配をそれぞれの胸のうちに大切に封じ込めるのだった。

夏音の体調が急変したのは、その僅かに数日後のことだった。徹夜の執筆があったために、昼近くに目覚めた。居間を覗《のぞ》いてみると、家族が新道助産婦を囲んで暗い表情をしている。ソファに座している夏音の目には青白い涙が溜まっていた。往診日ではないのに新道助産婦がいることにも悪い予感が走った。

どうした？　夏音に訊ねると、彼女に代わって長女の夏子が、急性妊娠中毒症らしいんです、と答えた。血圧などの数値が全て倍に跳ね上がって危険なのだと言う。はじめて聞く病名だったので、私にはそれがどのような病気なのか最初全く分からなかった。

確かに、数日前から顔の浮腫《むく》みが酷《ひど》くなり、体がだるいとは言っていたが、毎日アイスクリームはねだるし、近所を元気に歩き回っていたので、彼女の中でそんな大変な事態が起こっているとは、つゆ思いもしなかったのである。

そして私自体、その時はまだ急性妊娠中毒症の恐ろしさに全くと言っていいほど無知無学だったのだ。

「急性の妊娠中毒症というのは、へたをすると命取りにもなりかねないんです」

新道助産婦が告げると、道子が、なんでこんな急に、と声を荒らげた。その言葉の中には、どうしてこうなる前に発見できなかったんや、という不満が滲《にじ》んでいた。

「予測がほとんどできないので恐ろしい病気です。こうなってしまったらもう自宅出産は無理です。それどころか、気をつけないと赤ちゃんも危ない。すぐに大きな病院に行って、手を打たないと」

「どこの？」

まだぴんと来ていない私が今度は新道助産婦に投げ返した。彼女は首を振り、今すぐどこかの大病院に行きたいのは山々なんですが、一旦この近くの産婦人科へ行き、町の産婦人科医の検診を受け、そこのお医者さんの紹介で大きな病院へ行く方がいいでしょう、と告げた。すかさず、なんでそんなめんどくさい、すぐに大病院へ行ったらいいやないですか、と道子が口を挟んだ。

「私たち助産婦には大病院への紹介状は書けないんです。今夏音さんが危篤《きとく》状態ならどこかへ送り込むこともできますが、少しでも設備が整って状況のいい病院へ行くためには、近所の産婦人科の先生の協力と紹介があった方が無難なんです」

「なんでや、人の命がかかっとるのに」

道子がもっともな意見を投げつけた。新道助産婦の顔が曇った。いたいところを突かれたという風に口許を結んだ。

「確かにそこを言われると言い返せない。簡単に言えば日本は自宅出産の後進国なんですね。助産婦と病院との間に壁がある。大病院との連携がうまくいってないんです。だから一旦地元の小さな病院に行ってそこの先生に紹介状を書いていただくのが」

「生死がかかっているのに、そんな悠長なことを言ってるなんて、医者も助産婦もおかしいんと違いますか」

新道助産婦は黙ってしまった。

「滅多にないこととはいえ、現にこうして夏音はそのなんとかいう病気になったんやろ。命にまで影響するほどこわいんなら、その対策もきちんとしとかんと、大病院と助産婦との連携が出来てないいて今頃言われてもな」

私は、そこで言い合いをしている時間が勿体《もったい》ないと判断し、とにかく一刻も早く出掛けましょう、と全員に提案した。この話はいつかきっちりとしますから、取り敢えず急ぎましょう、と新道助産婦が道子の目を見つめて告げた。道子も心の中の憤りを堪えてそれに従った。何より夏音の顔は青ざめ、自分自身に降って湧《わ》いた突然の異変に自失している状態だったのだから。

私が車を運転し、近所の産婦人科へ夏音を連れて行くと、診察した医者は即座に、首を真横に強く振った。そして、これは既に私の手に負える状態ではありません、と宣告したのだった。

手に負えない、という響きだけが私の中を駆けめぐった。それは当然全員に感染し、道子は、どないしたらこんなことになるんや、こんなことなら最初から病院で生ませれば良かったんや、と我々に向かって抗議した。新道助産婦は口を噤《つぐ》み下を向いていたが、はじめて会った町の産婦人科医は穏やかに首を振り、大病院でも同じような事態になっていたはずですよ。急性妊娠中毒症というのは、突然やってくるわけですからね。この助産婦さんの処置は正しい対処でした、と助け船を出したのだった。納得できないというような顔で道子がそっぽを向いたが、さすがに長女夏子だけは冷静さを失わず、先生どこの病院を紹介して頂けるのでしょう、と告げた。医者は暫く新道助産婦と相談をした後、新生児用ICUがある病院じゃなければ駄目だから、とその場からすぐに電話をかけたのだった。

結局、飯田橋《いいだばし》にあるT総合病院へ私たちは向かった。近代医学と助産婦さんとの連携がうまくいってない日本の歯がゆい現状を道子同様私も感じざるをえなかった。夏音のような特殊な場合も数は少ないにしても起こりうるわけで、迅速に病院と連携ができない日本の自宅出産の問題点を目の当たりにしたのだった。オーストラリアでは政府が専用救急車を待機させるなど、自宅出産に対して協力的で素早い対応がとれるように国をあげて対処している。アクティブバースそのものへの日本政府の認識の低さが一番の問題なのだった。パーフェクトだと信じたアクティブバースにもまだ落とし穴があることは認めなければならなかった。国と病院と助産婦さんとがお互い歩み寄って解決しなければならない課題を、夏音と私たちは身をもって経験してしまったのである。

　後で知ることになるが、急性妊娠中毒症で死ぬ人は世界的に見ると決して少なくはないのだった。滅多《めった》に起こらない病気ではあるが、罹《かか》った人の死亡率は約千人に二、三人と、現代の医学においては高い数字が横たわっていた。自宅で子供を産みたいと考える人は増える傾向にある。しかし夏音のような、稀《まれ》ではあるが恐ろしい事態に遭遇《そうぐう》する人の安全な救済策が、一方で急がれているのも一つの現実なのである。

　T総合病院の待合室で待っている間も、私は何故そこに自分がいるのかを実感できずにいた。出産予定日はまだ二週間ほど先のことである。戸田や相沢と夜の池に向かって投げ合った小石の響きだけが耳奥に悲しげに蘇《よみがえ》ってくるのだった。窓の外は暮れかかり、反対側のビルの灯がすでにまばゆかった。

　診察が始まって三十分ほどして、担当の医者が私たちの前に現れ、明日緊急手術をすることになります、と告げた。何もかもが色を失っていくように目の前で静かにとぐろを巻き、視界はくすんでいった。私は、一体どういうことでしょうか？　と質問したが、まるで自分の耳に耳栓《みみせん》をしているような遠い自分の声の響きであった。

「帝王切開をして、子供を取り出さないと危険な状態です。申し上げにくいことですが、母子のうち何方《どちら》か一方を選ばなければならない可能性も出てきます」

　私は、何方か？　と聞き返した。いかなる場合も想定しておいて頂かないとなりません、医者は真面目な顔つきで、優しくそう私たちに告げるのだった。

「今夜は徹底的な準備をして、明日の昼には手術を開始することになりそうです。手術の時間が近づいたらこちらからお電話を致しますので、連絡がつく場所に居てください」

医者の声が遠のいていった。私や道子に代わって、夏子が主治医と細かい打合せをしていた。

診察室に看護婦が車椅子を運び込んで行くのが見えた。まもなく夏音が車椅子に乗って弱々しく診察室から出てきて、また私たちを驚かせた。道子は私の腕に寄り掛かり、今にも卒倒しそうな顔で夏音を見下ろしていた。

医者は私たち一人一人の顔を見て、

「これより絶対安静とさせて頂きます」

と宣言した。


夜、私は眠れず、ベッドの中で、いったい何が起こったのかと、自分に質問を浴びせ続けた。私がいつまでも家族を省みず、抵抗し続けたために夏音とお腹の子がその罪を背負わされてしまったのではないか、と悪い考えばかりが浮かび、益々眠れなくなってしまった。苦しい夜だった。何度も寝返りを打ち、恐ろしい夢を見てはうなされて目を覚ました。

明け方、短い夢を見た。夜空に浮かぶ満月からするすると川面に向かって赤ん坊が蔓《つる》をつたって降りてくるのだ。おや、君が私の子供かい、と私が離れた岸から問うと、赤ん坊はにこりと微笑むのだった。私はその子を受けとめようと蔓のところへ行こうとするのだが、途中流れの早い川が二人のあいだを遮《さえぎ》って、なかなか進めないのである。そのうち赤ん坊の顔がくもっていき、今にも泣きそうな気配。赤ん坊が蔓の一番下まで来ているのに、受けとめなければならない私がそこにいないからだった。蔓はすっかり延びきって、途中から切れてしまいそうな状態である。赤ん坊の真下は気がつくと濁流に変化している。

赤ん坊は大声をあげて泣きだしてしまった。蔓を握っている手も心もとない。今行くからもう少しがんばりなさい、と声を張り上げるが、そのうち蔓が赤ん坊の重みに耐えられず切れてしまうのだった。あっ、と声を上げて目を覚ましたが、その時部屋の隅で自室専用の電話が鳴り響いていた。

すっかり夜は明けていたが、まだ早朝だった。私は夢だったのかと額の汗を拭《ぬぐ》い、半身を返して時計を見た。時刻は六時四十五分を指していた。

電話のベルはいつまでも鳴りやまなかった。できればその電話を取りたくなかった。私が迷っていると、道子と夏子がベルを聞きつけて部屋に駆け込んできた。私は彼女たちの方を一瞥してから、受話器を摑《つか》んだ。

冷静な声が、栗原さまのお宅ですか、と告げる。この声も遠く非現実の世界の声のようだった。

私が、はい、と告げると、相手は、ご主人さまでしょうか、と念を押した。

「奥様の容態が明け方急に悪化致しましたので、予定よりも早く、つい先程より緊急手術を開始いたしました。できましたら今すぐ病院の方へお越しいただけますでしょうか」

道子と夏子が赤い目を大きく見開いて私の反応をじっと見据えていた。はい、と大声で返事をしたが、体はぴくりとも動かなかった。

子供の頃は夭折《ようせつ》に憧《あこが》れた。二十歳までに死ぬのだと自分に言い聞かせては、その思いに酔いしれていた。今はただ、自分が妻と子の身代りになれるものならなりたい、と若い頃の愚かな考えを神に謝罪し、夏音とそのお腹の子供の命乞いをするばかりだった。

第十一節　元気になぁれ

こういう時こそ人間冷静にならなければならない、と夏子が、エンジンの掛け方も忘れて必死になって鍵をこねくり回している私のその横で沈着さを装い繰り返すが、後部座席の道子はその時既にすっかり取り乱しており、彼女の錯乱《さくらん》は私にも飛び火し、そんな中で泰然自若《たいぜんじじゃく》としていられようわけはなく、本当だったら電車で行った方が断然早いところを、私たちは何故か普段乗り慣れていない義兄の車で出発したのだった。

心配そうに見送る十和田一男の両親に留守を頼んで、我々を乗せた車は発進した。とにかく高速しかないでぇ、と後ろで指示を出す道子に従い高速の入口に向かったまでは良かったが、側道を登り切るとそこは遅々として進まない渋滞のど真ん中。大型トラックが何台も連なってのろのろ道を塞いでいる状態に車内は騒然となった。今更戻ろうにも後ろは既に登ってきた車で閊《つか》えており、絶体絶命の大ピンチとはまさにこのことで、神経が不可抗力にささくれだった。

火事場の馬鹿力とはよく言った。妻と子供の命が掛かっているのだ、普段はおとなしい私もその時ばかりは人が違った。勢いよく窓を開けると、のろのろ徐行しているトラックに向かって、

「緊急車両です、通して下さい。人の命が掛かっているんだ」

と叫んだ。道子もすぐに後ろの窓を開け、ほとんど箱乗り状態になると、

「いそいでるんや、命が掛かってるんや、人の情けや、兄ちゃん通したってや」

と私に増して危ない面差しで叫ぶものだから、トラックの運転手も係わらないほうがよさそうだと判断したのか、すんなり我々に道を譲ってくれた。必死でクラクションを鳴らしつづけ、渋滞している車が道を渋々あければ、その真ん中を我々の車は突っ走った。道子は右や左の窓から交互に顔を出し、避《よ》けた車の運転手に向かって、

「このご恩はわすれまへんでぇ」

と声を嗄《か》らしつづけ、そのかいあってか私たち三人の乗った車は渋滞する首都高速をまるでパトカーのごとく病院へと向かうことができたのだった。

道すがら私の頭の中には、普段の夏音の笑顔ばかりが浮き上がって、アクセルを踏み込む度に思わず泣きだしそうになった。それも目頭が熱くなる悲しみではなしに、背骨の髄《ずい》から湧き上がってくる感情を一切制御できない苛立ちであった。

そんなわけで、病院に着いた時には三人ともへろへろ、もう泣き叫ぶこともわめき散らすこともできなかった。道子に至っては、声がかすれて思うように発声さえできない有り様で、受付で口許だけをぱくぱくと必死に動かすものだから、咽喉《いんこう》科は別館になりますが、と冷たく指で示されてしまい、それをまた道子が怖い形相で、こんな時にあんた何冗談言うてはりますねん、と隙間風のような大阪弁で怒鳴り返す始末だった。

私たちは無言で産婦人科のある病棟へと走った。すれ違い様に、走ってはいけません、と何度も注意をされたが歩くわけにはいかない。電話を受けてから一時間ほどの時間が経っている。もしかしたら既に夏音が死んでしまっているかもしれないのだ。そう思うと、筋肉のそこかしこで痙攣《けいれん》が起こり、嗚咽《おえつ》を堪えなければならなかった。

産婦人科病棟に私たち三人が飛び込むと、驚いたことに出迎えたのは看護婦たちの笑顔であった。豊満な体躯《たいく》の看護婦長が、満面に笑みを浮かべ、おめでとうございます、と緊張感の全く欠けたことを言うので、私たちは立ち尽くし目を丸くするしかなかった。

「生まれましたよ、男の子です」

看護婦長が私の腕を摑んで引っ張った。呆然と付いて行けば、新生児室の、幾つも並んだ保育器の一番奥に特大の保育器があり、そこに小さな、まるで生まれたての子猫のような赤ん坊が転がっていたのである。中の看護婦が私に気がつくや、それをよく見える場所まで移動させてくれた。

「ほら、可愛いお坊ちゃんでしょう」

看護婦長が赤ん坊に向かって手を振るので、その時やっと私は事態を飲み込むことができた。これが自分の子供か、私はさっきまでの緊張がどこかへ吹っ飛び、脱力する中、同時に新たな光に包まれて息子とはじめて対面したのである。

私たちの息子は新生児室にいる他の赤ん坊とは比べ物にならないほどに小さかった。栄養が足りなかったためか、急性妊娠中毒症のせいか、或いは早産だったためか、肉付きが悪く、骨ばかりが目立って皮膚は弛《たる》み、萎《しな》びた子猫のようだった。しかしその子は生命力に溢《あふ》れ、足を精一杯にばたばたと動かしては、小さな命をアピールしていた。

道子は、生まれたんかいな。ああ、見てみい、可愛い男の子や、と一転笑顔で騒ぎだしたが、私は暫く言葉が思うように喉元をついて出ず、頭の中は白い靄《もや》の中にあった。

夏子が硝子《ガラス》窓に手をついて、小さいけど元気な子供だわ、と呟いた。看護婦長はこくりと頷くと、私たちに向かって、

「千九百グラムですから、未熟児ではありますが、でもほら見て、元気でしょ。こんなに元気な赤ちゃんは久しぶりですよ」

と告げた。

赤ん坊は足を何度も蹴り上げていた。その元気さは新生児室内でも際立っていた。

子供の命のことなどすっかり忘れていたのだ。なんとか夏音だけは、と願っていたので、予想外の贈り物を手渡された驚きがあった。私はその瞬間、この赤ん坊に元気《げんき》という名前をつけようと思いついた。未熟児でも元気なら構わない。びりからのスタートだが、元気なら構わない。私はそう自分自身に言い聞かせたのだった。元気、栗原元気。未熟児の元気。おおきくなぁれ。

「りっぱなもんです」

別の看護婦が後ろから呟くように告げると、覗いていた私の中で、やっと緊張が癒《いや》され、血が再び体内をゆったりと流れはじめるのが分かった。

「写真を撮らなあかんで。生まれたてを記録するのは夫の役目や」

道子が痛々しくかすれた声で言うと、夏子が鞄の中から、こんなこともあろうかとビデオだけは持ってきたのよ、と取り出した。さすが夏子やな。道子の顔にはいつしか微笑《ほほえ》みも戻って、余裕さえ感じられた。私はビデオカメラを受け取ると、保育器の中で足蹴りしている自分の息子を撮影した。フレームの中からはみ出すほどの元気さである。

「大丈夫かいな、大造はん、日付間違えてないやろな。おたく、そそっかしいからちゃんと確認せなあかんで」

笑い声が新生児室前の廊下に響き渡り、集まってきた看護婦たちの、可愛い、という言葉が湧いた。その時私たちは束の間の歓《よろこ》びに浸っていたのだが、ふと夏子が告げた、「ところで夏音はどうしてるのかしら」

の一言が私たちを再び、緊張のどん底へと引きずり下ろすことになるのである。

「えーと、今まだ手術の真っ最中で、あれ、それにしても長いわね、もう二時間だものね、ちょっと待ってて下さいね。手術室の方に問い合わせてみますから」

婦長は、喜びで顔が綻《ほころ》んだまま立ち尽くす私たちをそこに置き去りにしてナースセンターに一旦引き下がると、手術室へと連絡を取った。

すっかり夏音のことを等閑《なおざり》にしていたことに、私たちは青ざめ、次に言い渡される審判をびくびくしながら待つしかなかった。

婦長は戻ってくると、芳《かんば》しくない、とでも言いたげな暗い表情で小さく首を左右に振ってみせた。

「まだ手術はつづいているそうです。もう少しかかりそうですから、下の待機室の方で待たれては如何《いかが》でしょう」

婦長に案内されて、今度は急転直下、手術棟へと向かったが、そこは産婦人科病棟のような明るさなど微塵《みじん》もなく、暗く静かで、誰も歩いておらず、ひんやりした空気が満ちており、大勢の命がここで失われたのかと思えば、私たちはふいに重々しくなってしまうのだった。

もう少し、と言った婦長の言葉を軽く裏切るように手術はいつまでも終わらなかった。大丈夫やろか、道子はぽつんとそう呟いたが、朝の大立ち回りの疲れが出たのか、待合室のソファに後頭部をもたせ掛けてまどろんだ。未熟児とはいえ、なんとか子供が無事生まれたことに感謝しながらも、夏音の手術にやきもきし呼吸が閊《つか》えた。ふいに医者が言った、万が一の場合どちらを取られますか、という言葉が脳裏を過《よぎ》り、疲弊しきった気持ちが痛々しく覚醒しては、待合室の薄暗いソファの上で震え上がるのだった。

時計を気にしながら、私たちはため息を漏らしつづけた。廊下をストレッチャーに寝かされた血まみれの急患が過っていった。苦しさに身を悶《もだ》えている患者を、大丈夫よ、と励ましながら看護婦たちが両側から必死で介護していた。

寝ぼけた道子が突然飛び起き、なんてことや、と大声をあげてしまう。夏子が道子を抱きしめ、そうじゃないのよ、あれは夏音ではないわ、と説明をし、道子もやっと現実を取り戻しては汗を拭って再びぐったりと横たわった。事故に遇った青年の家族がまもなくぞくぞくと到着するにつれ、待合室はいっそう重たい雰囲気に包み込まれてしまうのだった。

結局三時間以上の大手術であった。執刀した医者が私たちのところに顔を出し、大変な手術でした、と告げた。道子が混乱して取り乱しているのを夏子が後ろから押さえ込み、代って私が、経過を訊ねた。

「なんとか無事に手術は成功しましたが、隠さずに言えばまだまだ予断を許さない状況でして、そのまま隣にある集中治療室に移動することになりました」

一応成功したという言葉に安堵《あんど》したものの、集中治療室という新たな不安の響きに、私たちの暗さは払拭されることなくいっそう困惑は募るばかりだった。

「もう少ししたら集中治療室へとご案内しますので、暫くこちらでお待ちください」

医者はそう告げると、静かにそこを離れた。こういう時、人間はきちんとお礼を言えないものなのだ。夏子が立ちすくむ私と道子に代って、頭を深々と下げているのが印象的だった。

暫くして、看護婦がストレッチャーを押しながら手術室から出てきた。私はぼんやりそれを見ていたが、ふとその台の上に乗っているものが夏音の胎盤のような気がしたのだ。次の瞬間には自分でも驚くべきことだが、もしそれが今手術をした栗原夏音の胎盤なら是非見せてほしい、と申し出ていた。自失しているかと思えば、作家根性だけは失っていないのが不思議である。看護婦はそんなことを言う人ははじめてです、と少し躊躇《ためら》ったが、私の熱意にこっそりと見せてくれた。夏子と道子にも勧めたが、二人は顔をしかめてそれを拒絶した。なんでこんなものを見たいのですか、と看護婦が笑ったが、私にはそれが息子と母体とを繋いできた尊い母子の絆《きずな》のような気がしてならなかったのだ。今すぐに会うことの出来ない夏音の代理として、彼女の切り捨てられた肉体の一部に礼も言いたかった。

胎盤は、大きなレバーのような赤い塊だった。それがストレッチャーの真ん中で、まるで赤ん坊の身代りのようにうずくまっていた。

私はこれをどうするのか、と訊ねたが、看護婦は、焼却になります、と答えた。ほしいのだけど、と真剣な顔で申し出ると、本気にされず笑われてしまった。もしも貰《もら》えたら、私はそれを記念に冷凍室に保存しておくつもりだった。仕方がないので私はそれをビデオカメラにこっそり収めた。

夏音との面会が許されたのはそれからさらに三時間後のことである。絶対安静ですから、とにかく大きな声を出したり、無闇《むやみ》やたらと患者の神経を刺激するようなことは言わないでください、と看護婦に念を押されて集中治療室へと入った。重々しい扉によって無菌室は外と中とに遮断されており、そこはまさに生と死の境界線のような場所であった。私たちは消毒されたマスクと帽子、それに予防衣を纏《まと》い、手を殺菌スプレーで洗ってから通された。看護婦に案内されて、夏音が横たわる集中治療室へと更に進んだ。

体が再び硬直した。夏音は薄暗い部屋のベッド上で全身に管を刺されて横たわっていた。ベッドの後ろには生命維持装置が犇《ひし》めいていて、まるでそれらの機械がなければ生きていけない状況のような酷《むご》さである。夏音の目だけが朧《おぼろげ》気にうっすらと開いてはいたが朦朧《もうろう》としており、手術の困難さを伝えた。

道子が、えらいこっちゃ、と声をあげた。看護婦が、お母さん患者さんを刺激してはいけませんよ、と注意を促した。夏子が夏音のすぐ横に行き、真先にその髪の毛を梳《と》かした。がんばったな、と呟く姉の一言でまた道子が、えらいこっちゃがな、と今度は啜《すす》り泣きだしてしまった。看護婦が、道子の背中に手をあて、手術が終わったばかりですから、患者を刺激しないで下さい、容態が悪化しますよ、と再度宥《なだ》めれば、道子は涙を溜めながらも、首を左右に何度も振り、分かりました、としおらしく小声で詫《わ》びた。私はと言えば、ただ目の前の現実を受け止めるのが精一杯で、入口に立ち尽くしたまま、どうしていいのか分からず金縛りにあって動けなかった。

夏音が私に向かってか細い声で告げる。

「赤ちゃんは元気?」

夏音の声を聞いたことで私は膠着《こうちゃく》した気持ちが緩み、ため息を洩らしてから、やっと数歩夏音に近寄ることができた。

「ああ、足を精一杯に蹴ってね、新生児室の中では一番元気だったよ。……それで、元気という名前にしたいんだが、君はどう思う?」

「元気?」

夏音の目元は微笑んだ。

「いいわね、元気ってぴったりだわ」

そう告げると少し疲れたのか目を閉じた。そして口の中で、栗原元気、と息子の名前を数度呟いた。

「大造君、そのビデオカメラで私を撮って」

鼻の穴に管がささったままの痛々しい姿で夏音はそう告げた。管は腹部からも上腕部からも出ていた。声は弱々しく、聞き取りづらかったが、ただ言葉の一つ一つに力強い意思が宿っているのが伝わった。それこそ子供を産み終えた母親としての自覚に違いなかった。

私は付添い看護婦の許可を得てから彼女の脇まで恐る恐る進むと、カメラを担いでフレームを覗き、録画のボタンを押した。そして夏音は私たちが見守る中、ビデオカメラに向かって語りかけはじめるのだった。

「元気君、お母さんはね、今集中治療室にいます。大変な手術でした。そうやってね、あなたは世の中に産み出されたのですよ。そのことを絶対に忘れないで下さい。生きるということは尊いことです。だから命を粗末にしないで。これから世の中に出れば、いろんなことが起こるでしょう。でもこの出発に比べたら恐れるものは何もありません。私の姿を見て、勇気を出して下さい。こんなに大変な思いをしてあなたを産んだのだから、元気君はその命を大切にして、名前に負けない元気な人になって下さい」

夏音が疲れたのか目を閉じたので、ビデオを止めようとしたが手が震えて、思うようにスイッチを消すことが出来なかった。一体ビデオを回させて何をするのかと思えば、生まれたばかりの自分の息子にメッセージを送るのだから、彼女の肝《きも》っ玉《たま》というのか母性と呼ぶのか、驚くばかりであった。ついいましがたまで死にかけていた人間とはとても思えない大胆さに私は、自分こそ頑張らなければ、とこっそり言い聞かせるのだった。

面会時間が終わり、退出しなければならなかった。振り返ると窶《やつ》れた夏音が一つの仕事をなし遂げた清々《すがすが》しさでこちらに向かって弱々しく微笑んでいた。頑張れよ、すぐにここから出られるそうだからな、と言い残して集中治療室を出たが、夏音の病状はその後なかなか良い方向へとは向かわなかった。

担当の医者は二日後私を呼びつけ、こう告げたのである。

「手術は成功したのですが、すぐに戻るはずの血圧をはじめ様々な数値が思ったほど下がらないのです。面会を一日五分と限らせて頂きます。出来ればご主人だけが面会するようにして下さい。大勢で押しかけたりすると興奮して血圧などが跳ね上がって危険なんです。いいですね、命にかかわることですからご家族にはご主人からはっきりと言っておいて下さい」

私はそのことを早速、道子たちに告げて、集中治療室から夏音が出るまでの間、面会を自制するようにと告げた。そして自分は病院のすぐそばの小さなカプセルホテルに宿を取り、何があってもすぐに駆けつけられるようにした。

ところが数日後、私が朝起きてホテルから病院へと出掛けてみると、担当の看護婦が駆け寄ってきて、大変なんです、お母様が、と顔色を変えて言うのである。一体何事かと、集中治療室へ急ぐと、賑やかな声が辺り一帯に響きわたっていた。

道子が栗原家全員を集中治療室に招き入れていたのである。ただでさえ狭い部屋が人々で溢れ返って、絶対安静どころではなかった。マスクや予防衣が足りないものだから、非常識にもそのままの恰好《かっこう》で中に入っている者までいた。

村田雄三の子供たちが、夏音の鼻から伸びている管をいじくったり、恐ろしいことにベッドの後ろの装置に触れたりしているのだ。

「何をしてるんですか？」

叫び声をあげると、道子は、いやー、夏音が寂しいやろうと思ってな、と言うのである。夏音も夏音で、退屈だから来てもらったの、そんなにめくじらたてないで、と告げ私はまたまた逆上せずにはおれなかった。

「まだ容態が悪いというのに、こんなことをしてまた悪化したらどうするんだ」

全員を怒鳴りつけたが、栗原朱鷺は、ええやないか、少なくとも私よりは顔色も良さそうや、と笑いだす有り様で、誰一人私の警告を聞き入れようとする者はいなかった。

「でも良かった、元気そうで」

塩野屋啓介が言いながらビデオを回せば、ベッドの上でピースサインを送っている夏音に子供たちが顔を寄せ、私も入れて、と騒ぎだす始末。十和田一男が長男の威厳を見せて、そろそろ帰った方がいいんじゃないかな、もう二十分近く騒いでしまったし、と恐ろしいことを口にすれば、いや、お兄さん、折角ここまで来たんだからあと三十分くらいはいいでしょう、と村田雄三が朝っぱらから酒臭い息を吹き出し告げる。子供たちが一斉に、頑張れ夏音、のシュプレヒコール。力矢は後ろの生命維持装置のつまみをいじくり、スーパーガッツ号に乗っているみたいだ、と声をあげ、姉妹たちが持つ写真のストロボがあちこちで焚《た》かれ、ねぇ綺麗《きれい》に撮ってね、と寂しがり屋の夏音が煽《あお》るものだから、ますます収拾がつかない状態になって、厳粛な集中治療室は一転いつもの宴会の場と化すのであった。

そこへ担当医と看護婦長が駆け込んで来たものだから、さあ大変。君達一体ここで何をしているんだ、絶対安静と入口に書いてあるのが見えないのか、と二人は爆発した。

看護婦長が付添い看護婦に向かって、なんであんたがついていながら注意をしなかったの、と怒鳴ったが、そんな常識が通用する連中ではなかった。

おい、点滴の袋を床に下ろしたのは誰だ、と普段は冷静な担当医の顔が青ざめれば、看護婦長が、あ、血が逆流してます、と叫んだきり、後は叩かれるようにして全員がそこを追い出されてしまった。その後、私がナースセンターに呼び出されて、こっぴどく叱《しか》られたことは言うまでもない。

栗原の本家に戻って全員を集めて文句を言ったが、分かった、分かったて言うてるやんか、とちっとも反省の様子のない道子に、私はほとほと疲れてその日は何も考えることが出来ず、倒れ込むように寝たのである。

息子元気の方は未熟児ながらも順調に保育器の中で成長を続けていた。死にかけた子とは思えない力強い足蹴りを毎日私たちに見せつけてくれた。

夏音が集中治療室から普通病棟へと移ったのは、手術後十日ほどが経ってからだった。一時はこのまま集中治療室から出られないのでは、と諦めかけたこともあり、彼女の回復力に幾分ホッとした。

面会時間はやっと一日三十分という長さが認められたが、あれ以来栗原の一族に対する病院側の対応が激悪化してしまい、金銭的なこともあって大部屋を希望したにもかかわらず、栗原さんには申し訳ありませんが、他の患者さんに迷惑がかかりそうなので個室をお願いしたいのです、とはっきり婦長に言われれば、断ることもできなかった。実際、あの連中のこと、何をしでかすかは誰にも予想がつかないのだから、これは仕方のないことであった。

私だけが一日中夏音に付き添ってもいいという許しが出たのは、手術から既に二週間が経ってからのことだった。そしてこの頃から夏音のわがままが酷くなっていくのである。入院患者がわがままになりやすいというのはよく聞く話だが、これほどまでだとは思わなかった。

面会は午前十時からで、十時を五分でも過ぎようものなら、夏音は不機嫌になり、口を尖らせて、いま何時だと思っているの、愛情が足りないんじゃないの、と文句を言い目に涙を溜めた。

「ごめんごめん、ここのところ仕事をしていなかったからさ、夕べ徹夜だったんだ。でも、ほら、まだ五分しか遅れてないよ」

などと言おうものなら、

「私の五分は、健康なあなたの二時間だと思って頂戴ね。五分遅刻するってことは、手術後の私を雨の数寄屋橋《すきやばし》の路上で二時間待たせたもおなじなんだからね」

である。はぁ、と頭を下げるが、なかなか退院できない苛立ちと重なって私への当て擦《こす》りは強くなるばかりであった。

「だいたい大造君は非情よね。私がこんな苦しい目にあっているのに、よく小説なんか書いていられるわ」

「そんな」

「もしかしたらさ、小説なんか書いてないんじゃないかな。私がいないのをいいことに女の子と遊んでいるんでしょ。昔付き合っていた子とかにこっそり電話してんじゃないの。デートとかしたでしょ。そうか、だから遅刻してくるんだ。鬼のいぬまに、というわけね」

「そんな馬鹿な。よくそんな下らないこと想像できるね」

などと言おうものなら、

「馬鹿なことでそっちは済むでしょうけどね、それくらい私は君を待ち焦《こ》がれているのよ。馬鹿はどっちよ。そっちでしょ。馬鹿、馬鹿、馬鹿」

と泣かれるのであった。

その頃になると夏音の下へ、元気がおっぱいを吸うために一日二度新生児室から連れてこられるようになった。猫の赤ん坊ほどの小さな元気を見つめながら、夏音が涙を溜めて、大きくなろうね、と呟くのを私はまだ青年の感情で見つめていたのだ。

自分が父親になったことを普通の男親はいつのどんな瞬間に自覚するものなのだろうか。私の場合は本当にさまざまなことが降りかかったので、自覚というものは一向起きる気配がなかった。

新道あやね助産婦が夏音の病室を訪ねてきたのはこの頃であった。ドアから顔を覗かせた新道助産婦は笑顔であった。夏音が私に向かって、来てもらったのよ、と言った。新道あやねは息子元気を抱き上げ、よく頑張ったね、と笑顔で言った。新道助産婦はこの病院の看護婦たちとも顔見知りであった。看護婦長とはもともと同じ看護婦仲間だったのだそうで、今度の経緯《いきさつ》には二人とも腕を抱えて、こういうケースに対するなんらかの策を練らないとね、と話し合っていた。

しかしそこへ道子が顔をだしたものだから、さあ大変。道子は新道助産婦の顔を見つけると、これまで我慢してきた鬱憤《うっぷん》を爆発させるような剣幕で、何しに来はったんですか、とやった。お母さん、何失礼なこと言うてんの、と夏音が言えば、いいんです、と新道あやねは優しい笑みを口許にためた。

「娘は死にかけたんですよ。ちょっとでも措置が遅れたら死ぬところやったわけや」

夏音が道子に向かって、そうじゃないでしょ。あれは急性の中毒症だったんだから仕方がなかったのよ、と言うのだった。

「そうですよお母さん、あれは私たちのところにいても同じように大変だったはずです」

婦長が新道助産婦を庇《かば》った。夏音も興奮気味に、

「日本にちゃんとした自宅出産のバックアップ体制がないことが問題で、新道さんのせいではないわ」

と援護した。

「そやったら、体制が整ってからしたらええんや。アクティブバースでしたかね。名前はたいそう立派やけど、それで夏音が死んでいたら、おたくどないするつもりやったんや。あんなに偉そうに講習までしといて」

新道助産婦は口許を引き締め、反論はしなかった。確かに、本当に稀《まれ》ではあったが、夏音のようなケースもあるのだ。その時に命を落とす危険が妊婦にあることは確かで、私も口を挟めなかった。

「お母さん、私ね、次の子はもう一度自宅出産に挑戦したいの」

夏音の一言が病室に新しい波紋を投げかけたのは言うまでもなかった。道子は目を見開いて卒倒しそうな勢いで夏音を振り返っては、なんて言うた、と怒鳴った。

「お医者さんに相談してだけど、お腹を切っているし、それでも自宅で産んでいい、と許可がおりたら、産みたいわ」

新道助産婦が夏音の顔を覗き込んだ。夏音も新道あやねを見返した。

「その時はよろしくお願いします」

新道助産婦は、わかりました、と笑顔で応えた。当然道子は反対した。

「あかん、あかん、あかん。何言うてんねん。死にかけたのに、どこの世界にまた同じ過ちを繰り返す阿呆がおるかいな」

しかし夏音は怯《ひる》まなかった。

「お母さん、興奮しないで聞いて。自宅出産は日本ではまだまだはじまったばかり。いろいろと遅れているのは確かよ。でもね、これは本当に素晴らしいことなの。自分の家で子供を産む。この出産哲学は人間の本質を見つめた素晴らしい行為なのよ。そのためには私のようにそのことに気がついた人間が行動を起こしていくしかないでしょ。問題点はその中で改善されていくしかないのよ。恐れていては前にはすすまない。だからね、私はもう一度挑戦したいの」

道子は、ひたすら反対の意見を繰り広げたが、新道助産婦は帰り際に、夏音の手を握って、ありがとう、と心の籠《こ》もった言葉を投げ返していた。私は道子とは別の意味で、まだこの戦いはしばらく続くのだな、と肝に銘じて新道あやねを見送らなければならなかった。

私は病院にワープロを持ち込み、面会時間が過ぎてもそこに留まって看病をした。小説を書くにはいい環境でもあった。病室の窓からは殺風景な東京の灰色の景色が広がっていた。

夏音は少しずつ少しずつ回復へと向かっていた。私と夏音と元気の三人は皮肉なことに病室で新しい家族生活をスタートさせることとなった。個室ということもあったので、時々こっそり病室に泊まったりした。入院生活の最後の方には元気も保育器から出され、乳児用ベッドに移された。長い時間親子三人ですごすことができるようになった。

そんなある日、戸田不惑と相沢健五の二人が病院に見舞いに駆けつけてくれた。保育器の中にいる元気を見た途端、二人の顔が綻《ほころ》んだ。

「お、いるな」

戸田の最初の一言が、元気の存在を絶妙に言い表している気がした。確かに父親になった私にとってもまだ彼の存在は、いる、という感じだった。毎日看病に来るたび、いるな、と思うのである。

「夏音ちゃん、顔色いいね」

相沢が見舞いの花束を渡すと、回復の兆《きざ》しを見せはじめた夏音が笑顔で喜んだ。

「お母さんになった感想は？」

戸田が息子に自分の指を握らせながら告げた。夏音は、まだ分からない、と私みたいなことをぶっきらぼうに言っていたが、それは嘘であった。夏音は元気が生まれた時よりもまたもや、女の皮を一枚脱ぎ捨て、今度は母親という存在へと変貌しはじめていた。私という存在を通り越して息子へ注がれる視線からは、男には到底理解することのできないどこか危なげな母性光線が迸《ほとばし》っていた。私は、女はもっと変わるよ、と戸田に昔言われたことを思い出していた。

「それでは速水先生はどうですか？」

と相沢が茶化すのを、先生なんて言うな、と私は怒ってから、笑いだす戸田や相沢や夏音の幸福そうな顔を見て、あの数週間前の一大事が嘘のようだと胸をなで下ろすのだった。白いおくるみに包まれて元気はすやすや眠っていた。一体この子はどんな子で、私にこれから何を投げかけてくるのだろう、と考えてはその重荷に憂鬱になりながらも、なぜかまんざら嫌でもないのが、正直嬉しかった。

夏音と元気が退院したのはそれから約一週間後のことである。看護婦さんたちに見送られながら私たちはタクシーに乗った。夏音の体調はベストではなかったが、自宅でゆっくりと療養すれば自然と元へ戻るでしょう、と担当医の許可が下りた。病院での生活にうんざりしていた夏音にとって、息子を抱きしめての退院は、晴れて自由の身となった幸福ではち切れそうだったはずだ。

栗原の家に戻ると、道子をはじめ全成員が玄関に出迎えて、まるで凱旋《がいせん》帰国の英雄のようであった。近所中が何事かと通りに出てくるほどの大騒ぎで、笛や太鼓が鳴れば、爆竹まで破裂する始末で、まだまだ安静が必要な夏音のことを考えれば、この先が思いやられると心労を堪えなければならなかった。

当然、宴会が夜を徹して行われた。大広間では男たちが待ちきれず酒を酌《く》み交わしていたし、力矢に先導された子供たちはいつものノリで走り回り、女たちは忙しそうに料理を運んで、まるで古い日本の家族そのままであった。封建的な風景、と心の中で侮蔑《ぶべつ》しながらも、何故か本気で安心している自分がそこにはいた。

元気を道子が抱えて、その左右に私と夏音が座した。

「えー、今日ほど栗原家にとってめでたい日はあらへん。なんと言うても、この元気君が栗原の本家に足を踏み入れた日やからな。これからはこの子を家族の一員として、どうぞみんな仲良く迎えてやって下さい。この子は将来、この栗原の名を継ぎ、この家を支えていく中心人物になる子なんやから」

道子がそういうと、一斉に拍手が起こった。万歳三唱が唱えられ、あとはいつもと何ら変わらない宴会へとなだれ込んでいったのである。

私はその夜、はじめて親子三人で一つの部屋で寝ることになった。誰が組み立てたのか私たちの部屋には既にベビーベッドが用意されていた。階下で続く宴会の騒ぎに耳を傾けながら、私たちはベビーベッドの中で眠る息子の顔をじっと眺めた。

窓から差し込む月の光に照らされて、元気は艶《つや》やかな表情を浮かべて眠っていた。世界がまだどんな形をしていて、どんな状態なのかを何も知らない穏やかな面差しである。彼がこれから次々に抱えていかなければならない人生の問題のことを考えると他人事《ひとごと》のように、大変だな、と思ってしまうが、人間は大変を沢山抱えてこそ実は楽しいということも言えるのだ、と自分自身に言い聞かせ、そう思えば自然に、生きるということの楽しさを早くこの子に教えてやりたいなどという既に親馬鹿な感情までもが芽生えてきて、そんな自分に驚いた。

「ねぇ、今何を考えていたの？」

夏音が、にこにこ微笑んでいた私に向かってそう告げた。

「何って、これからのこと」

「これからって？」

「これからこいつがどんな大人になるのか楽しみだなって……」

「大造君、すっかりお父さんみたいね」

夏音が久しぶりに心の底から笑みを浮かべているのが分かった。家に戻って安心したのだろう。家というところの意味が私にもその時少し分かったような気がした。確かにカプセルホテルに泊まって病院に通っていた時の私は、ここに、つまりこの栗原の本家に一日も早く夏音と戻りたいと願っていた。かつてはあんなに嫌っていた家だったが、知らない間に私にとってここは戻るべき必然の場所となっていたのだ。

「でも、まだ実感は湧かないよ」

「少しずつ湧くわよ」

「そうかな、そうだといいんだけど」

夏音はくすりと微笑んだ。私たちはベッドに横たわって、寝ている息子の顔を見ながら、その日は静かに眠りに落ちた。病院に呼び出されたのが遠い昔のような、そんな安らかな眠りであった。

家族を維持するとき、かつての日本においてもっとも重要視されてきたことは、家族の勢力構造である。つまり、誰がリーダーシップを取るのか、ということであり、家長という古い考え方などはその最たる例であろう。

私も本来ならば、夏音と元気《げんき》を有するところの家長として、威風堂々《いふうどうどう》と君臨していなければならないのだが、どうも私には家族を統率する勢力も権威もないらしい。

かつての家制度下に認められた強大な権威は、本人の力量のいかんにかかわらず、家長という規範的かつ法的な地位に支えられていた。しかし核家族が一般的になった今、夫婦間の勢力関係にも大きな変化が生まれはじめている。当然新しい家族においては父親と母親の役割にも変化が見られる。遠い昔、家を守って、外回りの仕事を一手に引き受け君臨していた男たちだが、現代、家長と呼ばれて崇《あが》められているものはほとんどいない。むしろ粗大ゴミ的な扱いをされ、無用の長物として家の隅に追いやられ、自分の存在理由に疑問を抱いて苦悩している者が圧倒的に増えているのが事実である。

私は果してこの新しい家族という囲いの中で、無事に家長という役割を担うことができるだろうか。強大化した妻の前で、力強くリーダーシップを発揮することができるだろうか。どこからともなくやってきた息子の前で、父親としての威厳をしめすことができるだろうか。

ボブ・ディランは六〇年代、答えは風の中に舞っている、と歌って当時の若者の熱狂的な支持を得たが、九〇年代を溺《おぼ》れないように必死で泳いでいる私には、そんな無責任な答えをいつまでもぽかんと口を開いて、空を見上げ、ぼんやりと待っているわけにはいかない。

もうすぐ二十一世紀。間違いなく私は新しい世紀の中で自分の王国を維持するよう頑張らなければならないのだから。しかしモラトリアム世代の落とし子である私には、この荒波を泳ぎきる体力も精神力も、そして運も希望も持ち合わせてはいないのである。

第十二節　父親の自覚

朝から仕事も手につかず、私はベビーベッドの中で眠る赤ん坊を見つめていた。目を凝らし、顔を近づけ、それだけでは足らず、匂いまで嗅《か》いだ。私の気配を察知した赤ん坊の頬がひくひく揺れると、私は慌てて離れ、簞笥《たんす》の陰からまたじっと眺めるのだった。

私の遺伝子を受け継いでいるのだ、と思えば思うほどに、私のどの部分を受け継いだかが気になり、私は赤ん坊の顔の部位を一つ一つ確認しては、自分と比べてみたりした。

もしも自分のような不器用な性質を受け継いでいるなら、これから待ち受けているこの子の人生は決して楽ではないはずで、そう思えばうろたえながらも自分が生きてきた三十年ほどの時間の流れを振り返って、何があったかを反芻《はんすう》してみたりした。

同時にもう後戻りができないことを悟るのだった。生涯、この子は私の息子であり、私はこの子の父親なのだ。これほど単純なことが、しかしなんとも重々しい判決のように私の胸中に垂れ籠《こ》めて晴れなかった。

息子は果てし無く小さく脆《もろ》く、ベッドの木枠の中で寝返りさえまだ打てない弱々しさで横たわっていた。時々ふいに泣きだしては、私をおろおろさせるばかりである。

一方、私とは正反対に夏音の方は、一点の疑念も抱かず、すっかり母親という立場を受け入れていた。十月十日お腹に命を抱えてきたわけだから、精子だけを提供した側の性とではそれなりに赤ん坊への認識の仕方も異なって当然なのかもしれない。

赤ん坊を抱き上げることもできず、恐る恐る遠くから見守っている私の背中を、夏音は指先でつついた。

「駄目よ、そんなんじゃ。あなたは父親なんだから、元気君をしっかり抱いてあげなきゃ」

私は懇願する目で夏音を見つめ、首を細かく左右に揺さぶる。

「壊れそうで、怖いよ」

夏音は、はん、と鼻で笑うと、いいから抱いてみなさい、と今度はいきなりおくるみに包まれた赤ん坊をベビーベッドから取り上げ、私に抱かせようとした。私は後ずさりしながら、まだ心の準備が出来てない、と声を荒らげた。そんな臆病《おくびょう》な私に何より夏音は我慢ならないらしい。

「いい加減にしなさいよ。顔つきが強張り、この子が生まれてから、あなたまだ一度も抱いてないんじゃないの」

と責めたてる。確かに私は自分の息子を抱き上げたことがなかった。何とか誤魔化してきたつもりだったが、夏音はちゃんと見ていた。

「どうして抱いてあげないのよ。この子が嫌いなの。違うんでしょ。だったら、抱きなさいよ。自分の子供なんだから、自分の肉体の一部だと思えば怖くないはず」

「いや、そんなふうに頭ごなしに言われると、僕みたいな男は萎縮《いしゅく》するんだよ。いずれ自然に抱き上げることができるようになるはずだから、そう急《せ》かさないで、もう少し勇気が出るまで待ってくれないか」

夏音が本気で怒ったのが分かった。鬼のような顔とはまさにこのような顔のことだ。内側からこみ上げてくる憤怒《ふんぬ》で頬といい目頭といい赤くなっている。キッと私を睨み付けると、容赦なく赤ん坊を私の腕の中に押し込めた。いきなりそんなことをするものだから、赤ん坊が目覚め、ぎこちない抱き方も不満なのだろう、泣きだしてしまった。緊張した二本の腕はますます固くなって、よしよし、とあやしてはみるものの、おさまる気配もない。

「大造君、駄目だってそんなんじゃ。もっと優しく愛情を持って接しなければ。ロボットのような抱き方だから、元気が嫌がっているのよ」

「だから言ったじゃないか。まだ心の準備が出来ていないんだってば。それを君が無理やり抱かせたりするから泣くんだ。ほら」

そう言って赤ん坊を夏音に戻そうとするが、彼女は受け取ろうとしない。必死で伸ばした私の枯れ枝のような二本の腕の先で、息子は行き場を失い、窮屈そうに反《そ》り返っては大声で泣きだす始末。

「父親としてはずかしくないの？」

夏音の言うことはもっともだった。自分の子供も満足に抱き上げてやれないのだから、失格である。しかし拒絶しているわけではない。まだ準備が出来ていないだけなのだ。強引に父親の自覚を絞り出すことも一つの方法かもしれないが、私は自然に子供を受け入れる精神的な環境を整備したかった。女性が十月十日お腹の中で交信してきた子供との対話の歴史を、男親は子供の誕生から性急にスタートさせなければならないのである。

母親に負けないほど愛情味を迸《ほとばし》らせて、最初から接することができる男もいるだろうが、私にはそんな感覚は理解できなかった。認識としては父親の立場を受け入れつつも、肉体の隅々ではまだ不安が宿ったままだ。それらを全て払拭する瞬間が必ず現れるはずで、私は強制ではなく自然と掴みたかった。

夏音は泣きじゃくる子供を奪うと私に背中を向けて、さあ、泣かないでね、とあやしはじめた。不思議なことに、夏音が赤ん坊を抱くと、また元のようにおとなしく泣き止むのである。それを見ればますます私は父親の道のりが困難で険しく果てし無いことを悟った。夏音の域まで辿《たど》り着くのに、自分がどれほど時間が掛かるか想像してはため息を洩《も》らした。永遠に父親の自覚を持つことが出来ないのでは、と考え青ざめながら。

我が父平弘明と母則子も、元気が生まれてから既に二度ほど孫の顔を見るために上京していた。

二人は孫を交互に抱きながら、喜びを素直に顔に出して憚《はばか》らなかった。特に母則子の喜びは、まるで自分が子供を産んだようなはしゃぎようで、普段はおとなしい母にとって、孫という存在の大きさを痛感せざるを得なかった。

父弘明が私を、男同士の話をしようじゃないかと外に連れだした時、私は何か彼が察しているのではないかと身構えた。或いは私のいないところで夏音が、父親の自覚について告げ口したのかもしれなかった。

私にとって父という存在は一体いかほどのものだろう。こうして父と暮れなずむ吉祥寺の街を歩いていると、不思議な感じに包まれる。私が彼に抱いているイメージは決して偉大なものではない。息子は父を見て生きるというが、私は凡人の父に反発をどこかで抱きながらずっと生きてきた。

彼に養って貰いながらも、父という存在から学んだことは、社会と折り合いをつけて生きるごく普通の、言い方を換えればそれほどかっこのいい生き方ではなかった。ただし、人生とはかっこの悪いものほどリアリティがあり、説得力がある。

彼の会社員として全うしようとしている一つの人生から、私や母を背後から地味に支えてきた一人の男の歴史の強さをかいま見ることができた。

そのじりじりと背後で私たちを支える父性の逞しさを感じながらも、しかし息子というものは、父に多くのことを要求するものである。父親を尊敬したいという衝動は、子供には、特に息子には強いのではないか。私はずっと父に何かを期待して生きてきた。だからこそ、外に対して誇れるものがないと分かった時の落胆は大きかった。

私がまだ小学生ほどの頃のことである。父は堅物《かたぶつ》のサラリーマンであった。高度経済成長の直中《ただなか》、ひたはしる日本丸を支えた乗組員の一人だった。働け働け、の掛け声の下、青春を全て仕事に注ぎ込んだ、他に取り柄のまるでない、仕事の虫だった。働いている父の記憶しか私にはない。日曜日は疲れ果ててテレビの前に無様に寝ころび、月曜日にはその浮腫《むく》んだ肉体に鞭打《むちう》つようにして出掛けていく父の背中は、私にはただ虚しく不格好に映った。

ある時、家では無口で威厳を作っていた父が、たまたま路上で出会った得意先の、自分よりもずっと若い男に頭を下げ、ぺこぺこと応対しているのを私は見てしまった。休日に父と買い物に近所まで出た時のことだった、と記憶している。やり場のない憤怒《ふんぬ》に私が顔を真っ赤にしていたことを父は知らない。その時父親の背中は蕾《つぼみ》のように小さく、脆弱《ぜいじゃく》に俯《うつむ》き情けなかった。普段見たこともない媚《こ》びた横顔には、既に私の存在すら映っていないようで、威厳を見せつけることができない父に対して私はただ軽蔑の眼差しを向けるしかなかったのだ。

男が去った後、

「どうした。どこか具合でも悪いのかい」

と父が私の頭を掌で優しく摩《さす》ったのを、私は汚いものに触れられたように振り払ってしまった。しかし父には、私の気持ちなど分かるはずもない。私の手を掴むと、父は何事もなかったかのような顔で歩きだしてしまった。

私が自分の息子との距離を測りかねている一つの理由に、子供の頃のあの苦々しい経験が隠れているのだった。

父弘明とこうして二人で並んで歩くのは久しぶりのことだった。ひょっとすると、あの小学生の時以降、私は父とこうして二人きりでどこかへ向かって歩くということをしなかったのではないかと思い返した。実際には、並んで歩いたことくらいあるはずだったが、記憶に残っていないのだ。

自分の息子もいつか私のことを、かつての私が父に対して持っていたような失望まじりの視線で眺めてきたりするのだろうか。希薄な、頼り無い関係にはなりたくない。尊敬され、愛されたいのだ。

その不安を父に悟られまいと私は無理して胸を張って歩いたが、やはり父は感じ取っているらしく、ちらちらと私の顔を覗き込んでは何か言いたげな表情を浮かべた。

吉祥寺駅前は人々で賑わっていた。ロータリーには大型バスが居並び、歩道には家路を急ぐ行列が連なっていた。その人いきれの中を仕事帰りの会社員たちが酒場へ繰り出そうと前傾姿勢で横断する。更には塾へ向かう少年たちや、髪の毛を金色に脱色した若者の一群が合流し、あちこちから騒がしい笑い声が響いてきた。

サンロードの入口周辺には風俗店の看板を抱えた男たちが人の流れをせき止めるように立ち尽くし、街全体がまるでデモ行進をしているような印象であった。気後れしていると、後ろから小突かれそうな勢いのある流れだった。

父は、ああいう場所へ行くことはあるのか、と突然一つのプラカードを指して言った。人々の頭の上で揺れるその看板には、ファッションヘルスと生々しくペンキで書かれていた。

何を言いだすのかと、呆れていると、

「お前は馬鹿正直すぎる。だから息苦しいのだよ」

と父親が侮辱的な口ぶりで言い放った。ふん、と私はそれを鼻で笑い、心の中で、自分こそ、と呟いた。

「俺なんか、母さんには内緒だが、あの道の達人なんだ」

今度はそんなことを言いだす始末で、私は一層呆れ果てて、馬鹿言うなよ、と吐き捨てた。父親は、それには答えず、行くか、とまるで自分に言い聞かせるように呟いた。

歩きだした父親の背中はやや丸みを帯びていたが、昔日のあの惨《みじ》めな父の背部とは少し違って見えた。人込みの中に紛れた素早い背中を見失いそうになったので、私は慌てて小走りで追いかけた。

九州から出てきた父だったが、風俗店が立ち並ぶ一角へと迷わず足を向けたので、私はふいに怖くなった。あの堅物の父が風俗の達人であるはずがない、と言い聞かせれば言い聞かせるほどに、何か私がずっと父に騙《だま》されていたような気がしてきた。

北口の歓楽街に入り、幾つかの小路を曲がると、ピンク色のネオンが瞬く一角に出た。ピンクサロンとかヘルスという文字が行く手に物悲しくも妖《あや》しく広がった。こういう場所があることを知ってはいたが、自然と避けて生きてきた。街の女性に興味がないと言うのではなく、自分には必要のないものだと思っていたからだ。夏音に対して起こる欲望とは別の、激しい性的な欲求が時々弾けそうになる瞬間もあるが、それは本当に刹那《せつな》的なもので、わざわざ見知らぬ女性たちの介護を求めるほどではなかった。

「お前は、こういう世界を汚いと思っているんだろうな」

父は低い声でそう告げる。私は父平弘明の顔を見たが、ネオンの妖しい明かりに包まれて、なぜか口許が不敵な笑みを浮かべているような錯覚が起きた。ポケットに手を入れて、肩で風を切る歩き方は、勢いを得た、風に乗る凧《たこ》のように堂々としたものだった。

小路に佇《たたず》む呼び込みの男たちも、父に対してどこか熟練の客へ声を掛けるような慎重さを窺わせた。

「いい子がいますよ」

若い呼び込みの丁寧な投げかけに、父は笑みを浮かべ、相手の顔をじっと見据えると、ポケットから千円札を取り出し男の手にねじ込んだ。

「こいつに可愛い子を紹介してやってくれんか」

呼び込みは、喜んで、と微笑むと私たちの背中を押した。達人と告げた父の言葉が突然真実味を帯びて蘇った。突然、何の予告も無しに、私の前にかつて想像もしたことがないもう一つの顔をさらけ出した父親が屹立《きつりつ》したのだった。私はひたすら狼狽《ろうばい》するしかなかった。

しかし私の驚きはその程度では収まらなかったのだ。私たちは狭い階段を登り切ったところの、薄暗い通路なのか待合室なのか分からない場所で待たされた。呼び込みの男が何枚かのポラロイド写真を持ってきて、それを父に渡した。父はほとんど感覚的と言うほどの俊敏さで、中から二枚を取り出した。

「こっちの細い子をこいつに。それから私はこの金髪のお姉さんがいいな」

そう告げたのである。私はのけ反《ぞ》り、かろうじて父親の顔をしっかりと見つめることができた。父は私を見ようとはしなかった。ポケットから煙草を取り出すと、それをくわえ、火をつけた。実に旨《うま》そうにゆっくりと燻《くゆ》らすのである。その横顔はかつて一度も見たことのない男の顔であった。顎を引き、視線は足元へまっすぐに注いでいた。体は映画俳優のようにやや傾斜し、煙草は人差し指と中指の間にきちんと挟まり、静かな煙を夜霧に霞《かす》む波止場のような薄暗い室内に漂わせていた。

「こんなところに出入りをするからといって、母さんを愛せなくなったわけではない。むしろ母さんと離婚もせず、四十年も連れ添うことができたのには若い娘《こ》たちから学んだことが役立っている。人間なんて、本音と建前とが微妙に鬩《せめ》ぎあっているからこそうまくやれるんだ。お前は、いつも生真面目すぎて、見ていて苦しいだろうな、と思うよ」

煙を吐き出した父は、また元の私のよく知る優しいがどこか頑固な父に戻っていた。

「父さんは、よくこういう場所を利用するんだ」

恐る恐る今更野暮《やぼ》なことを聞くと、父は、ああ、と笑った。口許からゆるりと流れ出た煙がまるで生真面目な父の霊魂のような気がして、唾液が喉元で引っ掛かって中々胃に落ちてはいかなかった。

「お前はまさか、はじめてではないだろうな。ならば、後悔だけはするな」

私は思わず、ああ、と頷いていた。父親のペースに翻弄《ほんろう》されてはならないと観念したのだった。なるようにしかならない、と思えば少しだけ自分を、そして父を許せた。

二人のきらびやかな女性たちが現れて、私たちをそれぞれのボックスへと案内した。父はすぐ斜め隣のボックスに入り、着席するなりこちらを振り返り、頑張れ、と声をかけた。その声に私が赤面すると、私をエスコートした女性がくすくすと笑いだした。

「あなたたちって本物の親子みたいね」

と女性の赤い口許が告げた。

それから先のことは何がなんだか全く分からない。女性のいうなりだった。隣に父がいるということも手伝って、興奮どころの騒ぎではなく、こんなことがあっていいものか、とただただ戦《おのの》き心臓が破れそうになるのだった。股間にうずくまる女がいったい何をしているのか想像してはならないと考え、その恐ろしさで何度も目を瞑《つむ》りかけた。女は、本番以外なら何をしてもいいのよ、と甘い声を発した。何をって、何をでしょうか、とわけのわからないことを言っている自分に悲しくなった。不意に父のことが気になった。視線をそちらへと向けるとそこに父の頭があった。やはり同じように女は父の股間にうずくまっている様子。ということは、と私は自分の股間を見下ろした。女はズボンのチャックを下ろし、その中のものへ熱い吐息を吹き掛けていたのだ。ああ、と叫びそうになった。そんな風にされていることに驚いただけではない。同じことを今父が目の前でしているということに驚いたのだ。父の頭が微細に揺れていた。それはまるで昔生家の側で子供の頃に見た、不二家のペコちゃん人形の頭が風に静かに揺れているような、気楽な眺めでもあった。顔の表情まではわからなかったが、彼が興奮しているのが分かった。そして父も男だったのだ、と不意に納得してしまうのだった。

店を出ると、父平弘明は私の肩を小突き、内緒だよ、と風音のように囁いた。ネオンがぶら下がる小路を行く父の背中は、かつて見たどの父の背中とも違っていた。決して大きくはなかったが、別の輪郭を持っていて、それが私を不思議と楽にさせるのである。

私は父を真似てポケットに手を入れてみた。自然と自分が既に一端《いっぱし》の人間になったような感じを覚えた。父親になれそうだ、と確信したわけではないが、初めて入った風俗店の、女性の優しいリードも手伝って、何かその手掛かりのようなものを感じ取ることができた、気がした。

私たちは駅前の居酒屋で安酒を嘗《な》めた。父弘明と二人だけで酒を酌《く》み交わすのは珍しいことだった。こうして古い親子がまた新しく向かい合うことができたことの背後には、やはり元気の誕生が光を投げかけているに間違いなかった。

「唐突で驚いただろうが、さっきのことは深く悩むな」

父はそう告げた。私は返事の代わりにビールを一気に飲み干した。

「なんか俺を慰めようとしているみたいだけど、それなら父さんお門違《かどちが》いというものだよ」

私が冷たく突き放すと、父は、確かに、と頷いた。

「何も私はお前を宥《なだ》めたり、あやしたり、慰めたりするつもりであんな素敵な場所へ招待したのではない」

私は父の素顔を知った今、何か胸の内側が痒《かゆ》くて仕方なかった。内緒をいきなり共有してしまったことにも、心が順応せずにどう対応していいのか分からなかった。

「私はお前の父親をだてに長いこと務めてきたわけではない」

私は頷くしかない。

「いいか大造。人の親になることをお前がうまく受け止めることができるかどうか私は心配だったのだ。母さんもそのことは心配していた。お前は小さい頃からデリケートだったからな。デリケートという響きは都合のいい響きだが、世の中では通用しない場合もある。特にお前は今まで一度も経験したことがない大家族の一員として生きているわけだ。名字も変わり、いろいろと大きな変化の中で今度は息子が出来た。それをきちんと受け止められる男であって欲しいと、私たちは思うのだよ」

私は頷きながらも、鼻で笑った。

「夏音か道子さんに何か言われたんじゃないの？」

今度は父がかぶりを振る。いいや、誰も何も言わないが、私には分かる。父はそう告げると、ビールを私に負けないほどの勢いで一気に飲み干した。見せつけるような、何かを誇示するような大げさな飲みっぷりだった。

「ただ父親にしか分からないことが世の中にはあるんだよ。普段は何の役にも立たない存在かもしれないが、父親は必要だ。金だけを持って帰って来ると思って貰っては困る。父親とはいるだけでいろいろ役に立つ存在なんだ。お前が私のことを大した父親ではないとずっと思ってきたことも知っている。私はずっと凡人だったし、人生に成功しなかった。ただ嘘だけはつかずに生きてきたことが私の唯一の誇りだが、残念なことにお前はその事には気がついてくれなかったようだ」

父は、カウンターの上のただ一点を静かに見ていた。決して私の方を向かず、感情を押し殺すように語った。

「私にとってお前はただ一人の息子にかわりがない。母親ほどの愛情を私はお前に対して持つことができなかったが、それでも私とお前は親子だ。男の私にしか分からない特別なこともある。例えば、お前が父親になった今の心境は、たぶん母さんや夏音さんにはもう少し理解しにくいことだろう。だが私には少しは分かる。お前は私に似なかったが、それでも親子だ、どこかは似ている箇所もあるんだよ」

そうかな、と私はわざと父の話の腰を折った。父は新しいビールを二つ注文した。

「分かるさ。分かるから言いたいことがあるんだ」

私は、待ってよ、と口を尖らせた。説教なんかこの歳になってされたくないな、と先手を打った。父は、もっともだ、と笑った。

「しかしな、一言だけ言わせてくれよ。すぐに済むことだ」

運ばれてきたビールを私たちは同時に口につけた。二杯目のビールは苦かった。私の方が先に口を離してしまった。父は私がビールを置いた後も、ごくごくと飲み続けた。父が必死に泳いでいた事に気がついた。いつも父は、こうやって世の中を泳いでいたのだ。私はそれを見ていたはずなのに、泳ぐ勇敢な姿だけを見過ごしてきた。

はー、と息を継いで父はグラスを派手に置いた。

「私は、お前の父親で良かったとこの頃思うよ。ただそれだけだ」

なんだそれだけのことか、と私は笑って誤魔化《ごまか》したが、酔いがふいに弛緩《しかん》した体内を駆けめぐった。

それから私たちは話題を変えた。

元気は未熟児ながらも日増しに順調に逞《たくま》しく大きくなっていた。一月、二月と時間が過ぎていくたびに、私の中で父性のかけらとでも言うべき感覚が、僅かだが芽を覗かせはじめていた。

それは父に連れられて行った風俗街でのあの不思議な経験の影響が少しはあるような気がした。あの日を境に何故かほんのちょっと肩の力が抜けたのだ。

赤ん坊を抱きかかえることもかなり不器用だが出来るまでになった。おしめも換えることを覚えた。まだまだ夏音は合格点をくれなかったが、私は私なりに少しずつ父親の自覚を手に入れる努力を開始したのだ。

ある日、私は息子を抱きかかえて散歩に出掛けた。

私たちは一体になって、井の頭公園を歩いた。赤ん坊に公園の木々が見えているのかどうかは疑わしかったが、息子はじっと木々の上方を静かに見据えた。私は池の辺《ほとり》に立ち、今では随分と滑らかになった二本の腕で彼を支え、落ちないように細心の注意を払うのだった。

光が池のおもてで跳ねた。赤ん坊は視線をきょろきょろ動かしながらも、微笑んだ。何の打算もない無垢《むく》な笑みである。私はその時、不思議な感情が自分の中で動きだしていることを察知した。

「綺麗《きれい》だね。きらきら光って、綺麗だね。ほら、きらきら光が跳ねて綺麗だろ」

赤ん坊に向かって必死で話しかけている自分に驚いた。それが俗に言う赤ちゃん言葉というものかどうかは定かではなかったが、声のトーンを変えて、優しく語りかけている自分に同時に赤面した。しかし誰も周りにはいなかった。私は一層声を柔和にして息子に語りかけるのだった。

父性のかけらというものは、おかしなもので、それは私の体内に宿った風邪《かぜ》の菌のようなものだった。私は熱病に罹《かか》ったような腫《は》れぼったい顔をして毎日を過ごした。最初は確かになじめず、少し肉体と折り合いがつかないような状態がつづいたが、次第にその不思議な感情にも慣れていった。

ある時、私は出版社に出掛けた帰り、吉祥寺の駅を降りたところで空腹感に攻めたてられた。仕方なく滅多に入らないハンバーガー屋に立ち寄り、ハンバーガーとコーラを注文した。それを両手に持って、公園の真ん中を横切る道を、家までまるで学生のように食べ歩きした。満月が行く手の上空にぽつんとあった。少し沁《し》みる夜の風が私の肉体を攫《さら》っていく。ふいにまたあの感情が現れた。それがいつもだったらすぐに特定の場所へと落ちつくのに、その夜はまるで空にぶら下がる満月のように私の胸の奥で膨らんではふらふらと揺れるのだ。

ああ、と私は息を飲んだ。公園口の辺りで立ち止まり、齧《かじ》りかけのハンバーガーと飲みかけのコーラを握りしめたまま、自分がもう人の親なのだと実感した。

昔はこんな風に、誰もがやるように食べ歩きをしたが、これからは違った。もうこういうことから卒業しなければならない、と悟ったのだ。私はいつまでも子供ではいられない。今度は、自分の息子が私に代わって仲間たちとこんな風に食べ歩きをする番なのだから。私はその席を夏音のように心から我が息子に譲る必要があった。それが私の役目でもあった。

心の中を吹き抜ける風が、小さかった頃の自分を思い出させた。少年の私は、いつも風や太陽や水を喜んだ。水面に映る世界を愛した。揺れる木々の偉大な教訓に耳を傾けた。生きていることに感動をつづけた少年期。それを今度は息子に譲らなければならないのである。

持っていたハンバーガーを急いでたいらげた。コーラを飲み干し、紙コップを近くのごみ箱の中へきちんと捨てた。口許についたケチャップを手の甲で拭い、それから襟《えり》を正すと、表情をきりっと整え、まっすぐ家へと向かった。満月だけが、私のこの感情の変化に気がついているようだった。歩きながら、父親になったのです、と天に声を向けた。

赤ん坊の誕生は、栗原家に客を呼び、広間からは笑いが絶えなかった。

私と夏音は当然のこととして毎日育児に追われた。私の仕事机のすぐ隣にベビーベッドがあった。寝つきの悪い息子が毎晩大泣きをするものだから、ほとんど仕事が手につかなかった。夏音と交代で息子を寝かしつけるのが精一杯であった。

ある晩、赤ん坊がやっと眠った後、夏音がひそひそ声で私にこう言った。

「大造君、少しは父親らしくなったみたいね」

私は、少しどころか随分と父親らしくなったよ、とやはりひそひそと返した。私たちは赤ん坊の寝顔を見ながら、相当疲れ切っているのに、高揚感のような燻《くすぶ》る熱に包み込まれていた。

「無理やり父親にさせられたような感じだけどね」

私が告げると、夏音が唇を尖らせる。

「無理やりだなんて人聞きの悪い。そんな言い方は変だわ。あなたは父親なんだから、半分は責任があるのよ。本来なら自分から進んで父親にならなければいけないものを、私が手を差し延べてあげたからここまで父親らしくなれたんじゃない。少しは有り難く思いなさい」

そう言いながらも、夏音は微笑んだ。小さいがそこに家族があると思った。私の父も、私が生まれた時にこんな時期があったのだろうか。私の父と母が、生まれたばかりの私を見下ろし、未来のことを語り合った時のことを想像してみた。夫婦の中に流れている時間がどんなものだったのか、私はこれから身をもって経験していくのだな、と実感した。

新たな素顔を私にだけ見せた父弘明の何かもう一つの生き方を私は決して批判したくはなかった。生真面目で頑固というイメージの裏側に、しっかりと自分の精神のバランスを取って生きていた父の強《したた》かな処世術のようなものをかいま見ることができて、私も少し肩の力を抜かなければと自分に言い聞かせたのである。

夏音が、寝よう、と私の腕を引っ張ったが、私は、仕事をしなけりゃ、とその誘惑を断った。

「仕事？　いつ寝る気？」

私は微笑んだ。

「あのね、ミルク代を稼ぐためだけに、これからは小説を書くことにしたんだ」

夏音が微笑み返した。

「かっこいいじゃない」

「息子を筆一本の力で養うことができたら少しは小説家らしくなれるんじゃないか、と思って」

「文学の理想は一旦捨てるわけね」

「いいや、そうじゃない。理想ばかり高く掲げてミルク代も稼げないようじゃ、駄目だってことに気がついたんだ。理想を捨てることはないさ。理想は大事だ。でも、原稿料を少しでもあげて貰えるようないい小説をうんと書くつもりだ」

夏音は安心したような顔で頷いた。私たちに理想は必要だった。理想のない生活は、美味《おい》しい味を知らずに生きる不幸に似ている。

息子を育てるためにも、もっと真剣に小説に向かわなければ、と私は夏音と息子の寝顔に向かって、こっそりと誓った。

家族生活はそれぞれの成員が互いに一つの家族であるという観念や感情によって強く結ばれ、また生活事情に応じた生活目標を共有し、その目標の達成のために相互の役割を分担し継続的に協力するが、各種の内的外的な要因によってこれらの目標遂行が妨げられた場合、家族機能に障害が生じ、家族としての統合を維持するのが困難になることがある。これを家族解体と呼んでいる。

家族解体をもたらす外的な要因としては、災害、不況などによる失業がある。また内的な要因としては、家族成員の病気や死による身体的精神的な障害をはじめ、犯罪、不貞、暴力、などあげれば枚挙に暇《いとま》がない。

現象としては、夫婦間では死別、別居、離婚、蒸発などであり、また親子間では、家族関係に由来する子供の家出、自殺、さらに親子心中などがある。

これらの事態を招くまでに、さまざまな『家族ストレス』が続くのが普通である。また解体にいたらないまでも、慢性的な不和がなかば恒常的に継続して、事実上、家族解体に近い関係もありうる。

栗原家を覗かないまでも、ここで必ず議論の場に浮上してくるのが二つの問題点である。一つは家族機能の減少であり、もう一方は機能遂行の困難だ。

ある学者はこう述べている。

昔の家族は数多くの機能を有していたが、近代化都市化に伴って、家族機能の多くが家族外の機能集団に委譲され、家族機能は大幅に減少した。一つの例として教育を挙げることが出来る。今日では教育に関しては家族外の機関である学校や塾に大きく依存している。また機能遂行の困難については、核家族は大人の成員の数が少ないために、昔の家族に比べて機能遂行に限界が生じた、と……。

しかし家族機能の減少については、別の学者が全く別の見方をしていて興味深い。それは今の家族は昔とは比べ物にならないほど多くの機能を持つとする見方で、例えば教育機能は学校や塾に委譲されたとはいえ、進学の準備、学校の選択、進路の決定などは大きく家族の手に委《ゆだ》ねられている。これらの機能は昔の家族にはなかったことであり、その意味では家族機能は増加したとも言えるのだ、と。

二十一世紀を目前とした現代、生活の全体は複雑多岐となり、家族はその機能の多くを外部の機能集団に委譲する反面、新しい機能の遂行を要請されているのである。

第十三節　家族解体　family disorganization

独身主義者の増加と、無登録夫婦の増加こそ、二十世紀末の世界的な傾向と言える。旧来の家族の観念を大きく変えるこれらの変化について、一部の人々は家族の崩壊とみる向きもあるが、二十一世紀的な考え方としては、家族のあり方は唯一のものではなく、さまざまなケースが存在すること、つまり家族の多様性を認める傾向がつよくなっている。

家族は、弱体化したのだろうか。大家族が消え、核家族が中心となったこの日本において、家族の弱体化が叫ばれて久しい。しかし表層的な衰退のイメージとは別に、二十一世紀を目前としたこの混沌《こんとん》の時代だからこそ、むしろ家族は弱体化したのではなくて、反対に官僚的な社会、管理社会の中で人間的な交流を可能にする唯一の小集団として、人々が寄せる期待も大きくなっているような気配がある。

カゾクというこれまでの一つのイメージから、まさに今二十一世紀の家族は新たな脱皮をはかり生まれ変わろうとしているようにも感じられる。

家族という形態そのものが、今危機的な移行期間に突入しているのかもしれない。

小夏が突然、紹介したいから、と一人の男性を連れてきたことで、またしても栗原家は上を下へのパニックとなってしまった。その男性が日本人ではなくコロンビア人で、しかも日本語が全く通じないから大変はまさに絵に描いたような有り様だった。男は非常に小柄で華奢《きゃしゃ》な感じだった。眼光は鋭かったが、肉体の作りはむしろどこか女性的なしなやかさがあり、小夏と並んだ印象はカップルというよりは友達という感じであった。

絶句したのは道子だった。彼女は二の句が次げず、口を半開きにしたまま、まっすぐにきーおを抱える小夏を見つめるだけであった。コロンビア人の方は全く見ようとはしなかった。できれば全てが夢の続きなのだと思い込みたかったに違いない。

「今度結婚することにしたファウちゃん。正式にはファウスティーノ・アスプリージアという長い名前なんだけどみんな覚えられないだろうから、ファウちゃんでいいそうです」

幸せそうにそう言う小夏に文句を言える者は誰もいなかった。私ははじめて道子が可哀相だと感じた。こんなに娘たちのことを心配して生きてきたというのに、どうしてこう次から次にいろいろなことが彼女の頭上には降りかかるのだろう。

その夜は当然宴会にあいなったが、道子は途中で熱が出たということで寝てしまった。十和田一男が帰ってくると、彼は英語が堪能なために、それまで一人居間の真ん中で畏まっていたコロンビア人もやっと笑みを浮かべることが出来た。ところが暫《しばら》くすると、十和田一男が唐突に無口になってしまった。コロンビア人との間に意見の相違があったのか、と思った。それから今度は小夏も参加し三人でひそひそ話をはじめた。その様子が何か不吉な予感を残りの成員に与えはじめたために、それをすばやく察知した夏子が子供たちを、もう遅いから、と寝かしに行った。十和田一男の両親はその時すでに雲行きを感じ取って退去していた。

残された者たち、とくに姉妹たちは、次第に熱を込めて文句を言いだす小夏の顔色だけをじっと覗き込み、どうしたんやろな、と何故か関西弁で心配するのだった。

我慢できずに、村田雄三とその妻千夏が、どうしたんですか、どうしたん、と十和田一男と小夏の双方に伺いをたてた。一男は一旦小夏の顔を睨み付けた後、小さくかぶりを振った。コロンビア人は口を真一文字に結び、足元に視線を落としたままだ。どないしたん、と夏音が痺《しび》れを切らせた。

「あなた、日本語で話してくれないと分からないわ」

と今度は戻ってきた夏子が、道子がいなくなった後の栗原家の代表として問いただした。うるさい、と珍しく語気を荒らげた一男だったが、少し悩んだ後に口を開いた。

「私にはどうしていいのかわからない。こんなことが許されていいのか悩む。少なくとも子供たちに悪影響を与えかねないので」

と言いかけたところで、今度は小夏が大声で十和田一男を罵倒《ばとう》した。

「時代錯誤も甚だしい。あなたは大学教授でしょ。どうしてそんな前時代的なことを言うわけ。そんなに古い心でよく新しい人達に学問を教えられるわね」

十和田一男の顔が真っ赤になった。家族は冷静さを失った十和田一男を見るのははじめてのことだった。塩野屋啓介が、まあまあ、とにかく説明して下さい、と間に入ったが、十和田一男は癇癪《かんしゃく》を起こし、汚らしい、と吐き捨てたから、小夏の顔もみるみる真っ赤になって、テーブルの上の湯飲みを掴《つか》むと、迷うことなくその中のすっかり冷めきった茶を十和田一男にかけてしまった。きゃっと女たちが悲鳴を上げ、十和田一男は濡れた顔を掌《てのひら》で拭っていたが、その手は興奮で震えているのが誰の目にも明らかであった。

「ちょっと、何があったのか、ちゃんと説明してよ」

夏音が抗議をすると、四女理夏も、

「小夏ちゃん、冷静になりなさい」

と、きーおを抱きかかえる小夏の腕に手をおき説得に入った。

「この人はかつて女性だったの」

小夏が十和田一男を睨み付けて言うと、一同から驚きの声が湧き起こった。

「かつてじゃない。今でも女性だ」

今度は十和田一男が大声で抗議した。

「きちんと性転換をしているんだから、ファウちゃんは男性です」

性転換という言葉が室内に飛び交った瞬間、朱鷺《とき》がすっくと立ち上がると、わしはきかんかったことにしてくれ、と言い残してそこを離れた。ざわめきはすぐにはおさまらなかった。一同顔を見合わせて驚きを顔中で表現していたが、最後はその張本人であるコロンビア人の顔に視線が集中した。浅黒い顔をしていたし、髪も短かったから男性だとばかり思っていたが、確かに良く見ると女性的な顔をしていた。不意に性転換という三文字が成員のそれぞれの頭の中で膨れ上がり、時を告げる鐘のように激しく響きわたるのだった。

「性転換って言ったって、男性が女性になるのとは違う。本物のペニスを人工で造ることなんかできない」

と十和田一男が具体的なことを指摘したので、夏子が引っ繰り返りそうになってよろめいた。私が慌てて支えたが、もしもここに道子がいたなら、きっと心臓発作で即死していたにちがいない。

とにかく栗原家は大混乱に陥ったのだ。だれにもこの事態を収拾する力はなく、小夏は騒然とする人々の前で立ち上がると、ファウちゃん、帰ろう、とコロンビア人に向かって半分泣き声まじりで言うのだった。まあ、待って、と夏子たち姉妹が同時に止めたが、彼女は聞かなかった。

小夏は立ち上がると、きーおを抱きしめたまま一同の顔をじっと見つめ、

「私、差別には断固戦う決意がありますからね」

とはっきりと告げた。

「女が女を好きになったっていいでしょ」

誰も何も言えずに、じっと小夏の顔を見上げているしかなかった。頭の中が真っ白になるとはこういうことをいうのだ、と実感する空虚な気分であった。思考しようとすると何か、まるで巨大な消しゴムのようなものが頭の中で動き回り、それらを次々消していくのだった。

小夏たちがいなくなった後、栗原の成員は誰も何もいわず、三々五々散っていった。とにかく一晩それぞれが持ちかえって、それぞれの心で考えようということになった。一つだけまとまったことは、このことはしばらく道子には内緒にしておこうという約束だけであった。

夏音は部屋にもどって、ベビーベッドの中の元気を見つめ、大変なことになってしまったわ、と呟いたが、その夜は私たちもそれ以上このことについて意見を交わすこともなかった。それだけ、大きな衝撃があった。夏音が一番心配したのは、小夏のことではなく、むしろ道子のことであった。

そして翌日、小夏問題に新たな火種を抱えた栗原家にさらに追い打ちをかけるような事件が起こるのだが、それとは裏腹に吉祥寺の空は青々と美しく、小鳥の囀《さえず》りは深まりはじめた秋の麗《うら》らかな気配に彩りを添えていた。

力矢《りきや》の家出が発覚したのは、学校からの一報によってだった。無断で休んでいるようだが、と担任からの電話があり、夏子が慌てて子供部屋を覗いてみると、机の上に両親にあてた手紙があった。

その置き手紙には太い鉛筆文字でこう書かれてあった。

「ぼくはひつようのない人間です。ぼくは負け犬です。ぼくはもう未来を持ち合わせておりません。ぼくはもうそこへはかえらない。ぼくのことはどうか死んだとおもってください。じっさいに死んでしまいたい。楽しいこともあったけど、生きる目的がないのでつまらない。だからさようなら」

まず村田雄三や塩野屋啓介の家などに連絡をし、家族をよびあつめることとなった。一難去ってまた一難とはこのことだった。夏音は、どうしてこう皆《みんな》勝手なん、と漏《も》らしたが、やはり力矢のことが心配で涙を目に溜めて、それから姉夏子のことを気遣い側から離れようとはしなかった。混乱する夏子を残りの家族が必死に慰めていたが、思ったよりもここでしっかりと陣頭指揮をとっていたのは他でもない道子であった。道子は、崩れ落ちる夏子を抱きしめながら、こういうときに大切なんは家族の団結や、と励ました。彼女の提案で警察に捜索を頼むことにしたが、不意に頭の中を過ったのは、またもや体面を気にして真っ赤な顔で怒るであろう十和田一男の姿であった。

私は後悔をしていた。力矢が万引きをしたあの時、そのことを少なくとも夏子にだけは告げておくべきだったのだ、と。或いは夏音にだけは知らせておくべきだった。私と夏音と二人で力を合わせてなんとか少年を導いておけば、きっと彼はこれほど思い詰めなくてもすんだはずであった。しかし今となっては全てが遅かった。力矢はあの小さな心の中で誰にもこのことを相談できず、ずっと悩んでいたのだ。彼の心を理解してやれなかった自分に恥じた。どんなことがあっても力矢を捜し出さなければならない。彼を死なせるようなことがあっては自分も生きてはいけない。

私は家の中で安穏としていられず、飛び出していた。どこいくの、と呼び止める夏音に私は、少し吉祥寺の辺りを探してみるよ、と叫んでいた。

一難去ってまた一難。人生とはそういうものだ。私は吉祥寺の見慣れた人込みの中をひたすら力矢の丸まった小さな体を捜して走り回った。公園を抜け、南町の閑静な住宅地を走り、井の頭通りを駅へと向かい、幾つも並んだデパートの間《はざま》をきょろきょろと駆け抜け、一筋入った裏路地も丹念に見て回り、立ち寄っているかもしれないと思われたゲームセンターや本屋やコンピューターソフトの店などは一軒一軒しらみ潰《つぶ》しに覗いていった。二時間おきに家に電話をいれた。

「どうなった？」

「まだよ、大造君はどこらへん？」

夏音の声のトーンも高かった。

「お兄さんが戻ってきて」

「なんて」

「怒ってる」

「あいつ、まだ気付かないのか」

「大造君、冷静に対応してね。お兄さんなりに心配はしているはずだから」

「まさか」

「警察の人には、自分の責任ですって言っていた」

「口だけだ。力矢が出てきたら殴る気だ」

私は電話を切ると、また走った。サンロードと呼ばれるアーケードの中を走り、東急デパートの裏側のレストラン街を抜け、吉祥寺北町の住宅地を走った。幾つもの路地を曲がり、幾つもの信号を無視して横断した。パトカーがサイレンを鳴らしながらすぐ側を通過していくと、私はいてもたってもいられず、また家に電話を掛けるのだった。

「どうですか？」

「まだ進展してへんねん」

道子がそう告げた。

「何か手掛かりのようなものはないですかね？」

「さっき、夏子が力矢の机の中から時刻表を見つけ出してたから、ひょっとしたらどこか遠くへ行ってしもたんかもしれへん」

「遠くってどこですか？」

「さあ、そこまでは。でも相手は小学生のことやから、小学生が行ける範囲やと思うんやが」

私は受話器を下ろすとまた走り出した。へとへとだった。思った以上に体力がないことに自分の力の限界を感じて虚しかった。足腰が立たず、私は路上に座り込んで、悔しさで地面を叩くしかなかった。

そうやって一日は過ぎていこうとしていた。街は夕日に染まりはじめ、仕方なく私は一旦家に戻ることにした。拾ったタクシーの中で背を丸め、力矢、と声に出してみたが、その声さえも掠《かす》れ、うまく音声にはならなかった。

栗原の家はまるで葬式場のような暗さだった。玄関の戸は力矢が帰ってきやすいように開け放たれていて、誰がしたのか、多分塩野屋啓介に違いないのだが、力矢君おかえり、の横断幕が掲げられていた。しかし一歩中に入ると、沈滞した空気がまさに線香の香りのようにじんわりと廊下の先から漂ってきていた。

私が玄関口で靴をうまく脱げずに躓《つまず》いてちょっと大きな音を上げたら、奥から栗原の全成員が駆けつけてきた。どどどどど、という板を踏みしきる大音響がしたと思うと、夏子を先頭に朱鷺まで全員が駆けつけてきたのだった。そして私の顔を見ると誰からともなくため息が漏れ、一人二人と私に背を向けては、ごくろうさん、の一言もないまま、また居間に戻っていくのであった。

夏子と十和田一男だけが玄関口に立ち、戸口の先を見つめていた。なんてことになったんや、と道子の騒ぐ悲痛な声が廊下の奥から届いていた。私は一男に言いたいことがあった。じっと睨み付けてみたが、その背後で夏音が元気を抱きかかえたまま顔を覗かせ、無言で注意をされてしまった。私は唇を噛みしめ、思いを苛立《いらだ》ちとともに飲み込むことにした。

夏子が呆然と佇《たたず》んだまま、すみませんでした、と私に告げた。私は、役に立てずすみません、とかぶりを振ったが、その後の言葉は続かなかった。

眠れない夜だった。きっと誰一人寝ていないはずだった。村田雄三と塩野屋啓介は何かがあった時の場合を考え栗原の本家に泊まった。大勢の人間が息を潜めて布団の中にいた。この薄寒い夜に力矢はどこで一夜を明かしているのだろうか、と考えるとどこからともなく嘆息が零《こぼ》れてきた。

警察から電話が掛かってきたのはもう明け方に近い時間であった。電話の音の後、栗原の成員が廊下を駆けだす音が聞こえてきた。私も夏音も跳《は》ね起き、階段を駆け降りた。玄関口の栗原家の代表電話を十和田一男がとっていた。

「そうですか、すみませんでした」

どうやら力矢が見つかったらしい。一男が電話を切り、

「見つかったそうだ」

「どこでですか」

村田雄三が聞くと、十和田一男はいつのまにか、いつもの冷静な顔に戻って、

「湘南《しょうなん》海岸だそうです」

と告げた。

「なんでそんな遠くに」

と誰かが言えば、今度は朱鷺が人々の背後からぽつんと呟いた。

「海を見たいと言うとったもんな。一度も海に連れていってもろたことがないって言うとった。わしがもう三十歳若ければ連れていってやったんやが、哀れな子やの」

朱鷺の目は静かに十和田一男を見つめ、抗議していた。彼らには家族で旅行をした思い出がないのだった。泳ぎたい、と力矢が言えば、プールで充分、と叱られたに違いなかった。

「すみません。私達がいけないんです」

と夏子が一同にあやまった。

「みなさんに心配を掛けたのは、私達親の愛情が足りなかったからです」

夏子が泣きながら頭を下げているのとは対照的に、十和田一男は冷徹な顔で廊下の先の暗闇《くらやみ》を見つめていた。もしも力矢に暴力を振るうことがあったら、その時は力矢の味方になってやろうと私はその時心に誓った。

朝になって、力矢がパトカーによって送り届けられた時、そこに十和田一男の姿はなかった。彼は学会があるからと朝一番の便で福岡に発っていたのだった。誰もが一男の薄情さには気がついていたが、道子をはじめ夏子でさえ、長兄一男には意見を言える者はいなかった。おかしなことに一男の両親十和田幸雄も綾之も、まったく親とは思えないほどに自分たちの意見のない親なのだった。彼らはただただ、すみません、と誰に向かって言っているのか、何に向かって謝っているのか見えない謝罪を繰り返していた。

力矢は叱られることはなかったが、彼は叱られたくて行動に出たのは明白であった。しかしこれほどの騒ぎを起こしておきながら、なんのお咎《とが》めもないことが彼をいっそうひねくれさせていくのは更に明らかなことであった。そのことが自分のことのように分かるだけに、私は家族の維持の難しさとその絆の海溝の底のような暗さを想像して、ただただ悲しみのため息を吐《つ》くことしかできないでいた。

栗原家は再び静かな日常を取り戻していたが、十和田家の中のぎくしゃくは今後に大きな課題を残した。みんなで臭いものに蓋《ふた》をしてしまったような情けない決着の付け方に憤りを感じずにはおれなかった。もしもそれが自分と自分の息子元気の場合だったらどうするだろうと考えては、まだ枯れ枝のような小さな赤ん坊元気を見つめた。息子は夏音の腕の中ですやすやと眠っていたが、当然その顔には反抗心のひとかけらも浮かんではいなかった。

人間は育っていくうちに様々なものを背負わなくてはならない。いろいろな要素がこれから元気にもふりかかるのだ。力矢の出来事は遠い事件ではないような気がした。私は夏音から元気を受け取ると、自分の腕の中で強く抱きしめてみた。赤ん坊特有の日向《ひなた》の匂いが私の鼻孔を仄《ほの》かにくすぐった。

それらの事件から数日が経ったある日、人々の心とは裏腹にどこまでも爽《さわ》やかな空の青さの続く晴れた日の午後、戸田不惑と相沢健五が私の新刊を十部携えて遊びにやって来た。まだ小夏と力矢の問題が燻《くすぶ》っている栗原の家はどこか四十九日を迎えた喪家のような陰気さで、その気配をいち早く察知した戸田はさっそく二流のジョークで、鼠《ねずみ》でも死んだのか、と私の顔を見てからかった。

私は彼らに一々事の次第を説明する気にもなれず、いいや、と話をはぐらかした。小夏はあれから、コロンビア人とともにアメリカに移住する、と言いだしており、全く事件が解決する気配はなかった。力矢は学校に戻っていたが、夏子が送り迎えをするという物々しい事態となっていた。十和田一男は相変わらず冷徹なままで、力矢を叱りもせず、まるで自分には係わりのないものとでもいわんほどの無関心な態度を取りつづけていた。もしも十和田一男が力矢を叱り、殴ったなら、それはそれで何か解決へ向けた糸口が生まれる可能性もあったが、無視をされればいっそう力矢は傷ついてその苛立ちを心に押し込めるより他になかった。

嬉しいはずのひさびさの新刊ではあったが、やはり力矢のことが気になるのか、ちっとも気持ちが祝い事に移らなかった。おめでとうございます、と相沢が玄関口に本を積み上げて言った。早速宴会でもしようじゃないか、と戸田が靴を脱ぎかけたので、私は奥を一瞥《いち》《べつ》してから、今日は外に飲みに行こう、たまには相沢に奢《おご》ってもらいたいな、と言ってはぐらかしてみた。その口調の暗さに、彼らも何かやはり只事ではない事件がこの栗原の家に起こっているのだな、と再認識したようで、珍しく戸田が深く事情を聞こうとはせず、まあ、普通は出版社の奢りだわな、と言った。相沢も、廊下の奥を覗き込んで、そりゃ、今日ぐらいは小生に奢らせてくださいよ、と場を纏《まと》めた。

そこへ息子元気を抱いた夏音が二階より下りてきて、

「本が出来たんですか」

と笑顔を作った。相沢と戸田が交互に息子の顔を覗き込み、なんか、人っぽくなってきたな、と軽い冗談を放った。

「ちょっとその辺で打ち上げをしてくるから遅くなるけど、電話を入れるよ」

私は下駄箱から靴を出し、足を入れながらそう言った。

「大丈夫よ、電話なんかしなくて」

「でも」

「いいから今日はとことん羽目をはずしてきなよ」

我々のやり取りを聞きながら、相沢と戸田が顔を見合せ、なんか、まずいとこに来たのかな、という表情をしてみせた。そうじゃない、とかぶりを振り、積み上げられた本の一番上の一冊を摑むと、行こうか、と彼らの背中を叩いた。

振り返ると玄関に立つ夏音の腕の中で元気がこちらを見ていた。目の玉だけをくりくりと動かして、どこへ行くんだ、とでも言っているような寂しそうな目つきをした。どこにも行かないよ、行くものか、と心の中で呟いて、私は栗原家の門を出た。

吉祥寺駅前の居酒屋で我々は一冊の本を肴《さかな》に酒を呑《の》んだ。壁に立てかけて、それを横目で覗き込み、乾杯となった。

「なんかしらんが、いろいろあるのは分かるが、本が出来た時くらい素直に喜べ」

戸田が空になった私のお猪口《ちょこ》に酒を注ぎながら、がさついた声で言った。

「そうですよ、速水先生。先生にとってはひさびさの本なんですからね」

相沢がわざと先生というところを強調するものだから、しゃくにさわった。

「頼むから、先生はやめてくれよ。こんな地味な作家を捕まえて……」

「おい、相沢はお前の才能を心底認めて先生と言っているんじゃないのか」

「そうです。心から先生と言えない作家には決して先生とは言いません」

「あ、それ嘘だ。この間の出版パーティで誰にでも彼にでも先生と言っていたくせに」

「もう戸田センセイ。やめて下さいよ冗談きついんですから」

二人はそこで大笑いとなったが、私は笑わなかった。すると戸田が一言、

「なんか今日は付き合いが悪いね。ぼくしらけちゃうな」

と呟いた。

「とにかく、今日はめでたい日なんだから、もう一度乾杯といきましょう」

相沢が白け気味の場を取りなして、お猪口を掲げたので、私も気を取り直して乾杯に参加した。何よりこれは自分の新刊なのだ。それを祝ってくれている仲間たちを無視するわけにはいかなかった。

「うれしいじゃないですか。いつもこの瞬間が一番好きなんだ。編集者冥利《みょうり》に尽きるというのかな。こうやって出来た本を肴に酒を呑むのは、実に嬉しい。この瞬間はサッカーで言えばゴールの瞬間でしょうね」

「あ、分かる、その気持ち。この印刷された本のさ、なんとも言えない手触りが堪らないんだよね。処女の子とこれから一晩過ごそうかというような感じ、とでも言うの？」

大声で笑ったのは相沢だった。戸田は本を開いてそこに鼻を押しつけ、その印刷の匂いを一生懸命嗅《か》いでいた。馬鹿なことしでかさないで下さいよ、戸田センセイ。相沢は心の底から喜んでいる様子だった。その笑顔を見ていると、心に掛かっていた靄《もや》も少しずつ晴れていくような気軽さを味わえた。次第に私の顔にも笑みが浮かび上がってきて、それをついに隠すことが出来なくなってしまった。

「お、速水。ついに正体を現したな。嬉しいか」

私は酒をぐいと呑み干し、おお、と叫んでみた。隣のテーブルの客がこっちを見たが、相沢が、お猪口を掲げ、お騒がせしてすみません、とおどけてみせた。

我々は夜が更けるまで酒を呑んでひさしぶりに騒いだ。二軒、三軒、と梯子《はしご》し、最後は例によって井の頭公園の池の辺で寝ころんで月見酒となった。

ワンカップの酒をそれぞれ手に持ち、月を見上げた。三日月に近いやせ細った月だったが、美人に見えた。綺麗ですな、と相沢が呟いた。まさしく美しい、と戸田が吠《ほ》えた。

ありゃ、男星に貢《みつ》いだために、あんなに細くなってしまったんだな、まるで夏音ちゃんみたいじゃないか、と戸田が付け足した。相沢が、おおまさに、とすかさず賛同した。

笑顔が絶えなかった。その時はじめて、いい仲間だ、とこの普段は無愛想な連中のことを思った。ありがとう、と心の中で呟いてみたが、それを言葉にするだけの勇気はなかった。

「一つ、言いたいことがあるんです」

相沢が珍しく生真面目な口調で言った。改まって正座しなおした彼の表情はいつのまにか編集者のそれに変化していた。

「なんだよ、畏《かしこ》まって」

そう聞くと、彼は、うん、と顎《あご》を引いた。

「実は、そろそろ本気で小説を書いてほしいんです」

何を言いだすのかと思えば、彼が放った直球が酔っていた私を直撃した。不意に酔いも冷め、私も起き上がると彼に向かって正座しなおした。

「そろそろって？」

「作家としての勝負の作品を書いてほしいんです。元気君が生まれたことだし、ここらへんで全力で書いた小説を読者に届けてみたいと思いませんか」

「いや待って、ぼくはいつも真剣にやっているつもりだけど」

はい、分かっています、と相沢は言った。

「しかし、もっと本気の小説です。十年に一度しか書けないような作品をお願いしたいのです。今が勝負の時でしょう。小銭を稼ぐのはまだ先で大丈夫です」

「しかし息子を養うために書くと夏音には約束した」

「そんなこと夏音ちゃんは分かってくれます。それに本当にいい小説は売れなければならないんです。長く長く生き残らなければなりません。きっと意見の相違はあるでしょうが、本当にいい作品は全てに関して満点でなければならない」

「しかし、自分には……」

「少しずつ文芸の世界でも先生の作品は認知されてきました。でもわたしにいわせて貰えば、速水卓也はこの程度の作家ではないはずです。もっともっと凄い才能が先生の中には眠っているはずでしょう。小生はこんなこと二度も三度もいいません。今日一回だけです。次回作は先生の全精力を傾けた小説になることを期待します。そのためならこの相沢健五、自分の出来るかぎりのお手伝いはさせていただきますよ」

助け船を求めて戸田の方へ視線を投げたが、彼は寝たふりを決め込んでいた。眉間に皺を寄せ、ぐっと引き締められたその眉毛のつけ根の複雑な盛り上がりに、私は友情を感じた。二人に心の底で感謝をして、目頭が熱くなるのを誤魔化すために月光に救いを求めた。

家族とは何か。私とは誰か。人の幸福とはどのようなものか。息子の成長を見守りながら、私は日々自らに問いかける。

このまま大家族の安穏とした温もりの中へ、私は本当に骨を埋める覚悟なのだろうか。従順に生きながらも、かつての反抗心の火がまだどこかで燻《くすぶ》っているような気がしてならないのは何故か。

第十四節　家族から遠く離れて

息子元気《げんき》は、未熟児として生まれながらも、みるみる成長をつづけ、生後半年も経たないうちに、体重も身長も平均に追いつく逞《たくま》しさであった。それも全て、夏音をはじめとする、栗原家の総力を上げての育児の賜物《たまもの》で、元気はまるで王家に生まれたお世継ぎのような大切な扱いを受けていた。

離乳食を食べる頃になると、一家の食卓には無農薬野菜が並べられるようになり、当然ご飯は胚芽米《はいがまい》になった。しかもまだ歯の生えない赤子に合わせて、飯はまるでお粥《かゆ》のような柔らかさ。一度や二度なら我慢できても、毎日だと見たくもなくなるほどのべちゃべちゃ加減、噛んでも噛んでも感触がなく、固い米が好きな私には少々苦痛であった。しかも添加物は病的に排除され、それは食生活だけではなく、衣類や日常生活品にまで及び、下着はオーガニック製品、シャンプーは弱酸性の低刺激シャンプー、と徹底していた。

生後七か月頃になると前歯も生えはじめ、這《は》い這いを覚えた息子は、室内を自力で力一杯動き回るようになった。急性妊娠中毒症で死にかけた夏音も、そんな息子元気の逞《たくま》しさに触発されてか、じわじわ復調し、少しずつかつての生活の調子と明るさを取り戻していた。もっともまだ仕事を再開するまでには至っておらず、医者にもあと半年は穏やかに暮らし、徐々に体力を付けてからの復帰にしてほしいと注意されていた。

息子と妻が元気ならば、これほど嬉しいことはないはずなのに、しかしいつの頃からか、私の心の中に小さな翳《かげ》りが差しはじめたのだった。すっかり受け入れたと認識していた大家族主義や、父親の自覚というものの表面の簡易塗料が剝《は》げ出したのである。

孤独を愛した作家は家族の温もりに浸《ひた》りすぎたせいか、或いは才能の枯渇か、思い描くような小説が書けない状態に陥っていたのだった。相沢健五に言われた十年に一度の傑作を是非、という期待もプレッシャーの一つであったことは認めなければならないだろう。

それにも増して仕事をする環境が栗原の家にはなかった。毎週のように行われる宴会のせいもあった。宴会係を命ぜられていた私は、その度に口うるさい義兄たちや、手のつけられない子供たちを相手に奔走しなければならなかったのだから。力矢は栗原家においてはほとんど放し飼いの状態となっていた。誰もが腫れ物に触るような接し方をするものだから、彼も調子付き、親の目を引こうといっそう悪さをするようになっていた。力矢の心を開きたいという焦りも私をますます苛立たせた。彼と話をしようとするたびに、私は自分の無力を思い知らされる有り様だった。何より、彼の父親が何もしないで無視を続けている現状では、私がどんなに彼に接近しても埒《らち》が明かなかった。一方、三女小夏と例のコロンビア人の問題もまだ何の進展もみせてはいなかった。道子だけが、コロンビア人を男性だと思い込んでいた。しかし誰一人虎に鈴を付ける役には回りたくないらしく、半ばなし崩しの状態で小夏ときーおとコロンビア人の女性は一つの家族としてこの栗原家において認知される方向に進んでいた。このままでは道子は死ぬまで何も知らずに終わることになりかねなかった。それも仕方ないやろな、と言ったのは朱鷺で、くわばらくわばら、と手をすり合わせて不気味に祈る朱鷺の姿に、全成員は一つの言葉を心の奥に思い浮かべるのであった。触らぬ神に祟《たた》りなし……。

さらにさらに夜になれば赤ん坊の夜泣きは酷《ひど》く、仕事どころの騒ぎではなかった。

私は、相沢健五の勧めではじめての長編書き下ろし小説を準備していたが、当然それらの仕事も遅延がつづいていた。相沢からはしょっちゅう催促の電話が掛かっていたが、その度に何か言い訳を用意しなければならなかったのだ。

「どうですか先生、その後どのような具合でしょうかねぇ」

それに対して私は、

「いやあ、なんとかがんばっていますが、もうすこし、あれ、へんだなこのでんわ、とおい……」

などと受話器を遠ざけながら口を濁す不甲斐《ふがい》なさであった。

「え、何？　聞こえないんですけど。何かおっしゃいました？」

相沢の声は受話器を離しても実によく聞こえた。まだまだ無名の私の作品に期待するというのだから、チャンスを逃すわけにもいかず、書けないなどとは死んでも言えなかった。

しかしあの井の頭公園で書くと約束してから、すでに数か月が過ぎようとしていた。あと一月か二月でなんとか目処《めど》をたてますから、長い目で待ってて下さい、とサラ金にでも懇願するような低姿勢で更に小さく告げると、相沢は、いいでしょう、と鼻息荒く返したが、最後に、

「速水さん、作家は書けなければそれでお終いですよ」

ときつくクギを刺されてしまった。その言葉は至極尤《もっと》もな分、腹底に響いた。書いてやるさ、と気合を入れるが、とてもいますぐ書きあげる自信も気力もなかった。

そんな夜にさえ、容赦なく栗原家では宴会が催された。栗原道子の満六十歳の誕生日なのだった。総勢で三十人を超える人々が道子の還暦を祝うために本家に集まり、広間は人々の笑い声が絶えなかった。

私の神経は宴会が深まって行けば行くほど逆撫でされ、ささくれだっていった。なんとか堪えようと生真面目な私は必死で感情を制御するのだが、編集者の相沢が最後に言った言葉が耳奥に執拗に立ち上がってきては、その場にいることへの疑問を募らせた。

宴会も中盤に差しかかると、いつもより酔っていた村田雄三が十和田一男と塩野屋啓介を味方に引き入れ、私を酒の肴にしだした。あいつは生意気で不器用だ、と村田雄三の声が耳を掠《かす》めた。見返ると、村田雄三は私を指さしながら、俺も昔は彼のようにひねくれ者だったから、皆によく迷惑をかけた。まだまだひよっこだよな、と憚《はばか》ることなく言うのである。私が自分のことを言われていたことにはっきりと気がつき憮然としていると、啓介はにやにや笑いながら、怒りましたか？　人の父親たる者、こんなことで一々怒っては駄目ですよ、大家族の洗礼みたいなもんですから、と私にウィンクをする始末。長兄十和田一男は例によって冷徹に見て見ぬふりの、エリート学者らしい高みの見物であった。酒の席のことだと堪え、彼らの空のお猪口《ちょこ》におとなしく酒を注いだ。

小説が書けなく気力の沈滞している私が怒ることもできず、義兄たちの嘲笑《ちょうしょう》にひたすら忍耐している姿は、なんとも情けなく夏音の目に映ったに違いない。宴会が終わり、三々五々人々が帰った後、栗原家に一悶着《ひともんちゃく》が起こらないわけはなかった。

思えばあの瞬間こそが全てのことの始まりだったような気がする。人々を送り出した後、夏音は道子に食ってかかった。

「なんで、大造君が小さくならなあかんの？　ねぇ、一体大造君が何をしたん？」

怒りを誰に向けていいのか分からない夏音がそれを道子へと傾けたものだから、道子はそんなふうに取る方が可笑《おか》しい、あれはただの友情の現れや、皆家族なんやから仲良くしたらいいんや、と夏音の怒りをかわすのだった。

さすがは道子らしいはぐらかし方で、私は私が我慢すればそれで済むことじゃないか、とその時は確かにそう思ったのである。ところがそもそも鬱積《うっせき》の根本は、大家族という環境の方にこそあるわけで、私のやり場のない怒りは、兄たちの苛《いじ》めによって、それらがただ噴出、露呈したに過ぎなかった。

つまりは義兄たちの悪ふざけは、私の中にあれほどしっかりと眠らせていた、大家族アレルギーを再びたたき起こす最初の起爆剤となったのである。

二か月後に息子元気の満一歳の誕生日を迎えようとしていたある日、私は、何度もしめきりをのばしてもらった挙句、結局書き下ろし小説を仕上げることができず、一時的に執筆を断念する旨を担当編集者相沢健五に伝えなければならなくなった。出版社まで出かけ、近くの喫茶店で私と相沢は険悪に向かい合っていた。

「元気君が生まれる前に速水さん言ってたじゃない。息子のために書くって。小説の書き下ろしなんて、こんないい話は今時滅多にないと思うのですがねぇ」

私は胸の中のもやもやを相沢にも伝えられずにいた。自分の作家としての脆弱《ぜいじゃく》さを誰にも見せたくはなかった。小説が書けない作家なんか作家ではない、とでもいいたげな相沢の顔ははじめて恐ろしく私の前に屹立《きつりつ》した。友達感覚で仕事をしてきたのがいけなかった。約束した小説が書けないことに口を尖らせているのではなく、約束を誤魔化《ごまか》しつづけた私のいい加減さに彼は怒っているのだった。

「断念とはどういうことです」

首を振るしかなかった。

「随分といい加減じゃないですかねぇ。私は速水さんがそんな小説家だとは思いもしませんでした」

思わず、小説を書く環境が私の周辺にはない、と小さく言葉にしてみた。するとどうだろう、全く理由を聞こうともしないで、いきなり相沢健五は昼下がりの喫茶店の穏やかな雰囲気を叩き壊すような勢いでテーブルを叩いたのだった。

「環境なんか関係ない。書こうと思えば本物の作家はバスの中でも書ける。飛行場の貨物運搬をしながら書き上げた作家もいるんだ。生きていくことを題材にできないなら、作家なんかいますぐ辞めた方がいい」

相沢の怒鳴り声に私はたじろぎ、顎を引いてじっと彼の目を見つめ返したが、普段穏やかな彼をこれほどまでに怒らせた自分に、私はまたまた萎縮し、どうしていいのか分からずただ右往左往するばかりであった。

帰路は自殺したいほどにみじめな道のりとなった。中央線に宥《なだ》められるように揺さぶられながらも、自分がどこへ向かっているのかさっぱり分からない状態になっていた。

家に辿《たど》り着いた時にはくたくただった。一旦は仕事机に向かってはみたが、ワープロに浮かび上がる字に焦点が合わず、しかもそれらはくねくね滲《にじ》んで、感情の複雑な乱れの中を私は一人寂しく泳ぐしかなかった。

食堂に行き、冷蔵庫からビールを取り出し、渇ききった喉元を癒《いや》すため、水でも呷《あお》るように飲んだ。少しずつ酔いが全身へ広がっていくのを唯一の逃避に選んだのだった。

まもなく栗原道子が顔を出し、一人で飲んでいる私を見つけるや満面に笑みを浮かべて、今日はもう仕事はお終いですか、といつもの陽気さで告げた。

「ちょっと疲れたので今夜は早々と飲みに入っていますよ」

「それはそれは、お疲れさまでした」

道子は一旦応接間へ消え、封を開けていない高級ブランデーを持ち出してきた。

「たまにはこういうのを飲んで下さい」

いえ勿体《もったい》ない、という私の言葉を、しなやかな手つきで払いのけると、さっと素早くブランデーの封を開け、十和田一男がゴルフ大会で貰ってきたバカラのグラスに、なみなみと注ぎはじめた。私が疲れているのを察知して気を遣っているのが分かった。その気持ちがよく見えたから、私はそれから起こった全てのことに甘えてしまったのかもしれない。

私たちは乾杯をし、息子元気のことで暫く会話は盛り上がった。二人がブランデーを半分ほど飲み干したところに息子を寝かしつけた夏音が加わり、楽しそうね、と言い放つや、普段は飲まないくせに私のグラスを摑むとそれを口元で静かに傾けた。彼女も育児から解放されて心地よく夜を酔いたかったのかもしれない。

息子元気の将来について語り合い、三人はテーブルを囲んで和んだ。ところが三十分ほどが経った頃、話が何をきっかけにしてか大きく逸脱して、先の宴会のことに及んでしまったから穏やかな食堂に急に暗雲が垂れこめてしまった。私はいつものように迷わずそこを離れるべきだったのに、飲み慣れないブランデーのせいで、気分が大きくなっていた。遅々として進まない小説のことも忘れ、どこでどう拗《こじ》れたか普段閉じ込めていた感情が風船のように勢いよく膨らんでいくのは、一方で確かに心地よいことでもあった。

「今度、馬鹿にされたら、いくらお義兄さんとはいえ、ただではすみませんよ」

私の一言は、道子を刺激した。そんな必要はありません、と彼女はきっぱりと毅然《きぜん》とした態度で私にクギを刺したが、私はもはや引き下がるタイミングを完全に逸してしまっていた。

「しかしおかあさん、私も一家の主ですからね、しかも父親になった以上、息子の前で恥をかかされればそのまま引き下がるわけにはいきません」

するとと夏音が、すかさず、

「もう、大造君はいつまでもそんなことを根に持つのね。男らしくないわ」

と私を批判する。私の肩を持つだろうと思っていた彼女に見捨てられて、膨らみきった私の激情は行き場を失くし、破裂するのを待つしかなかった。

風船が爆発した時、私は時間も弁《わきま》えず大声で二人を罵《ののし》っていた。怒鳴りだした私の声に、他の家族たちも起き出し、深夜の食堂は一転、祭りの喧嘩見物のような賑わいとなってしまった。

普段は皆をうまく纏《まと》める栗原道子が、酒のせいかその時は目が据《す》わっていた。私に向かい、

「あんたは甘い」

と言ったから私の興奮は天井知らずで一層吹き上がり、甘いとはどういう意味ですか、と反論した。若いという意味や、と道子が急いで言い直したが、私はその言葉尻を捕らえ、自分が自分ではないような怒りを露《あらわ》にしたのだった。いやしかしあれは、冷静に判断すれば、あれこそ私の本当の姿であった。自分を無理やり大家族の鋳型《いがた》の中に押し込めてきた反動の現れであった。夏音と結婚してからずっと心の奥底に封じ込めていた大家族に対

する不満の噴火だった。

「こういう大家族のしきたりにはついていけないのです」

私が言えば今度は道子が真顔になって切り返した。

「普通にしてればええんです」

「普通とはどういう意味でしょう」

夏音が興奮して、普通は普通よ、何いってんの大造君、と言い返した。私は冷静にならなければ、と胸中言い聞かせるが口を突いて出る言葉はその反対ばかりであった。普通ということは自分を殺して我慢しろということでしょう？　と言えば夏音が、もうそんなふうに絡むのは止めなよ、と金切り声を上げる始末で、それを道子が、あんたこそめくじらたてるのは止めなさい、と夏音を窘《たしな》めた。

長女夏子が、何が原因かは分からないけど皆少し冷静になったらどう、と穏やかに慰める横で、分析でもするような冷静な十和田一男が佇《たたず》むように立っており、その憎たらしい顔に私は苦々しいあの夜のことを思い出さずにはいられなかった。そんな私の青さを道子の母朱鷺が、ほら見てみい、作家面した青二才が、ついに化けの皮を剝《は》がしよった、作家とはいえ、甘ちゃんや、と詰《なじ》るものだから、私は収まりたくとも収まることが出来ず、ついには握っていたグラスを皆の見ている前で床に叩きつけるという乱暴を働いてしまったのである。

散らばるグラスの破片を這いつくばって片づけながら、なんてことするのよ、元気が踏んづけたらどうなるか分かっていてこんなことしたのね、と夏音が恐ろしい形相で怒鳴るのを、私はもうすっかりブレーカーが上がった放心状態で見下ろし、それから体内の液体がすっと流れ落ちるような脱力を覚え、家族を押し退けて二階へと一旦上がったのである。

薄暗い階上の部屋の、片隅のベビーベッドの中で、息子元気が何も知らない穏やかな顔つきですやすやと寝ていた。私はほんの数秒、彼の寝顔を見つめてから、簡単に荷物を纏《まと》めると、頭の中が真っ白な状態のまま再び階段を下り、片付けに追われる家族たちの脇を通り抜けて、外へ出た。井の頭通りまで歩き、タクシーを止めると、そのまま空港へと向かったのである。

その間、感情はずっとショートしたままだった。休火山が噴火した後の吐き出しきった空虚の中にいた。肉体は火照《ほて》っていたが、芯の部分はマグマを噴出しきったせいで、すっかり空洞となり、冷えはじめていた。

深夜の空港は朝まで閉鎖されていた。タクシーの運転手は怪訝《けげん》な顔で、お客さん、まだ開いてないけど、どうすんの、と呟いた。私は無言のまま料金を支払い下車すると、ターミナル前の歩道にしゃがみこんだ。

家族から遠く離れることだけをきっとその時の私は考えていたに違いない。逃避地についたらすぐにシャワーを浴び、肉体に絡みついた樹液のような家族の灰汁《あく》を洗い流すつもりだった。

空港ロビーの自動ドアはうんともすんとも動かなかった。ガラス戸から中を覗き込むと、カウンターにうっすらと照明が灯っていた。私が最初に心に描いた場所はエメラルドグリーンに彩られた南国の海岸だった。遠浅の凪《なぎ》の海。優しい海風が吹き、太陽の日差しが心地よい南の果ての海である。

沖縄に行こうと心に決めたのはその瞬間で、考えた途端、心が目的を捕まえたことでほんのわずか軽くなるのを覚えた。空港が開く朝の五時に掃除人に起こされるまで、私は歩道でうたたねをしたのだった。

那覇《なは》の空港に降り立った時、ロータリーに聳《そび》える椰子《やし》の木の他には、大きな脱力感だけが私を出迎えた。観光を楽しもうとする輝かしい顔の都会人たちに混じって、私は空港の観光案内で紹介された人里離れたペンションへ向けて、タクシーに乗った。

車はひたすら国道を走った。運転手の横顔は、どこかポリネシアン系の浅黒い顔だちで、私は妙な安心感を覚えたのだった。

「どこから?」

と彼は白く輝く歯を見せながら聞いた。東京です、とぶっきらぼうに応えると、仕事かね、と人懐っこく聞き返してきた。その優しさに返事をする気力は残っておらず、私は適当に、まあ、と頷いておいた。

私の素性をしつこく知ろうとする運転手との通じ合えない会話が目的地に到着するまでだらだらとつづいた。那覇から二時間も車を走らせた海岸沿いに宿はあった。

観光客も滅多にこないのだろう。国道よりも、さらに海に接した人の気配のない静かな砂浜の突き当たりにそのペンションはあった。沖縄風の民家を改造したような小さな建物で、しかし潮風の侵食も激しく、予想していたものよりも随分と汚らしかったが、何故か妙に安心できて私は気に入った。

ペンションに入るでもなく、建物の日陰に入るわけでもなく、ぽつねんと照り返る日差しの中で、私は小さな鞄をぶら下げて呆然と佇立していた。

思い描いていた海が眼前に在った。そよぐ風が、私の頰《ほお》を静かにさらっていく。夏音の顔や息子の顔が頭の中をその風とともに舞っては消えていった。

「あの……」

振り返ると、色の黒い、やはりタクシー運転手と似た顔だちの地元の男が立っていた。目が合うと、彼は微笑み、

「平《ひら》さんですか？」

と沖縄のアクセントで告げた。観光案内で、栗原ではなく、思わず平と名乗ったことを思い出した。

「ええそうです。平大造です。暫くお世話になります」

頭を下げると、男は太い眉毛をいっそうくねらせて、微笑み返すのだった。
「どのくらい宿泊されるのかね」
私は、首を傾げてみせてから、
「どのくらいになるのかは、仕事次第なんです」
と告げた。相手を不審がらせてはならないと、自分が小説家で新しい作品を書くために
ここにきたのだ、と一人旅の理由を作っておいた。小説ですか、それならここの海は沖縄
一美しい海だからさァ、想像力も湧くんじゃないかな、とまるで自分の家の庭を自慢する
ような男の得意気な後ろ姿を、伏目がちに私は見つめたのだった。
その日から私は沖縄で世捨て人となった。
栗原家の生活とはまるで違った日常だった。空港の銀行で少し纏《まと》まった金を下ろしてき
たので、一月はなんとか滞在できるはずだった。とにかくその先どうなるかは、自分の心
のほぐれ方に任せるしかなかった。
沖縄での生活は当初、家族の幻影を振り払うことが日課となった。孤独の作家に戻らな
ければ、と自分に言い聞かせながらも、浸りすぎた家族との絆《きずな》は重々しくのしかかって
きて、私を呪縛《じゅばく》から簡単に解き放そうとはしなかった。特に夜になると、息子の可愛らし
い表情が浮かび上がってくる。
這い這いを覚えた息子が私に向かって必死に突進してくるあのいとおしい瞬間を思い出

す時など、眼球の裏側に激しく熱を伴った。私が階段を下りようとすると、彼はドタドタと廊下を這ってきて、上から、アーウー、と私を呼び止める。その愛らしい瞳には、自分を置いてどこかへ行ってしまうのではないか、という不安が滲《にじ》んでおり、そんな目を見ると私はたまらず彼を抱きしめたくなるのだった。

言葉がまだ話せない息子も、感情の表現は多彩だった。私が打合せで外出する時などは、夏音に抱かれてバイバイをした。わけも分からず手を振る息子は確かに世界でたった一人の血を分けた存在だった。

そんな時、私は家族の一員なのだということを悟らなければならなかった。

家族とは何か。家族から遠く離れて、私は毎晩沖縄の夜空を見上げながら考えた。深夜、ペンションの灯が消えると、海岸は真っ暗になった。東京では経験できない暗い宇宙がそこには広がっていた。缶ビールを持って浜辺へ出掛け、ごろんと砂浜に横たわり、星空を眺めた。

生まれてはじめて見る満天の星空がそこには横たわっていた。東京のガスの合間にかいま見える今にも消えそうな儚《はかな》い星々ではなく、沖縄の星たちはどれも逞しく生命力が溢れ、それらはがやがやとうるさいほどに群がって、夜空を埋め尽くしていた。その真ん中を天の川らしき星の大河が横切っている眺望は壮観であった。

そして、一筋の流れ星こそが、家族から遁走《とんそう》している私そのものなのかもしれなかった。

流れ星が視界を過《よぎ》る度に、息子の幸せを祈らずにはおれなかった。

日課は海に浸《つ》かることから始まった。

朝食を済ませると、すぐ水着に着替え、観光客のほとんどいない海に浸かった。泳ぐのが苦手な私は、浮袋を借りて、それに捕まって波に揺られた。浮袋に助けられ、じっと海原を見つめていると、銀色に輝く波頭が何よりも優しく私を慰めてくれるのだった。

波の一定した揺れが、私のささくれだった苛立ちを日々少しずつほぐしてくれた。青白かった私の皮膚は一週間、二週間と経つうちに浅黒く逞しくなっていった。はじめて那覇の空港に降り立った時に見た地元の人々のように、自分が変化しはじめていることを細胞も感情も喜んでいるようだった。

夏音や家族は心配しているだろうか、と時々考えてもみるが、世捨て人特有の、誰にも居場所を告げたくない、という願望が勝り、私を過去や家族から遠ざけようとするのだった。

夏音と息子に会えないことの苦しさも、時が過ぎていくうちに次第に喜びへと変質した。時間というのは不思議な浄化作用を持っているもので、一か月が過ぎた頃にはあんなに私を引っ張りつづけた息子の幻影も、感情の彼方で雲のように超然と漂い、同時に遠く離れているというのに、むしろ切り離せない強い絆を感じ、その安心感がことさら急いで東京へ戻らなくともいいのではないかと思わせるのだった。

私は小説家としての自信を失いつつあったにもかかわらず、何も考えずに詰め込んだ鞄の中身は、普段ほとんど使わない原稿用紙と辞書だった。

それを部屋の隅に長いことほっぽっておいたが、時間が経つうちに、次第に手元へと手《た》繰《ぐ》り寄せる気力の回復があった。

ある時、机に向かい、気晴らしに一行を書いてみた。ワープロではなく、鉛筆で書く久々の一筆は、まるで巨大な樹木に彫刻をするかの、筆圧と熱を指先に与えた。その一行は、何気ない書き出しだったが、私の小説家としての血や肉を自然に浮き立たせる気負いのない文章だった。

東京では想像もできなかったほどに筆が進み、その夜は、我を忘れて小説に没頭した。

翌朝、一眠りし、さらに海で泳いだ後、書きかけた小説を読み直してみると、そこには今まで一度も自分が書いたことのなかった新鮮な言葉たちがおおらかに躍っていたのだ。一体これを誰が書いたのかと、自分を疑うほどの、力の抜けきった文体で、私はその日から一週間かかって、まるで沖縄の伝説の妖怪キジムナーに助けられたかの勢いで、百枚ほどの小説を書き上げてしまうのだった。その作品は、息子を失って旅をつづける一人の男の、痛々しい感情の推移を詩的に描いた、小説のようなまたは詩のような不思議な作品に仕上がっていた。

躊躇《ちゅうちょ》することなく、相沢健五に郵送した。書き下ろし小説を断念して、ほとんど絶交状態のまま別れていたが、やはり私には唯一頼るべき存在であった。彼にそれを送ったのは、出版を考え直してほしい、という下心のせいではなく、読んで貰いたいという純粋な作家の初期衝動によるものからだった。

果して、すぐに返事が来た。尤《もっと》も彼からの作品を褒《ほ》める葉書がペンションに届くのと日を同じくして、いきなり本人が訪ねて来たのだからたまげた。

例によって浮袋に摑まり波打ち際で揺れていると、背後から声がした。

「速水さん、元気でしたか？　夏音さんから、速水が失踪《しっそう》したが行方を知らないか、と何度も電話があって、心配していたのですよ」

私は浅瀬に立ち上がると、遁走前と同じように彼とまた向かい合った。私の肉体に較べ東京からやってきた彼の体は実に青白く不健康極まりなかった。私もここへ来た時はこんな感じだったのだろうか、とつい口許が緩んでしまった。

「ここの場所を夏音に教えた？」

私が訊くと、彼はかぶりを振った。

「まだ、教えてはいません。一応、速水さんの気持ちを確かめてからにしないと、と思いまして」

彼は一呼吸あけてから言った。

「それで何が原因の失踪なんです」

夏音が相沢たちに事情を話していないことに少し安堵《あんど》した。まさか家族と揉《も》めてここへ遁走したなどと、仕事仲間には言えることではなかった。

「ぼくがいつだったか小説家は小説を書かなければ駄目だ、と言ったことが原因ですかね」

相沢健五は頭を掻きながら、どこか申し訳無さそうに告げる。私は笑いながら大きく左右に首を振るのだった。

「それより小説の方は読んで貰えたかな」

はぐらかすように言うと、彼は慌てて鞄の中から、私が送りつけた原稿用紙の束を取り出し、高く翳《かざ》した。

「この小説、素晴らしい。こういう作品を書いて欲しかったのです。いや、実によく書けている。開眼しましたね」

私は笑った。つられて彼も笑った。まもなく、ペンションの陰から一人の男がカラフルな水着姿で現れ、意味不明なことを大声で叫びながら走ってきた。思わず、私の思考は停止し、次の瞬間吹き出してしまった。

「よお、逃亡者。こんな素敵な空と海を独り占めしてたな」

聞き取れたのはそこの部分だけで、装丁家の戸田不惑は突然私の背後に広がる海に向かって飛び込んでしまったのである。痛々しいほど激しい水の弾ける音がして、振り返ると戸田は水しぶきをあげ気持ち良さそうに泳いでいた。私も肉体を翻《ひるがえ》し、浮袋を抱えて海に飛び込んだ。海の中で目を開けると、そこには煌《きら》めく光が青々とたゆたっていた。涙を堪えながら、いつまでも海中を眺めていたいと思った。

その夜はペンションの主人の計らいで、浜辺でバーベキューとなった。鉄板を火にかけ、肉や魚介を原始的に焼いて食べた。

「何があったか知らんし、聞きたくもない。ただ小説は俺も読んだ。よく分かる小説だった。これを本にするべきだと俺は言いたくて、わざわざくっついてきたんだ」

相沢が頷いた。

「速水さんが望むならですが、この続きをこのままここで書いてみてはどうでしょう。夏音さんには私の方からうまくいいますし、ここの滞在費は上司に掛け合ってなんとかしますから」

私はすぐに返事が出来なかった。ゆっくりと一つ頷いたが、後は酒で全ての思いを胃に流し込んだ。

家族のことは、更に時間が解決してくれるに違いなかった。

戸田不惑が私のグラスに泡盛《あわもり》を注いだ。私はそれに唇を近づけ、啜《すす》る。アルコールが染みた。頭頂へ向かって血が勢い良く登っていくのを、朦朧とした意識の中で感じながら、私はただ、小説に向かいたい、と一言小さく言葉にしてみる。

家族とは何か。

安直に答えを出そうとは思わない。少なくともこうして作家的な精神において大家族を検証しようとしてきた私の試みも、今や、大きな転換点に立たされようとしているのが実情であり、検証の結果がこの数百枚に及ぶ小説の中に描ききれたとは残念ながら思えない。しかしここに記してきた可笑《おか》しくも悲しい物語の端々に、現実よりもさらに厳しい家族問題が横たわっていることをどうか読者のみなさんには深読みして頂きたいのである。

アメリカの人類学者マードックが分類した二つの体系、nuclear family（核家族）とextended family（拡大家族）の違いを私は自らの肉体と精神を人体実験の材料とすることで検証してきた。果して新しい日本人が欧米を真似て信奉する核家族に未来はあるのか。或いは伝統的な日本の大家族主義は核家族化の波に揉まれ、家族解体の危機の嵐に打たれ、このまま廃《すた》れてしまうのか。

私は拡大家族の中に身を置いた結果、一つの結論に到達しようとしている。しかしそれが本当に正しい答えなのかどうかは、冷静な観点から分析しても、そうだ、とハッキリと言い切ることが出来ないのが内情でもある。

私は大きなため息を漏らす。家族のいる東京の薄汚れた青空を思いながら……。

第十五節　さらなる旅立ち

人間はたった一人でこの世に生まれ出てきたというのに、その誕生の日より多くのしがらみが降りかかってきては、容赦なく孤独から引き裂かれてしまう。人間は決して一人では生きてはいけない動物、とは誰が造った言葉か。その一語一語をしみじみと受け止めながらも、私は一人沖縄の紺碧《こんぺき》の海原を見つめている。

家出をしてから、六週間ほどの月日が経っていた。夏音が心配している姿が思い浮かんだ。ザマアミロ、反省すればいいのだ、という気持ちと、連絡も入れないでいることへの後ろめたさとが入り乱れ、気分は曇ったり晴れたりの繰り返しで、南国の夕刻のような変わりやすい天気模様であった。

家出をしてまもない頃は、小説が書けるようになったこともあって精神状態は幾分安定していた。相沢が小説を褒めてくれたことも気をよくさせた原因の一つだった。ところが一方で、息子元気の満一歳の誕生日が近づくに従って、憂鬱《ゆううつ》な気分にもなった。

六週間という時間は、帰るタイミングを完全に逸した長さでもあった。

私には手だてがなかった。一度九州の実家へ電話をかけ、何気なく探りを入れてもみたが、両親は私が家出をしたことすら気がついておらず、普段と何も変わらない口調で、みんななかようしてるかね、と言うのだった。夏音が、私の親に心配を掛けないようにと配慮し、事の次第を隠しているに違いなかった。

沖縄に籠《こ》もっている私には、三鷹の栗原家がどんな状況にあるか皆目見当もつかなかった。相沢にそれとなく調べさせる方法もあったが、却って怪しまれ夏音に問い詰められれば、彼のこと、居場所をあっさりと白状してしまう可能性もあり、それは止めにした。

いずれにせよ、今の私にとってはまず小説であった。相沢があれだけ作品を褒めたのだから、私は何かを摑みかけているはずであった。誰より自分がよく分かっていた。一行一行を紡《つむ》ぐ度に、発見の手応えがあった。勿論それらの全てが本物かどうかは分からない、だが、こんな経験はかつてなかった。家族というしがらみから自由になったことが私に何か特別な力を与えたのかもしれない。家のことが気になりはじめたこの一週間も、筆の勢いは衰えなかった。

相沢健五は、夏音に居場所を絶対に告げないと約束して帰り、後日宿代を郵送してきた時も、念を押すようにそのことが手紙に書き添えてあった。

自分から、家族には居場所を言わないでほしい、と言っておきながら、相沢が約束を守っているのを確認する度に、なぜか寂しい思いが募るのは理解に苦しむことだった。

「大丈夫ですよ。速水先生の指示通り、夏音さんには家出先を告げ口したりしてませんってば。だってまた揉め事を起こして、折角《せっかく》傑作が書けそうなこの状態がひっくり返ったりでもしてごらんなさい。当然、戸田さんにもそのことはクギを刺してありますから。先生はそんなことに惑わされず、思う存分作品に向かって下さい」

　相沢の、先生というところを強調する言い方はとにかく鼻についたが、弱腰を見透かされたくないせいで、受話器に向かって私はつい胸を反り返らせてしまうのだった。

「ああ、そうですか。そりゃ良かった。折角調子づいているのに、全てをここで壊されたくないからね。夏音に謝りにこられても迷惑なだけだものね。泣かれちゃった日には、折角の小説がまた中断だもの」

　私がペンションの薄暗い電話室の中で、強がってそう告げると、耳元に相沢の高笑いが響きわたった。

「頼みますよ。あと一息なんですから、この際、本当に家族のことなんか忘れて下さい。自分を孤独に追い込んで、またかつてのような、いやそれ以上のセンシティブな、とんがった小説を書くのです。ぬるま湯から脱出して、本物の小説を書かなければ」

　ああ、と私は小さく呟いたが、その後は言葉が続かなかった。

　私はその後も相沢の言葉だけに縋《すが》って小説を書きつづけたが、小説も完成に間近い、息子元気の誕生日の前日のこと、事態は一変することになった。

世の中は三連休に突入していた。私は、昼に起きて、沖縄そばを主人に拵《こしら》えてもらい、それからビーチに行くと、いつものように浮袋に摑まって顔だけ海面に出し、波頭の輝く光の反照を見ていたのだった。朦朧《もうろう》とする意識を波間に漂わせながら、光の中に息子元気の笑顔を思い出していると、背後に人の気配を感じた。

数メートルほど先の浜辺に息子を抱きかかえた夏音が立って、こちらを見下ろしているではないか。

「大造君、こんなところにいたのね」

夏音は眉間に力を込めてそう告げた。元気は眩《まぶ》しさに目を細めながらも海に浮かぶ私を不思議そうな目で見つめている。

「相沢の野郎、裏切ったな」

思わず口汚い言葉が飛び出してしまった。途端夏音が、何が裏切ったよ、この意気地なし、と返してきた。夏音は服のまままつかつかつかと海に入って来るなり、浮輪に摑まっていた私の腕に元気を押しつけようとした。

「おい、何無茶するんだ。元気が溺《おぼ》れたらどうする?」

「だったら君が抱きかかえて救い出せばいいでしょう。自分の息子なのに、助けてもあげられないの?」

私はバランスを失い、水深僅《わず》かに三十センチほどの浅瀬で溺れかけた。ひっくり返り、水しぶきをあげてバシャバシャやると、息子元気は急に笑いだしてしまった。その無邪気な笑顔に私は救出された。息子も私を真似て海面を叩きはじめた。水しぶきがおこるたびに、きゃっきゃっ、と声も跳ねあがった。

「見て。君にそっくりなこの子を。この子が将来、君のように家族から逃げ回るひ弱な男になってもいいというのね」

元気は、両手を力のかぎり振り回して、水を叩きつづけた。僅か一年前は死にかけた未熟児だった。保育器の中で必死で手と足を伸ばす、骨と皮だけの赤ん坊だった。それが今、目の前にいるこの子は、肉付きもよくなり、もう未熟児の片鱗《へんりん》さえない。南国の陽光を瞳の中に沢山吸い込んでは、それを笑顔とともに放出している逞しさに私は自然と励まされているのだった。

「ここに君が隠れ潜んでいることを教えてくれたのはね、相沢さんじゃなくて、戸田さんよ」

「戸田か、あの偽善者め」

夏音の目がいっそう険《けわ》しくなった。

「まだそんなこと言ってるの。戸田さんは本当に君のことを、そして私たちを心配して連絡してくれたのよ。普段は変わり者でぐうたらで酔っぱらいだけど、あんな優しい友達が大造君の側にいたことだけでも私には救いだわ。それに比べ、私に君の居場所を隠しつづけた相沢は人間の屑《くず》よ」

私は夏音の剣幕に一瞬顔がひきつってしまった。怯《ひる》んでいる私の腕の中に夏音は息子を置いた。ぎこちなく抱きかかえてしまったのがいけなかったのか、息子は、突然母親を振り返り、あー、と悲しげな声を発した。手を必死で伸ばし、離れたくないと懇願している。置き去りにしないでほしいと訴えている。

「大造君、この子の一歳の誕生日を祝ってあげられないの？　一生に一度しかない、この子の一歳の誕生日を、小説が書けないというだけの下らない理由で、逃げだすのね。元気が可哀相じゃないの」

「下らないものか。それに僕はただ、ここに籠もって小説を書いているだけだ」

「じゃあ、一緒に戻ろうよ。小説なんかどこでも書けるじゃないよ。皆《みんな》、大造君の帰りをずっと待っているんだから」

皆という響きが突然私の中で大きく膨らんでいった。栗原道子を筆頭に、あの一族の顔が私を包囲した。酔ったせいも手伝って、あれだけの啖呵《たんか》をきってしまったのだ。今更どんな顔で戻ることができるだろう。私は大きく首を左右に振って、駄々っ子のように唇を真一文字に結んだ。

「駄目だ。まだ戻れない。とにかく今は相沢に約束した小説を書き上げなければならないんだ。ここの部屋代まで出してもらっている。もしもここで中断して、また小説が書けなくなってしまったら、僕はもうこの世界で仕事ができなくなってしまうよ」

「それなら大丈夫、相沢さんにはここに来る前に会ってきましたから」

「会ってきた？」

「そうよ、ちゃんと出版社まで元気君と出掛けていって大勢の前で談判してきました。小説は私が必ず書き上げさせてみせますから、どうか一旦家に連れ戻すことを認めて下さいとね」

「出版社までのこのこ出掛けて行ったというのか。なんてことを」

「ねぇ大造君、私はなんでもやるわよ。どこにだって抗議に行くわ。栗原の家に平和が戻るならなんだってやる。君をこの二か月どんなに探したことか。友人の家を片っ端から訪ねていき、居場所を知らないかと聞いて回ったのよ。毎日あちこち電話を掛けて、行方を追いかけたのよ。どんな思いで君を探していたか、この二月の私の心細い苦悩なんか分からないでしょうね」

　元気は私の腕の中にいるのがいやなようだった。おっこちそうになりながらも、闇雲に母親を求めて空に向かって小さな十本の指を広げていた。

「家族と少しぐらい揉めただけで二か月も帰ってこないなんて、そのことの方がショックだった。自分がいたらないせいで大造君が出ていったのだと最初は考えたけれど、何の連絡も入れず二か月も家出するなんて非常識過ぎるわ」

私は目を丸くして、ただ真っ直ぐ夏音を見つめることしかできなかった。

「皆がどんなに心配したか分からないの。私のお母さんだってそうよ」

栗原道子の顔が浮かんだ。顔をくしゃくしゃにして孫たちと遊ぶ幸福そうな彼女の顔を思いだした。結婚してすぐのことだったと思うが、居間で本を読んでいた私のところにやってきて彼女はこう告げた。何とか女手一つで娘たちを一人前にしてきました。どこに出しても恥ずかしくないような子たちに育てたつもりです。再婚もせずに私の残りの人生をひたすらこの子たちに捧げてきたのは、娘たちがみんな一人残らず幸せになってほしいから。ただそれだけが母親の無償の愛なんです、と。

だからどうか夏音を幸せにしてやってほしい、という彼女の切実な真意がそこには隠されていることも私にはすぐに理解できた。家族のためだけに生きてきた道子を私は心のどこかで尊敬していたのかもしれない。

「あのね、大造君、私の母さんはね、大造君を本当の息子のように思っているのよ」

私は強くかぶりを振った。夏音はそんな私の表情を悲しげな瞳で覗き込む。

「いや、僕はもう神経がぼろぼろなんだ。謝ったり、喧嘩したり、そんなホームドラマみたいな関係を背負えるほどの余裕はないのだよ。それにこういう茶番が嫌いなんだ。僕はずっと核家族で生きてきた。両親からもずっと距離を取って生きてきた。それが突然、大家族の中に入れられた、その反動なんだよ。それを誰も分かってくれないから僕は爆発したんだ。君は、僕を最初から大家族主義の中に取り入れようとした。ある日全員で押しかけてきて、僕を強引に引きずり込んだ。時間が必要なのに、短期間で全てを理解させようとした。僕は一時的に家族主義者になってみた。仮面を被って本来の自分を誤魔化してみた。ところが僕は筋金入りの核家族出身者でね。拒絶反応まではさすがの君も計算に入れなかったんだね。結婚後必死で大家族の一員になろうと努力してきた。あの兄たちとも仲良くしようとしたんだ。でも、反動は大きかった。僕が暴れたのは、小説が書けなかったからではない。どこかで自分を抑え込んで今日まで生きてきた、その反動のせいなんだよ」

口調がきつくなったせいで、赤ん坊は驚き私の顔を見返った。彼の円《つぶ》らな瞳を私はまっすぐに見つめることができなかった。息子元気は私の口許へ手を伸ばし、今度は小さな指先で自分のひん曲がった唇を摑むと、あー、あー、と言いだした。何と言っているのか私には分からない。何かを訴えているようでもある。夏音には分かるのか、彼女の目が次第に潤んでいった。

「どうしてそんなに情けないこと言うのよ。そんなこと、ちっぽけなことじゃない。あなたは今、この子の父親でしょ。そんな逃げ腰でどうやってこれから父親の威厳をこの子に示すつもり。大家族が何よ。核家族が何よ。そんなことじゃなくて、あなたはこの子の父親なんだから。この子がどうしたら幸せになるかを考えたことがあるの？　大造君はいつも自分の幸せのことしか考えていないのね」

怒鳴りあう私たちを嘲笑《あざわら》うかのように、波は静かに浜辺に打ち寄せていた。元気は私の腕から抜け出ると、海に下りてしまった。下半身が海水の中に浸った。きらきらと輝く陽光を捕まえようと再び掌で海面を叩きはじめた。無邪気な、何も知らない笑い声がビーチに響きわたる。夏音はしゃがみこみ、元気が後ろに倒れても平気なように、そっと背後を守っていた。

「この子、もうすぐ歩くようになるわ。君がいない二か月の間に伝い歩きをするようにもなったのよ。朝の幼児番組を見て踊るようにもなったし、歯も生え揃《そろ》ってきたわ。知らないでしょ。赤ん坊には一日一日が進歩の連続なんだから」

元気は海の中に座り込もうとした。光が四方に反射して息子が光の中に埋もれていくような錯覚が起きた。私と夏音は同時に手を伸ばしていた。

「思い出してみて。一年前のことを」

夏音の瞳の縁でも沖縄の強い太陽光の粒子が躍っている。同じ光を見ているはずなのに、私には夏音が見つめている輝く海原の先が見えなかった。

「私もこの子も死にかけたわ。あなたは無我夢中で病院まで飛んできてくれた。この子は千九百グラムしかなかった。骨と皮だけの小さなベイビー。それでも生きて、みんなの愛情に支えられてここまで成長してきたのよ。この子に恥ずかしくないの。私たちを二か月も孤独にさせて、それであなたは一体どんな芸術作品を生むつもりなのかしら。本物の芸術家は、決して芸術という言葉を振りかざしたりしないはずよ。世の中には家族を不幸にさせておいて、それを芸術のせいにしている二流の芸術家が多すぎるのよ。真の芸術家は家族を泣かせたりしないわ。離婚の理由を、妻が芸術を理解しないからなんて言っている連中をテレビや雑誌でよく見かけるけど、もしそうだとしても、そんなことを口にするような奴らは根性の腐った三流以下のエセ文化人よ。大造君にはそんな陳腐《ちんぷ》な奴らを真似てほしくないの。あなたは絶対に気がついてくれるはずよ。いや、私が気づかせてみせる」

夏音は一気にまくし立てた。またしても私は夏音の気迫に負けようとしていた。しかし何故だかそれでいいような気もした。こうやって夏音の強引な説得に負けて、それから暫くしてまた反動が来て、そしてまたいつの日か納得させられて、徐々に徐々に私はその揺り戻しの中で家族を自分の下へと手繰り寄せればいいのだった。自分も性急すぎたのだと、その時私は少しだけ反省をしていた。

元気を抱き上げて、私は海からあがった。日差しが皮膚を叩いた。潮風がひりひりと痛む皮膚を優しく宥《なだ》めていった。真っ黒に日焼けした私の体を見て、夏音が微笑んだ。

「すっかり南国の男のようになったのね。心も日焼けして黒く逞しくなっていればいいけど」

つられて笑った。息子は私の腕の中にいて、私の乳首から生えている一本の毛で遊んでいた。じっと一点に集中する息子元気は、赤ん坊というより、まるで何もかもを知って知らぬふりをしている大人のようでもあった。

その時、どこからともなく子供たちの声が届いた。水着姿の少年少女たちだった。近所に住んでいる子供たちだろうか。目を凝らすと、その一つ一つの顔の輪郭に見覚えがあった。先頭を走るのはあの力矢だ。私の肉体は瞬時に凝固した。

「大造兄ちゃん」

力矢が叫んだ。それに呼応するかのように残りの子供たちが、ダイゾウ、ダイゾウ、と声を上げた。その最後部には少し見ない間に随分と大きくなったきーおの姿もあった。

またしても、と心の中で叫んだが、子供たちは私たちの周辺を駆け回ると、ダイゾウダイゾウ、と叫びながら最後は海の中へと次々に飛び込んでいったのだった。

「おい、これはどういうことだ」

私は夏音に抗議したが、振り返ると膝《ひざ》まで海に浸かった子供たちの海水攻撃がはじまった。

「やめろ、力矢、やめさせろ」

「わーい、家出人。ぼくの真似したな」

「うるさい、止めろ。俺とお前じゃ質が違うんだ」

「嘘つけ、この弱虫め」

夏音は、やだ、力矢、鉄次、虎男、こら、葉子、緑、かんな、きーお、えーともう一人は誰だったっけ、とにかくみんな止めなさい、駄目よ濡れちゃうわ、と笑って私の問い掛けをはぐらかした。それでも力矢たちの攻撃は収まらなかった。力矢の明るい顔が印象的だった。彼には二度目の海なのだった。自分の力で見た湘南の海。そしてこの南国の海……。

息子が突然上体を海の方へと傾けた。彼も少年たちに加わろうとしていた。従兄姉《いとこ》たちと一緒に駆け回りたいに違いなかった。ひとりっ子だった私は、そういう青春をかつて一度も持ったことがなかった。力矢はいつか、元気のいい兄になってくれるだろうか。

「夏音、まさかみんなで来ているわけじゃないだろうな」

夏音は少年たちを追いかけて、服のまま海の中へと入っていった。両手を広げて海水を掬《すく》っていた。その飛沫《ひまつ》の光の舞いが眩《まぶ》しかった。息子が、あー、あー、とそこに加わるように私に催促した。私はペンションにいるだろう栗原道子や村田雄三たちの顔を思い出しては、どうしていいのか分からず、足裏に砂の粒を感じながらただ立ち尽くすことしかできなかった。

学会に参加するために仙台へ出張していた十和田一男を除いた一族郎党がペンションに集まっていた。そこには小夏とコロンビア人のファウスティーノ・アスプリージアの姿もあった。

大広間はすでに宴会の準備も整い、広間の一番奥には、栗原元気君満一歳おめでとう、と書かれた垂幕まで用意されていた。隅に畏《かしこ》まって私の両親もいた。夏音が呼び寄せたに違いなかった。父親は私の前までつかつかと歩み寄ってきて私の襟首を捕まえると一言、この馬鹿もんが、とどなりつけた。それを栗原道子が、間に割って入り、お父さん違いますねん。夏音がいたらんばかりに、こんなことになったんですわ、と私を擁護した。

「大ちゃん、皆さんに謝らないと」

母親が私の手を摑んで、そう告げる。私はまるで反抗盛りの高校生のようにただ無言でじっと佇むことしか出来なかった。村田雄三や塩野屋啓介や、栗原朱鷺や、夏音の姉たち、その子供たち、更には十和田一男の両親までもがテーブルを囲んで座していた。誰も微笑んではいない。真面目な顔つきで私をじっと見ているのだった。

「大造君が東京に帰りづらいだろうからって、わざわざ皆来てくれたのよ。沖縄だったら、気分も変わってまた仲直りできるんじゃないかって。十和田のお兄さんも学会が終わりしだい今日の最終便で沖縄にかけつけてくれるのよ。みんな一生懸命大造君のことを心配しているんだから。それをここでぶちこわさないでね」

栗原道子が、仲直りやなんて何言うてんねん、最初から私たちはみんな仲良しでっせ。なぁ、大造はん。そう言っていきなり私の手を握りしめるのだった。その手は柔らかく、ぶよぶよで、しかし温かかった。

「さあ、さあ、宴会や。もうすぐ料理もそろうやろうから、取り敢えず乾杯や」

栗原道子が声を張り上げると、拍手が起こった。

「ほら、みなはれ、大造はんが戻ってくれて皆うれしいんや。夏音、あんたたち三人は上座にすわらな」

道子は私の手をしっかりと握ったまま座敷の真ん中を横断して、私たちを上座へと導いた。母則子と目があった。母の目は怒っていた。大きく一つため息をつくと視線を逸《そ》らせてしまった。嘘をついていたのだから仕方がなかった。

村田雄三と塩野屋啓介は、栗原道子にいろいろと説き伏せられているに違いなかった。まあまあまあ、と穏やかな表情で私にグラスを差し出した。私がそれを受け取ると、なみなみと泡盛が注がれた。

「男はたまに出掛けたくなるものだ」

と村田雄三は笑いながら言った。塩野屋啓介は罪のない口調で、

「でも、戻って来る場所はたった一つなんですよね」

ともっともらしいことを言った。

さあこれからは真の兄弟として仲良くやろう、と二人がグラスを差し出すと、父平弘明が、大造、と私を睨んだ。私はしぶしぶグラスを掲げ、彼らと乾杯をした。

小夏はコロンビア人の肩に凭《もた》れていた。それを楽しそうに見ている道子がいた。道子は私を振り返ると、この二人の結婚もそろそろやねん、いろいろと計画してまっせ、盛大に

やらな、とさらに嬉しそうに言うのだった。コロンビア人のファウスティーノは、ママ、ありがと、と妙なアクセントの日本語で言ったが、道子以外の他の成員はみんな聞こえないふりをしていた。

とにかく酔うしかなかった。一秒でも早く酔いつぶれて、この悪夢から遁走するしか残された方法はなかった。何十度もある泡盛を私はたて続けにあおった。胃が熱くなり、目眩《めまい》がした。また強引な夏音にやられてしまった。今度はいつ反動が来るのだろう、と私は内心、将来を不安に思いながら瞼《まぶた》を閉じた。

宴会は、元気の誕生日の前夜祭ということで、例によって遅くまで盛り上がっていった。同じ夜の十時を過ぎた頃、十和田一男が顔を出した。相沢健五と戸田不惑を連れていた。同じ飛行機に乗り合わせていたんだよ、と義兄は私に向かって微笑んだ。私はその時、酔ってすっかり態を無くしており、相沢や戸田と再会しても笑って誤魔化すことが出来た。

「ああ、この裏切り者どもがのこのこやってきたな」

呂律《ろれつ》の回らない声で告げると、戸田は口許を歪《ゆが》めて、酔っぱらいめ、と呟いた。相沢は顔色を変えず、呆然と佇んでいるだけであった。

「相沢さん、ごめんなさいね。おいそがしいのに、わざわざここまで。まさか来ていただけるとは思ってもいませんでした。ありがとう。でもお蔭で主人はこの通り元気になりました。小説もまた一生懸命書きますので、どうぞ今朝のご無礼をお許しください」

夏音がそう言って相沢に頭を下げた。私は彼女が出版社まで直談判《じかだんぱん》に出掛けた時の光景が浮かんできておかしくなった。気風《きっぷ》の強い子だった。きっと出版社の人々の前でえらそうなことを言ったに違いない。相沢の浮かない顔が、その時の様子を物語っていた。ふいに笑いがこみ上げてきた。夏音の方が私なんかよりも、よっぽど一家の主のようだった。私がついに堪えきれず大声で笑いだしてしまうと、相沢はますます顔を顰《しか》めるのだった。戸田が、いいじゃないか、もうすんだことなんだから、それよりこれでまた速水も小説に打ち込めるんだし、担当が相沢で良かったんだよ、と我々の間に入った。

笑いながらも私は、途中から寝たふりをしてしまった。その時の私には、寝たふりをするしか他に場をはぐらかす方法は思い浮かばなかったのだ。長女夏子と次女千夏が私の頭の下に座布団を敷き、体には毛布を掛けてくれた。

「しょうがないね、酔いつぶれてしまって」

母が私を見下ろし、それから全員に向かって頭を下げた。父も母にならい、本当にこの馬鹿息子がみなさんに迷惑をかけたことを何とお詫《わ》びしていいものやら、と謝った。私はますます寝たふりをせずにはいられなかった。

「いいんですよ、お父さん、こうやって家族は少しずつ強く結びついていくんですから」

と夏子が言えば、四女の理夏が、

「そうです、それにこんなことが無いかぎりは、私たちも沖縄へは遊びにこれなかったことだし」

と付け足した。

寝ている私の顔を叩く者がいた。薄目を開けて様子を窺《うかが》ってたことを勘づかれたかと焦ったが、子供の声がしたのでもう一度薄目で覗くと、三女小夏の息子きーおであった。寝ちゃだめねー、ときーおが言った。はじめて聞くきーおの日本語だった。こら、駄目よ、起こしちゃ、と小夏がきーおを引き離すと、一族郎党が大笑いをした。

「本当に大造君たら全くいい気なもんだわ」

と今度は夏音の声が響いた。大変なんや男は、と栗原道子がまた私を庇《かば》った。なんで男は大変なの、と力矢がからかった。なんまんだ、と朱鷺の拝む声も届いた。そこでまた大笑いとなり、いいから子供たちはもう寝なさい、と女たちが子供たちを追い立てると、私はその笑いの中で本当に眠りに落ちてしまうのだった。

泡盛の強いアルコールのせいで深い眠りに落ちた。家族の膝元で眠る安らぎは、宇宙に浮遊する揺らぎと同質であった。

夢の中で夏音の父と会った。栗原寛治《かんじ》は真っ白な光の中に包み込まれて私の足元に立っていた。彼は、黙って私の寝顔を見下ろしている。私は夏音の父だと気がついていたが目を開けることはなかった。ただその存在を感じ、光だけが夢の中を満たし、私たちは言葉以上の会話をその時持つことができた。寛治は、息子よ、と呟いた。呟いたように聞こえただけだが、私は確かにそう認識していた。

『私はあちこちを放浪し、あちこちに家族を拵《こしら》えた。それは家族こそがこの宇宙を構成するもっとも大切な基準だと気がついたからだ』

私は耳を澄ましていた。宇宙の大河が壮大なエネルギーを放出しながら移動していくのを感じた。私自身、その宇宙を構成する光の星の一粒でありたい、と願った。

『私には多くの子孫がいる。私は生きていた頃、自分が生き物であることをもっとも喜んでいた。旅を繰り返し、多くの人を愛した。生き物は番《つが》いを作り、家族を作り、子孫を守る。それがこの宇宙のリズムを生み出している。リズムはどんどん複雑化していくが、それは宇宙の新たな進化の産物でもある』

私の意識はまるで翼を与えられた新しい生命体さながら、真っ暗な宇宙の中を移動しはじめていた。

『宇宙はお前の中にもある。宇宙はお前の息子の中にも繋《つな》がっている。宇宙とは次元でも立体でも平面でも規模でもない。宇宙はココとソコとあらゆる命とを繋ぐ道だ。だから生物は肉体や精神や魂の中を移動している。この銀河の中を移動する星の大河こそ、生物の連なりの痕跡《こんせき》なのだ。いいか、しかし人間は結局、ココに戻る。どんなに科学が発達しても、計算できない真理がある。ココとソコを繋ぐものこそ、生き物の力だと思え。それは家族だ。お前が愛したものは全て家族だと思うがいい。血を越え、魂を越え、肉体を越えよ。みんなが一つになることが死の先にはあることを忘れるな』

私は薄目を開けてみた。星々が覆う沖縄の夜空を宇宙そのものである大河があらゆる光を飲み込みながら移動していた。私は恐ろしくなり目をつぶったが、瞼の裏側にもソコとココを繋ぐ宇宙が横たわっていた。

夏音をよろしく頼むよ、と栗原寛治は告げると静かに光の世界へと戻っていった。私は頷き、それからまた意識が遠のき、いっそう深い眠りへと落ちていったのである。

明け方、目が覚めた。誰が運んでくれたのか、私は自分の部屋のベッドの上に寝ていた。少し小さめのセミダブルのベッドだったが、すぐ隣には元気が、そしてその向こうには夏音が私に背中を向けて寝ていた。

飲み過ぎたせいで微かに頭が重たかった。鈍痛を堪えて起き上がり、開け放たれた窓越しに明けはじめようとしている夜の海を眺めた。暁闇《ぎょうあん》の彼方に仄かな光の先兵が潜みはじめていた。波の打ち寄せる音が酔いを癒《いや》していった。蚊取り線香の匂いと潮の香りが混じって、鼻孔を懐かしくくすぐっていた。

「起きたのね。大丈夫？　無理して飲んでいたみたいだけど」

夏音がこちらへ体を向ける。

私は、ああ、と呟き頭を掻きむしった。夏音は一度息子の顔を覗き込み、頬にキスをしてから起き上がった。

「突然全員でやってきてごめんなさい。でも、こうでもしなけりゃ、東京へ戻りづらいでしょ」

「分かってる」

「いつもの感じでどんちゃん騒ぎをして、なんとなく関係を修復するのが一番なのよ」

もう小言は言わないことにした。こうやって少しずつ鍛えられていくのだと観念したのだった。

時間はかかるだろうが、打ち寄せては返す波のように私は次第に家族を受け入れていくに違いない。いや、多分違いない、だ。

確かに、人間は一人では生きていきにくい動物なのである。どんなに孤独を愛していても、社会と向き合う限りは他人を無視することは出来ない。全てを遮断して生きるなら都会を離れ、山奥で動物たちと生きるしかない。

私は元気の横に再び寝そべった。夏音も横たわった。彼女の瞳が闇の中に静かに息づいていた。それは、息子の頭の向こう側からこちらを見つめている、強引だが優しい眼差しであった。息子の寝息に耳を澄ませてみた。時々、ぶるる、と震えるように息を吸い込む彼の存在の奥底には、力強い宇宙の鼓動と生命の豊かな息吹が見事に同居していた。

太陽が再び海の果てに昇れば、私はまた普通の顔で家族と向かい合うことになるのだろう。普通にしてればええんです。道子の声が聞こえた。普通とはどういうものか、私はまだ頭の中でだけその言葉を理解したに過ぎなかった。急ぐ必要はない、と寛治の言葉を心の中に反芻《はんすう》しては自分を納得させるのだった。

夏音が元気の頭越しに手を伸ばしてきた。私も手を伸ばしかけたが、ふとためらった。いつかこの気恥ずかしさにも慣れる時が来るのだろうか、と一瞬考えてしまったために。

まもなく、息子の寝息の奥から夏音の鼾《いびき》が聞こえてきた。

『五女夏音』一九九八年一月　中央公論社刊

中公文庫

五女《ごじょ》夏音《かのん》

定価はカバーに表示してあります。

2001年10月15日　初版印刷
2001年10月25日　初版発行

著　者　辻《つじ》 仁成《ひとなり》

発行者　中村 仁

発行所　中央公論新社　〒104-8320 東京都中央区京橋 2-8-7

TEL 03-3563-1431(販売部)　03-3563-3692(編集部)　振替 00120-5-104508

Published by CHUOKORON-SHINSHA, INC.

本文印刷　大日本印刷　カバー印刷　三晃印刷　製本　大日本印刷

ISBN4-12-203904-5 C1193　Printed in Japan

乱丁本・落丁本は小社販売部宛お送り下さい。送料小社負担にてお取り替えいたします。

中公文庫　既刊より

二〇〇一年一〇月

日本文学 I

渋江抽斎　森　鷗外
薄紅梅　泉　鏡花
土　長塚　節
潤一郎訳 源氏物語 一〜五 改版　谷崎潤一郎
細雪(全)　谷崎潤一郎
瘋癲老人日記　改版　谷崎潤一郎
鍵　谷崎潤一郎
台所太平記　谷崎潤一郎
人魚の嘆き・魔術師　谷崎潤一郎
春琴抄・吉野葛　谷崎潤一郎
盲目物語　谷崎潤一郎
お艶殺し　谷崎潤一郎
乱菊物語　谷崎潤一郎
陰翳礼讃　改版　谷崎潤一郎
文章読本　改版　谷崎潤一郎
潤一郎ラビリンス I〜XVI　谷崎潤一郎　千葉俊二編
小説陸軍　上下　火野葦平
蓮如(全八巻)　丹羽文雄
海戦　丹羽文雄
海底戦記　山岡荘八
文章読本　改版　三島由紀夫
作家論　三島由紀夫
太陽と鉄　三島由紀夫
三島由紀夫 未発表書簡　三島由紀夫
ノラや　改版　内田百閒
御馳走帖　改版　内田百閒
相楽総三とその同志(上下)　長谷川伸
死者の書・身毒丸　折口信夫
我が愛する詩人の伝記　室生犀星
新選組三部作 新選組始末記　改版　子母沢寛
新選組三部作 新選組物語　改版　子母沢寛
新選組三部作 新選組遺聞　改版　子母沢寛
富士日記(上中下)　改版　武田百合子
犬が星見た ―ロシア旅行　武田百合子
日日雑記　武田百合子
南洋通信　中島　敦
どくろ杯　金子光晴
ねむれ巴里　金子光晴
西ひがし　金子光晴
マレー蘭印紀行　金子光晴
秀吉と利休　改版　野上彌生子
私のお化粧人生史　宇野千代
おはん・風の音　宇野千代
生きて行く私　宇野千代
不思議な事があるものだ　宇野千代
食味歳時記　獅子文六
私の食べ歩き　獅子文六
海軍　獅子文六
珍品堂主人　井伏鱒二
諸國畸人傳　石川　淳
美しさと哀しみと　川端康成
伊豆の旅　川端康成
生きている兵隊　石川達三

良　寛　改版　水上　勉
蝦夷国まぼろし　上下　夏堀正元
日本策士伝　小島直記
三陸海岸大津波　吉村　昭
歴史の影絵　吉村　昭
お医者さん・患者さん　吉村　昭
花渡る海　吉村　昭
蛍　吉村　昭
遅れた時計　吉村　昭
月夜の魚　吉村　昭
蟹の縦ばい　吉村　昭
黒　船　吉村　昭
一泊二食三千円　永　六輔
父・萩原朔太郎　萩原葉子
風眼抄　山田風太郎
水なき雲　三浦綾子
寂聴 般若心経　瀬戸内寂聴
寂聴 観音経　瀬戸内寂聴
寂庵こよみ　瀬戸内寂聴
花に問え　瀬戸内寂聴

寂庵まんだら　瀬戸内寂聴
寂聴日めくり　瀬戸内寂聴
草　筏　瀬戸内寂聴
瀬戸内寂聴と男たち　瀬戸内寂聴
つれなかりせば なかなかに　瀬戸内寂聴
本郷菊富士ホテル　近藤富枝
田端文士村　近藤富枝
青春忘れもの　改版　池波正太郎
獅　子　改版　池波正太郎
又五郎の春秋　池波正太郎
真説・豊臣秀吉　池波正太郎他
忠臣蔵と日本の仇討　池波正太郎他
おバカさん　遠藤周作
切支丹の里　遠藤周作
一・二・三！　遠藤周作
豊臣家の人々　改版　司馬遼太郎
言い触らし団右衛門　改版　司馬遼太郎
空海の風景（上下）改版　司馬遼太郎
一夜官女　改版　司馬遼太郎
新選組血風録　改版　司馬遼太郎

花の館・鬼灯　改版　司馬遼太郎
韃靼疾風録（上下）　司馬遼太郎
古往今来　改版　司馬遼太郎
歴史の世界から　改版　司馬遼太郎
歴史の中の日本　改版　司馬遼太郎
歴史の舞台　改版　司馬遼太郎
ある運命について　改版　司馬遼太郎
微光のなかの宇宙　司馬遼太郎
風塵抄　司馬遼太郎
風塵抄　二　司馬遼太郎
ひとびとの跫音（上下）改版　司馬遼太郎
長安から北京へ　改版　司馬遼太郎
人間の集団について　改版　司馬遼太郎
十六の話　司馬遼太郎
花咲ける上方武士道　司馬遼太郎
司馬遼太郎の跫音　司馬遼太郎他
高松宮と海軍　阿川弘之
ソクラテスの妻　佐藤愛子
その時がきた　改版　佐藤愛子
実録アヘン戦争　陳　舜臣